KB110888

조국과 민족을 위해 모든 것을 바친

애국지사들의 이야기·1

– The story of Korean patriots

애국지사 기념 사업회 (캐나다)
Canadian Association for Honouring Korean Patriots

Do you know?
Did you know?

2014

신세림출판사

조국과 민족을 위해 모든 것을 바친

애국지사들의 이야기·1
– The story of Korean patriots

"애국지사들의 이야기"를 펴내며

애국지사기념사업회(캐나다) 회장 **김 대억**

애국지사기념사업회(캐나다)는 1910년 경술국치로 빼앗긴 나라를 되찾기 위하여 목숨을 걸고 일제와 맞서 싸운 독립투사들의 숭고한 정신을 기리며, 우리/모두 그 분들의 후손으로서 부끄러움 없이 살아갈 삶의 자세를 확립하자는 취지로 2010년 3월 15일 발족되었다.

출범 이후 기념사업회는 창립목적을 달성하기 위해 미력하나마 최선의 노력을 경주해 왔다. 김구 선생, 안창호 선생, 안중근 의사, 이봉창 의사, 윤봉길 의사, 유관순 열사, 이준 열사, 김좌진 장군, 이범석 장군, 손병희 선생, 이청천 장군, 강우규 의사 등 열두 분 애국지사의 초상화를 제작하여 캐나다동포사회에 헌정하고, 토론토 한인회관에 전시해 놓았다.

세 차례에 걸쳐 캐나다 동포들을 대상으로 애국지사들을 소재로 한 문예작품을 공모하여 2세들은 물론 고달픈 이민생활이지만 동포들이 애국지사들에 관해 생각할 수 있는 계기를 마련했다. 또한 기회 있을 때마다 이곳에서 한글을 배우는 학생들에게 모든 것을 희생해 가며 오늘날 조국 대한민국이 선진대열의 선두에 우뚝 설 수 있는 밑거름이 된 애국지사들에 관해 들려주기도 했다.

애국지사기념사업회(캐나다) 회장 **김 대억**

이번에 열여덟 분의 애국지사들을 선정하여 그 분들의 생애와 업적을 알리는 책자를 발행하는 것은 좀 더 많은 우리들의 아이들과 동포들에게 우리민족을 일제의 가혹한 식민지 통치에서 구하기 위해 독립 운동가들이 흘린 피의 의미와 가치를 알려주기 위함이다.

이 일을 위하여 많은 분들이 수고해 주셨다. 바쁜 시간 중에서도 원고를 써주신 최봉호 시인, 백경자 기념사업회 총무, 최기선 자문위원의 헌신적인 봉사에 감사드린다. 추천사를 써주신 정광균 총영사님, 강원희 토론토 교육원장님, 그리고 캐나다 한국일보 발행인 김명규 회장님께 머리 숙여 감사드린다. 기념사업회에서 처음 펴내는 이 책자를 정성껏 출판해 주신 도서출판 신세림 이시환 사장님에게도 진정 감사한 마음을 전한다.

기념사업회는 이번 발간하는 "애국지사들의 이야기 · 1"을 시작으로 계속하여 우리민족을 빛낸 애국지사들의 자랑스러운 이야기를 책으로 출간하려고 한다. 이 "애국지사들의 이야기"가 많은 동포들의 가슴 속에 나라와 민족을 위해 그들의 삶을 희생한 애국지사들의 고귀한 조국애와 민족애를 심어줄 수 있게 되기를 바라는 마음 간절하다.

발간을 축하드리며…

주 토론토총영사 정 광균

애국지사기념사업회(캐나다)의 '애국지사들의 이야기 · 1' 책자 발간을 진심으로 축하드립니다.

지난 2010년 출범 이래, 애국지사기념사업회(캐나다)는 애국지사들의 자주독립의 숭고한 정신을 기리고, 자라나는 세대들에게 민족정신을 일깨워주기 위해 다양한 기념사업을 펼쳐오면서, 백범 김구, 도산 안창호, 안중근 의사, 유관순 열사 등 애국지사 열두 분의 초상화를 제작, 한인회관에 헌정한 바 있습니다.

애국지사기념사업회가 금번 열여덟 분의 애국지사를 수록한 책자를 발간하는 것은 반만년 역사 속에 수많은 외침을 물리친 우리 민족의 숭고한 자주독립 정신을 되새기고, 이를 후손에 전하고자하는 노력의 일환이라고 생각합니다.

1945년 조국이 광복된 후, 6.25전쟁으로 인한 잿더미 속에서 '한강의 기적'을 이루고, 반세기만에 세계 10대 경제 대국으로 성장하면서 민주주의를 동시에 달성한 오늘날의 대한민국은 나라가 어려울 때 분연히 몸을 던진 수많은 순국선열과 애국지사들의 고귀한 희생으로 이루어졌다 하겠습니다.

주 토론토총영사 **정 광균**

'역사를 잊은 민족에게 미래는 없다'는 말이 있습니다. '나라에 바칠 목숨이 오직 하나밖에 없는 것만이 이 소녀의 유일한 슬픔 입니다'라고 애석해하신 유관순 열사의 마지막 유언과 같이, 갖은 역경과 고난 속에서도 면면히 이어왔던 우리 선열들의 애국애족 정신이 자존과 긍지를 지켜낸 민족혼의 상징으로 우리의 가슴 속에 영원히 새겨지길 바랍니다.

다시 한 번, '애국지사들의 이야기 · 1' 책자 발간을 위해 김대억 회장님을 비롯, 많은 수고를 아끼지 않으신 관계자분들의 노고에 진심으로 감사를 드리면서, 몸은 비록 해외에 살고 있지만, 우리 동포사회가 한민족으로서의 정체성을 갖고 애국애족 정신을 계속 이어나가길 기원합니다.

감사합니다.

발간을 축하드리며…

주 토론토총영사관 캐나다한국교육원장 **강 원희**

"캐나다에서는 Remembrance Day에 가슴에 빨간 꽃을 꽂고 나라를 위해 목숨을 바친 군인들을 생각합니다. 그런데 우리 한국인들은 애국지사에 대해서 얼마나 알고 있을까요? 저희 부모님들은 대부분 애국지사를 알고 기억하면서도 왜 자식들에게 말해주지 않는가요? 아무리 한국이 아닌 캐나다에 살아도 우리의 위대한 선조에 대해서 알려주시는 것이 도리가 아닌가요?"

이 글은 몇 년 전 애국지사기념사업회(캐나다) 주관, 문예작품 산문 부문에 입상한 어느 한글학교 학생이 쓴 내용 가운데 하나입니다.

저는 이 글을 읽으면서, 이 곳 캐나다 땅에서 자라나는 우리 학생들에 대해 두 가지를 생각해 보았습니다.

첫 번째는, 우리 학생들이 우리 민족과 나라에 대한 자부심과 긍지를 마음속에 열망하고 있다는 것이었습니다.

주 토론토총영사관 캐나다한국교육원장 강 원희

　두 번째는, 죽음으로써 나라를 지킨 선열들의 고귀한 애국정신을 과연 우리는 후손들에게 올바로 알려 주기 위해 노력하고 있는가라는 반성이었습니다.

　이번 애국지사기념사업회(캐나다)에서 열여덟 분의 숭고한 삶을 정성을 다해 담아 내놓은 『애국지사들의 이야기 · 1』를 높이 추천하는 이유도 바로 이 두 가지 생각 때문입니다.

　독립운동가이며 역사가인 단재(丹齋) 신채호 선생님은 "역사를 잊은 민족에게 미래란 없다."라고 하셨습니다. 우리 학생뿐 아니라, 학부모님들께서도 널리 읽으셔서 오늘날의 자랑스러운 대한민국이 있게 한 한분 한분의 위대한 나라사랑 정신이 역사의 흐름 속에서 끊임없이 미래로 이어져 나가길 희망합니다.

『애국지사에 대한…』출간을 축하하며

캐나다한국일보 발행인 김 명규

지난했던 우리 역사의 한 지점에서 광복이라는 영광의 날을 맞이하게 됨은 바로 우리 애국지사들의 내공이었다.
연합군의 승리로 찾은 광복이 결코 아니라는 것이다.

나라와 민족을 위해 투신했던 애국지사들의 삶은
과거속의 역사가 아니라
오늘, 여기 – 우리의 삶을 튼실하게 하는 원동력이다.

이번 애국지사회가 출간한 이 책이
우리 2세들에게 역사의 교육서가 되고
자존감과 더불어 미래를 살아가는
실천의 힘이 되길 바란다.

조국과 민족을 위해 모든 것을 바친

애국지사들의 이야기·1

– The story of Korean patriots

김대억 편

백경자 편

최기선 편

최봉호 편

부록

김 대억 편

민족의 스승 백범 김구 선생

독립운동가 · 정치가(1876~1949). 자는 연상(蓮上). 호는 백범(白凡) · 연하(蓮下). 본명은 창수(昌洙). 동학 농민 운동을 지휘하다가 일본군에 쫓겨 만주로 피신하여 의병단에 가입하였고, 3 · 1 운동 후 중국 상하이(上海)의 임시 정부 조직에 참여하였다. 1928년 이시영 등과 함께 한국 독립당을 조직하여 이봉창, 윤봉길 등의 의거를 지휘하였다. 1944년 임시 정부 주석으로 선임되었고, 8 · 15 광복 이후에는 신탁 통치와 남한 단독 총선을 반대하며 남북 협상을 제창하다가 1949년 안두희(安斗熙)에게 암살당하였다. 저서에 ≪백범일지≫가 있다.

"네 소원이 무엇이냐"고 하나님께서 물으신다면 나는 서슴치 않고 "내 소원은 오직 대한 독립이요."라 대답할 것이다. "그 다음 소원이 무엇이냐?"고 물으시면 나는 또 우리나라의 독립이요."라 할 것이요. "그 다음 소원은 무엇이냐고?"고 세 번째 물으셔도 나는 더욱 소리를 높여서 "나의 소원은 우리나라의 완전 자주독립이요."라고 대답할 것이다.

-김구선생의 어록 중에서

민족의 스승 백범 **김구** 선생

김 대 억

삼천리금수강산을 자랑하는 대한민국은 오랜 역사와 빛나는 전통을 지닌 나라다. 하지만 아시아 대륙의 동남단에 위치한 작은 반도 대한민국은 반만년의 긴 세월동안 숱한 외적의 침입을 받아왔다. 그럴 때마다 단군선조의 피를 받은 우리 민족은 일치단결하여 그들을 물리치며 나라를 지켜왔다. 그러다 1910년 8월 29일 우리나라는 일본의 식민지가 되는 치욕을 당하고 말았다.

대원군의 쇄국정책으로 우물 안의 개구리가 되어버린 대한제국을 당시 내각총리대신이던 이완용을 중심으로 몇 몇 매국노들이 일본에게 넘겨주었기 때문이다. 즉 1910년 8월 22일 일본군의 위협을 받으며 진행된 내각회의에서 우리의 국권을 일본에게 넘겨주는 조약이 체결되어 8월 29일에 공포됨으로 유구한 역사와 전통을 지닌 우리나라가 일본의 지배하에 들어가게 된 것이다.

이처럼 어이없이 나라를 일본에게 빼앗기자 산천초목도 울었고, 나라와 민족을 사랑하는 수많은 애국지사들이 잃어버린 나라를 되찾기 위해 일어섰다. 잔인무도한 일본인들은 강탈당한 나라를 돌려

달라는 우리의 정당한 요구를 묵살하며 우리 애국지사들을 체포하여 투옥시키고, 고문하며 죽이는 만행을 거침없이 저질렀다. 그러나 빼앗긴 조국을 찾겠노라 맹세한 독립투사들은 죽음을 두려워하지 않고 일제의 총칼 앞에 맞서 싸웠다. 이런 수많은 독립투사들의 선두에서 일본에 대항한 분이 백범 김구 선생이시다.

김구 선생은 1876년 8월 29일 황해도 해주에서 태어났다. 김구 선생이 태어나신 바로 그 해에 우리나라가 운양호 사건으로 인해 일본과 치욕적인 강화도 조약을 맺게 되었으니 선생은 우리나라를 일본으로부터 해방시킬 특수한 사명을 지니고 세상에 오신 분인지도 모르겠다. 선생의 어린 시절 이름은 창암이었다. 그는 비 오는 날이면 갖가지 색깔의 물감을 시냇물에 풀어놓는가 하면, 멀쩡한 은수저를 두 동강 내서 반 토막을 창틈으로 내밀어 지나가는 엿장수에게 주고 엿을 받아먹은 장난기 있는 아이이기도 했다. 그런가 하면 아이들이 떼를 지어 그를 때리자 그들을 모두 죽여 버리겠다고 식칼을 들고 그네들의 집으로 달려가기도 했던, 무엇이든 마음먹으면 결행하는 성격을 지니고 있었다. 얼굴에 보기흉한 곰보자국이 생긴 것은 어려서 천연두를 앓을 때 그의 할머니가 바늘로 얼굴에 생긴 종기를 찔러 고름을 빼냈기 때문이라 한다.

같은 또래의 아이들처럼 심한 장난도 치며 말썽도 많이 부리던 창암은 12살이 되면서 어려운 집안을 일으키기 위해 과거준비를 시작했다. 김구 선생은 신라 경순왕의 손자 김숙종의 21세손으로서 양반이었지만, 그의 조상 중의 하나인 김자점이 역적으로 몰려 멸문지화를 당한 후 그의 조상들은 황해도 해주로 와 신분을 감추고 살았다. 그 때문에 선생의 아버지 김순영과 어머니 곽낙원도 가난한 농부로 살았기에 그는 과거에 합격하여 어려운 집안을 살리려 한 것이다. 그러나 17세 되던 해에 과거에 응시한 김구 선생은 놀라운 사실을 발견했다. 아무리 실력이 있어도 돈과 권력이 없으면 과거에 합격할 수 없음을 알게 된 것이다.

크게 실망하고 분노한 김구 선생은 높은 벼슬을 얻어 집안을 일으키겠다는 생각을 버렸다. 그리고는 아버지의 권유대로 풍수와 관상을 공부하던 중 "사람은 얼굴이 좋은 것보다 몸이 좋은 것이 낫고, 몸이 좋은 것보다는 마음이 좋은 것이 낫다."는 사실을 깨닫고 마음 좋은 사람이 되기를 마음먹었다.

그의 나이 18세가 되던 해에 선생은 신분에 관계없이 모든 백성들이 새 나라를 이룩할 수 있다고 가르치는 동학에 빠져들어 황해도 동학군의 선봉이 되어 해주 성을 공격했다. 그러나 관군에게 패하여 안태훈 진사 집에 피신했다. 그 곳에서 그의 아들인 안중근 의사를 알게 되고, 안 진사와 친분이 있던 고능선 선생을 만나 학문을 익히며 마음 좋은 사람이 되는 길을 배웠다.

창암에서 창수로 이름을 바꾼 김구 선생이 고능선 선생을 스승으로 모시고 공부할 때 일본 군인들이 경복궁에 침입하여 우리나라 왕비인 명성황후를 살해하는 사건이 일어났다. 뿐만 아니라 상투를 자르라는 단발령까지 내렸다. 이에 분개한 김구 선생은 중국으로 건너가 만주의 의병부대에서 활동하다 돌아왔다. 하지만 나라는 점점 더 혼란스러워지기만 했기에 김구 선생은 21세 되던 1896년에 다시 중국으로 가던 중 단발령이 풀어졌다는 소식을 듣고 고향으로 발길을 돌렸다.

돌아오는 길에 황해도 치하포의 한 여관에서 조선 사람으로 위장한 일본인을 발견하게 되었다. 그가 입은 흰 두루마기 속에서 일본 군인들이 차고 다니는 칼집이 눈에 들어오자 김구 선생은 그가 명성황후를 죽인 자이거나 공범이라 단정하고 그의 칼을 빼앗아 그를 죽여 버린다. 살해당한 일본인은 토전양량이라는 일본군 중위로서 우리나라를 염탐하던 중이었다. 김구 선생은 일본인을 죽인 3개월 후인 1896년 5월에 집에서 체포되어 인천감옥에 수감되었다. 그 곳에서 모진 고문을 받으며 조사를 받았지만 김구 선생은 그가 토전양량을 죽인 것은 살해당한 명성황후의 원수를 갚기 위함이었다고 진술했다.

사형선고를 받고 그 집행을 기다리는 동안 김구 선생은 간수가 건네주는 책들을 읽고 개화사상과 신학문에 눈을 뜨게 되었다. 동시에 감옥에서 재소자들에게 글을 가르쳐 감옥을 학교로 만드는 놀라운 일을 하였다. 그러다 사형집행 날이 되자 모든 사람들이 슬퍼했지만 선생 자신은 태연하였다. 그날 저녁 늦게 고종황제께서 김창수의 사형을 정지하라는 특명을 내리셨다는 소식이 전해졌다. 이 명령은 전화로 하달되었고, 서울과 인천 사이에 전화가 개설된 것은 그로부터 불과 3일 전이라고 하니 하나님께서 우리민족의 위대한 애국지사 김구 선생을 지켜주신 것임을 알 수 있다.

사형은 면했지만 일본인들의 반대 때문에 석방될 가망이 없음을 알게 된 김구 선생은 1898년 3월에 뜻이 맞는 수감자들과 계획을 세워 감옥을 탈출했다. 감옥을 벗어난 그는 걸식을 하거나 민가에 숨어 지내다 공주에 있는 마곡사에서 잠시 승려생활을 하기도 했다. 그러다 집으로 돌아온 지 얼마 안 되어 아버지가 세상을 떠나시자 김구 선생은 이동령, 안창호, 양기탁 등과 신민회를 결성하여 구국운동을 전개했다. 동시에 박탈당한 국권을 회복하려면 백성들이 배워서 힘을 길러야 한다는 신념으로 양산학교와 보강학교를 세워 교육운동에 심혈을 기울였다.

그 무렵 안중근 의사가 하얼빈 역에서 우리나라를 일본에 합병시키는데 주역을 담당한 이토 히로부미를 사살했으며, 1911년 안 의사의 사촌 동생 안명근이 일본총독을 암살하려다 발각되어 체포되었다. 이 사건의 관련자를 김구 선생을 비롯한 여러 애국지사들이 구속되고, 김구 선생은 17년 감옥 형을 언도받았다.

또다시 옥에 갇힌 선생은 이름을 "구"로 고치고, 호를 "백범"이라 지었다. "백범"이란 지극히 평범한 사람이란 뜻으로 우리들이 모두 평범한 사람으로서 나라와 민족을 사랑하며 단결하여 일제와 투쟁한다면 그들의 속박에서 벗어나 좋은 나라를 만들 수 있겠다는 생각에서 그리 정한 것이다. 1915년 8월에 가석방된 선생은 고향으로 돌아와 황해도 동산평에서 농장관리인이 되어 농민계몽 운동에 힘썼다.

그가 농민들을 계몽시키는데 몰두하던 1919년 3월 1일에 삼일운동이 일어나고, 이로 인해 그에 대한 일본 경찰의 감시가 더욱 심해지자 선생은 국내에서보다는 국외에서 독립운동을 하는 것이 더 효과적이라 판단하고 압록강을 넘어 중국으로 갔다. 그때부터 선생은 27년이란 긴 세월을 중국에서 망명생활을 하며 조국의 광복을 위해 자신을 불태웠다.

상해에 도착한 김구 선생은 당시 임시정부의 내무총장이던 도산 안창호 선생에게 "내가 감옥에서 청소를 할 때마다 대한민국 정부 청사의 마당을 쓸고 유리를 닦게 해달라고 하나님께 기도했습니다. 이제 이곳에 우리 임시정부가 생겼으니 나를 이 정부청사의 문지기로 써주십시오." 라고 요청했다. 선생의 말을 들은 안창호 선생과 주위 사람들은 크게 감동하면서 그렇게는 할 수 없다며 경찰의 우두머리인 경무국장자리에 선생을 앉게 하였다.

김구 선생은 경무국장을 비롯하여 의정원 의원, 내무총장 등 여러 직책을 역임한 후 임시정부의 수반인 주석의 자리에 올랐다. 그러는 동안 임시정부의 사정은 점점 나빠지고 민족의 염원인 조국의 광복은 영영 이루어질 것 같지 않자 함께 일하던 동지들이 하나 둘 위험하고 힘든 독립운동을 포기하게 되었다. 게다가 독립운동을 하는데 없어서는 안 될 자금이 모자라 임시정부 요원들이 당하는 고초는 심하기만 했다.

임시정부를 이끌어가는 김구 선생도 정부청사에서 잠을 자고, 동포들의 집을 차례로 찾아다니며 끼니를 해결하는 어려운 생활을 했다. 그러면서도 선생은 "한인애국단"을 조직하여 독립투사들을 양성하였다. 나라와 계례를 사랑하는 피 끓는 젊은 청년들이 몸과 마음을 다해 일제와 싸워야만 광복의 날을 앞당길 수 있다고 믿었기 때문이다. 이봉창 의사와 윤봉길 의사 두 분 다 이 "한인애국단" 단원이며, 이 의사가 동경에서 일본천황에게 폭탄을 던지고 윤 의사가 상해 홍구 공원에서 거행된 천장절 기념식장에서 폭탄을 투척한 것은 다 김구 선생의 지시에 따른 거사다.

　1932년 1월 8일 이봉창 의사가 일본천황을 죽이는데 실패한 것
은 참으로 애석한 일이다. 그러나 김구 선생은 "일황이 즉사한 것
만은 못하나 정신적으로는 우리 한인이 일본의 천황을 죽였으며,
이것은 우리가 일본에 동화되지 않는 것을 세계만방에 보여준 것이
니 성공한 것이나 다름없다"고 그의 자서전 백범일지에 기록하고
있다. 중국 국민당 기관지 "민국일보"는 "한인 이봉창이 일본 천황
을 저격하였으나 불행이도 명중하지 않았다."고 보도했고, 다른 여
러 신문들도 기사 가운데 "불행이도 명중하지 않았다"는 점을 강조
함으로 이 의사의 의거가 성공하지 못한 것을 안타까워했다.
　같은 해 4월 29일 윤봉길 의사가 홍구공원에서 거행된 일본천황
의 생일을 축하하는 천장절 기념식 중 폭탄을 투척하여 경축대위에
있던 일본군 사령관 시라 카와 육군대장과 상해 일본인 거류민 단
장 카와 마다를 죽이고, 노무라 해군중장, 우에다 육군준장, 수중공
사 시케이쯔에게 중상을 입힌 상해의거는 일본의 잔악상을 전 세계
에 공포하며 우리민족이 독립을 원하는 마음이 얼마나 큰가를 세계
만방에 알린 쾌거였다.
　안타깝게도 이봉창 의사는 교수형을, 윤봉길 의사는 총살형을 당
했지만 이 두 사건을 계기로 중국정부는 우리 애국지사들의 목숨을
건 독립운동에 관심을 보이기 시작했다. 뿐만 아니라 중국 국민들도
그네들 10억 인구가 하지 못한 일을 한국 청년 2명이 해냈다고 칭찬
하며 대한의 독립투사들을 우러러 보게 되었다. 그러나 무엇보다 중
요한 것은 이 두 의거로 인해 당시 중국의 지도자이던 장개석 장군

이 김구 선생을 만나 우리 임시정부를 도와주기로 약속한 것이다.

일본의 중국침략이 확대되면서 임시정부는 상해에만 머물지 못하고 여러 곳으로 옮겨 다녀야 했지만 김구 선생은 독립군을 양성하기 위한 군관학교를 세우고, 일본이 점령한 지역에 독립군을 파견하여 그들의 군사시설을 파괴하는 등 독립운동을 계속했다. 한편 독립운동을 전개하는 단체들이 늘어나면서 독립 운동가들의 생각이 일치하지 못하여 서로 거리가 생기게 되자 김구 선생은 그네들을 하나로 묶을 방안을 모색했다.

1938년 5월 그 일을 추진하기 위한 회의를 하는 중 선생은 한 괴한으로부터 총격을 받았다. 김구 선생을 쏜 괴한은 이운한이란 한인으로 밝혀졌으며, 선생이 심장 옆에 총탄을 맞고 쓰러졌을 때 의사들은 가망이 없다며 방치했지만, 4시간 후에 병원으로 실려가 기적적으로 소생했다. 하지만 그 날 이후 김구 선생은 가슴속에 남아 있는 총알로 인해 움직이는데 불편을 느끼게 되었으며 글씨체가 꼬불꼬불한 "총알체"로 변했다. 무엇보다 슬픈 것은 우리의 독립을 위해 싸우시던 김구 선생이 동족에게 총격을 받았다는 사실이다.

1940년에 김구 선생은 광복군을 조직하고, 그 해 12월에 일본에게 선전포고를 했다. 일본의 패배가 확실해지는 것을 느낀 김구 선생은 우리도 연합군과 합세하여 잃어버린 나라를 되찾아야겠다고 생각했기 때문이다. 김구 선생은 독립군이 연합군과 합동훈련을 하도록 했고, 광복군이 한반도에 진입할 수 있는 준비를 하였다. 그러나 1945년 8월 15일에 일본이 무조건 항복을 함으로 조국의 광복을 위해 독립군을 국내에 투입하려던 선생의 계획은 실천되지 못했다.

조국의 광복이 외국의 힘에 의해 이루어지자 김구 선생은 기쁨보다는 큰 충격을 받았다. 우리나라가 일본으로부터 해방되기는 했지만 우리나라가 일본을 항복시킨 나라들의 간섭과 지배를 받아야 할지도 모른다는 우려와 근심 때문이었다. 선생의 예상은 들어맞아서 해방된 대한민국은 38선을 경계로 북쪽은 소련의 통치하에 들어가고, 남쪽엔 미군정이 들어섰기 때문이다. 거기서 그치지 않고 1945년 12월 28일 미국과 소련과 영국은 우리나라를 미국, 소련, 영국, 중국이 5년만 다스린다는 "신탁통치"를 결정하였다. 김구 선생은 "우리 민족은 다 죽는 한이 있더라도 신탁통치만은 받을 수 없으며 우리들은 피를 흘려서라도 자주독립정부를 세워야한다."며 강력하게 신탁통치를 반대했다.

그런 가운데 미국은 이승만 박사를 주축으로 남한에 단독 정부를 세울 것을 계획하고 추진하기 시작했다. 이에 대해서도 김구 선생은 남한만의 단독 정부가 수립되면 나라는 두 동강이 나고, 한 계례가 서로 죽이고 피 흘리며 싸워야하는 전쟁이 일어날 것이라며 결사적으로 반대했다. 김구 선생은 38선 이북과 이남에 서로의 독립 정부가 들어서는 순간 나라는 남북으로 분단되며 민족은 분열된다는 것을 내다보고 있었던 것이다. 그는 통일정부를 세우기 위하여 많은 이들의 반대를 무릅쓰고 "남북협상"까지 시도하였다.

김구 선생이 남북이 합해야 우리계례가 산다는 확고한 신념을 지니고 38선을 넘나드는 동안 남한과 북한은 제각기 단독정부를 세웠다. 그래도 김구 선생은 통일 정부를 수립하기 위한 갖가지 방안을 준비하지만 1949년 6월 26일 민족을 살리기 위한 선생의 노력은 종지부를 찍게 되었다. 이날 김구 선생은 육군 소위 안두회가 쏜 흉탄을 맞고 돌아오지 못할 길을 가셨기 때문이다.

죽음의 고비를 넘나들며 일제와 투쟁하다 해방된 조국 땅에 돌아와 동족이 쏜 총에 맞아 쓰러진 민족의 큰 별 백범 김구 선생의 장례는 1949년 7월 5일 온 계례의 애도 속에 국민장으로 거행되었다. 이 날 김구 선생을 보내는 온 국민의 슬픔이 얼마나 컸던가는 "백범 추도가"에 너무나 잘 나타나있다.

오호
여기 발 구르며 우는 소리
지금 저기 아우성치며 우는 소리
하늘도 땅도 울고
바다조차 우는 소리
끝없이 우는 소리
임이여 가십니까
임이여 가십니까
이 계례 나갈 길이
어지롭고 아득해도
임이 계시옴에 든든한 양 믿었더니
두 조각 갈라진 땅 그대로 버리고서
천고에 한을 품고 어디로 가십니까
어디로 가십니까.

김구 선생이 나라와 민족만을 사랑한 진정한 애국자였음을 우리는 그의 자서전 "백범일지"에 기록된 '나의 소원'을 읽으면 알 수 있다.

"네 소원이 무엇이냐?" 고 하나님께서 물으신다면 나는 서슴치 않고 "내 소원은 오직 대한 독립이요"라 대답할 것이다. "그 다음 소원이 무엇이냐?"고 물으시면 나는 또 "우리나라의 독립이요."라 할 것이요. "그 다음 소원은 무엇이냐고?"고 세 번째 물으셔도 나는 더욱 소리를 높여서 "나의 소원은 우리나라의 완전 자주독립이요."라고 대답할 것이다.

그렇다. 김구 선생께서 원한 것은 우리나라의 완전한 자주독립밖에 없었으며, 그는 그 소원을 이루기 위하여 죽기까지 싸우신 분이다.

김구 선생은 대한민국이 완전 자주독립 국가가 된 후 "강한 나라" 아닌 "아름다운 나라"로 성장하길 원하신 분이기도 하다. 그가 강한 나라 보다 아름다운 나라를 원하는 이유는 "내가 남의 침략에 가슴이 아팠으니 내 나라가 남의 나라를 침략하는 것을 원치 않기 때문이다."라고 말한다. 김구 선생은 국가와 민족을 위하고 사랑한 위대한 애국자이셨을 뿐 아니라 우리 인생의 스승이시기도 하다. 선생이 들려주시는 "눈길을 걸어갈 때 어지로이 걷지 말라. 오늘 내가 걸어간 길이 훗날 다른 사람의 이정표가 될 것이니"란 말씀은 우리들이 살아야 할 인생의 기본자세이기 때문이다.

백범 김구 선생이 우리 곁을 떠난 후 65년이란 세월이 흐르는 동안 우리는 어렵고 힘든 시련과 역경을 수없이 이겨내며 우리나라를 잘사는 나라로 만들었다. 그러나 우리는 아직도 김구 선생이 염원하던 "완전통일국가"를 이루지 못했다. 김구 선생이 지니셨던 겨레와 나라를 사랑하는 마음을 간직하고 삼천리금수강산에 통일국가를 이루어 세계에서 가장 아름다운 나라로 만들기 위해 최선을 다하는 우리들이 되어야 할 줄 안다.

광복의 등댓불 안중근 의사

독립운동가(1879~1910). 남포에 돈의 학교를 설
립하여 인재 양성에 힘쓰다가 1907년 연해주로
망명하여 의병 운동에 참가하고, 1909년 만주의
하얼빈 역에서 이토 히로부미를 사살하였다.

"내가 한국독립을 회복하고 동양평화를 유지하기 위하여 3년 동안을 해외
에서 풍찬노숙 하다가 마침내 그 목적을 달성하지 못하고 이곳에서 죽노니
우리 2천만 형제자매는 각각 스스로 분발하여 학문에 힘쓰고, 실업을 진흥
하며, 나의 끼친 뜻을 이어 자유 독립을 회복한다면 죽는 자로서 여한이 없
겠노라."

                  – 안 의사가 사형직전 두 동생을 통해 남긴 "동포에게 고함"이란 유언

광복의 등댓불 **안중근** 의사

김 대 억

1910년 8월 29일은 우리민족이 국토와 국권을 일본에게 박탈당한 슬프고도 부끄러운 날이다. 이날 체결된 한일합병조약으로 1392년에 건국되어 27대 519년 간 지속되어온 조선왕조가 역사 속에 묻혀버리고 우리나라가 36년이란 긴 세월동안 일본의 식민지가 되었기 때문이다. 우리에게 이런 망국의 한과 슬픔을 안겨준 한일합병조약은 갑작스레 맺어진 것은 아니다. 간악하고 간교한 일본이 우리나라를 송두리째 삼키려고 격동하는 세계정세에 편승하며 오랜 기간 준비하며 기회를 노려오다 강압적으로 성사시킨 것이 한일합병조약인 까닭이다. 만일 우리가 다른 이웃 나라들처럼 열강들에게 문호를 개방하고 국력을 길렀다면 섬나라 일본에게 나라를 빼앗기는 수모와 수치는 당하지 않았을 것이다.

일본은 1853년 3월 31일 미국의 페리 제독과 미일화친조약을 체결한 것을 시작으로 러시아, 불란서, 영국에게도 문호를 개방하여 진보된 서구문명을 받아들이기 시작했다. 청나라도 두 번에 걸친 아편전쟁 끝에 영국, 불란서와 북경조약을 맺고 서양문화를 받아들

임으로써 세계의 조류에 합류하게 되었다. 하지만 같은 시기에 조선왕조는 대원군의 쇄국정책으로 우물 안 개구리의 신세를 면치 못했다.

우리나라에도 1866년 3월과 8월에 독일 상선 오페르트라가 찾아와 통상을 요구했지만 조정은 이를 받아들이지 않았다. 같은 해 8월 미국 상선 레너렐 셔만호가 대동강을 거슬러 올라와 교역을 청하다 거절당하면서 평양 군민들과 충돌이 일어나 배는 불타버리고 선원들은 처형당했다. 이 사건이 일어난 직후인 10월에 로스 제독이 이끄는 불란서 군함 7척이 강화도를 점령하고 대원군이 천주교를 핍박하면서 불란서 신부를 살해한 책임을 물으며 통상을 맺자고 했다. 그러나 대원군은 로스 제독의 제안을 받아들이지 않았다. 그러자 불란서 함대와 조선군 사이에 전투가 벌어졌고, 완강하게 저항하는 조선군과 대치하던 불란서 해군은 40여 일만에 물러갔다. 이 사건을 병인양요라 하며 이 병인양요와 더불어 그 후에 일어난 신미양요는 대원군의 쇄국정책을 더욱 강화시켰다.

신미양요는 1866년 대동강에서 일어난 제너렐 셔만호 사건에 대한 책임추궁과 무력을 써서라도 우리나라와 통상조약을 맺기 위해 미국 아시아함대 사령관 존 로저스 제독이 군함 5척을 이끌고 강화도를 공격한 사건이다. 우리정부는 통상교섭을 거부하며 미국 함대와 대결하며 많은 사상자를 내지만 로저스 제독은 목적한 바를 이루지 못하고 중국으로 철수했다.

병인, 신미 두 양요를 치루면서도 서방국가들과의 통상교섭을 거부하던 조선정부는 1876년 2월 3일 일본과 강화도조약(병자수호조약)을 체결하게 되었다. 이 조약은 우리정부가 일본의 무력 앞에 굴복한 불평등조약으로 일본은 강화도조약을 우리나라로 침투해 들어오는 교두보로 삼았다. 이 조약을 구실삼아 일본은 우리 땅에 군대를 주둔시키고, 대신들을 매수하여 내정간섭을 일삼았으며, 시시각각으로 변하는 국제정세를 자기들에게 유리하게 이용하며 조선왕조에 대한 영향력을 넓혀가다 1905년에 을사조약을 맺어 우리의 외교권을 박탈하고 만 것이다. 이때로부터 우리나라는 일본의 실질적인 식민지가 된 것이나 다름이 없게 되었다. 그러다 5년 후인 1910년에 체결된 한일합병조약으로 완전이 일본의 속국이 되어버린 것이다.

을사보호조약을 주도한 을사오적(박제순, 이근택, 이지용, 이완용, 권주현)과 정미칠조약의 주역 정미칠적(고병희, 송병준, 이병주, 이완용, 지재곤, 임선준, 조중)은 우리의 국권을 일본에게 팔아넘긴 용서받지 못할 죄인임에 틀림없다. 그러나 우리가 나라를 잃고 일본의 식민지가 되는 비운을 맞이하게 된 모든 책임을 그들에게만 돌릴 수는 없다. 그때 조선왕조가 당파싸움을 그치고 조정대신들과 백성들이 하나로 뭉쳐 나라를 안정시키고, 국력을 기르며, 국제조류에 합류했다면 나라를 팔아먹는 매국노들이 날뛰지 못했을 것이며 일본의 힘이 아무리 강해도 우리나라를 삼킬 수는 없었을 것이기 때문이다.

불행히도 조선 말기에 조정은 500년 간 계속되어온 당파싸움에서 벗어나지 못했을 뿐만 아니라 세도정치가 날로 심해졌기에 민심은 극도로 흉악해졌고, 왕실의 권위는 날로 떨어지기만 했다. 거기다 대원군의 쇄국정책으로 국제적으로 고립된 우리나라를 일본을 비롯한 중국과 러시아가 서로 차지하겠다고 덤벼들었으니 나라를 팔아 일신의 영달을 꾀하려는 민족의 반역자들이 속출했고, 일본은 그들을 사주함과 동시에 주변국들과의 관계를 교묘하게 이용하여 삼천리금수강산을 독식해 버린 것이다.

나라를 빼앗겼다는 소식에 삼천리 방방곡곡에서 수많은 사람들이 원통함과 울분을 참지 못하여 울부짖으며 통곡했다. 전국 각처에서 의병이 일어나 일본군과 싸웠으며, 뜻있는 사람들은 지위고하를 막론하고 국권을 회복하기 위하여 갖가지 방법으로 투쟁하기 시작했다. 뜻을 이루지는 못했지만 나인영과 오기호는 을사오적을 처단하려 했으며, 전명운과 장인환은 대한제국의 외교고문으로 일제의 앞잡이 노릇을 해온 스티븐스를 미국 샌프란시스코에서 암살했다. 20세의 청년 이재명은 을사오적의 우두머리격인 이완용을 죽이려 여러 번 칼로 그를 찔렀지만 이완용은 살아나고 그는 처형당했다. 이런 갖가지 국권회복운동 중 그 목적을 달성하며 나라 잃은 민족의 슬픔과 나라를 되찾으려는 민족의 염원을 세계만방에 알리는 의거가 일어났다. 1909년 10월 26일 안중근 의사가 중국 하얼빈에서 이토 히로부미를 저격한 것이 바로 그것이다.

안중근은 1879년 9월 2일 황해도 해주부 광석동에서 아버지 안태훈과 어머니 조 마리아(조성녀)의 장남으로 태어났다. 날 때 등에 일곱 개의 점이 있어 북두칠성의 기운을 타고 났다는 뜻으로 어릴 때에는 응칠이라 불렀다. 그의 집안은 비교적 살림이 넉넉했으며 할아버지 안인수는 인덕과 재덕을 지닌 분으로서 진해현감을 지냈다. 슬하에 6남 2녀를 두었는데 그 중 셋째가 안중근의 아버지 안태호였다. 안태호는 1884년 김옥균, 박영효 등 개혁파가 일으킨 갑신정변에 연루되어 반대파의 탄압을 받게 되자 가족을 거느리고 해주를 떠나 황해도 신천면 두라면 청계동으로 은신했다.

안중근은 이 산촌에서 성장했으며 6살 때부터 할아버지가 세운 서당에서 한문을 배우기 시작했다. 그는 8, 9년 간 서당에서만 공부했을 뿐 정규학교는 다니지 않았다. 안중근은 서당에 다니면서 공부보다는 말타기와 활쏘기를 즐겼고, 집안에 드나드는 포수들의 영향을 받아 사냥을 좋아했으며, 나는 새와 달리는 짐승을 백발백중 명중시키는 명사수로 이름을 날렸다고 한다. 안중근은 어려서부터 문인으로서보다는 무인적인 성향이 강했음을 알 수 있다. 그렇다고 그가 학문을 등한시한 것은 아니다. 짧은 기간이긴 하지만 17세 되던 1895년에 천주교 학교에서 신학과 불란서 말을 배웠으며 역사책을 많이 읽었다고 한다. 때문에 그는 역사의 흐름과 수시로 변하는 국제정세를 정확하게 파악하며, 복잡하게 뒤엉킨 국내외의 정세 속에서 그가 나라를 위해 해야할 일을 선택할 수 있는 분별력과 식견을 지니고 있었다.

안 의사가 잃어버린 국권을 회복하기 위하여 본격적인 활동을 하기 시작한 것은 을사보호조약이 체결된 1905년 11월을 전후해서다. 그때 그는 중국 상해로 가서 동지들을 모아 국권회복운동을 전개하려 했다. 그러나 그가 기대를 걸었던 천주교 신부들로부터 협조를 받을 수 없게 되자 나라의 실정을 외국에 호소하여 그들의 도움을 얻는 것이 힘든 일임을 깨닫게 되었다. 거기다 상해에 거주하는 민씨 정권의 핵심인물이었던 민영식과 인천에서 상해로 망명한 재력가 서상근마저 독립운동을 하려는 그를 문전박대하자 안 의사는 크게 실망했다. 그럴 때 아버지 안태훈이 44세 한창 나이에 타계하셨단 소식을 들고는 상해에 머무르기보다는 일단 고향으로 돌아가 애국계몽운동을 하기로 작정하고 고국으로 돌아왔다.

안 의사는 귀국한 후에도 중국에 대한 미련을 버리지 못하여 상해로 가는 길목인 진남포에 사재를 털어 삼흥학교와 돈의학교를 설립하고 애국계몽운동에 매진했다. 그러나 1907년 10월 중순 그는 또다시 두만강을 건너 연해주로 가 의병운동에 참가했다. 교육을 통해 국권을 회복하는 일에 전념하던 그가 무장투쟁을 하기 위해 중국으로 망명한 까닭은 이토 히로부미가 1907년 헤이그 밀사사건을 구실삼아 고종황제를 폐위시키고, 사법권과 행정권은 물론 관리 임명권까지 장악하고, 나라의 마지막 대들보인 군대까지 해산시켰기 때문이다.

1908년 봄에 창설된 대한군 의군의 참모중장으로 선임된 안 의사는 독립특파대장으로 치열한 항일투쟁을 벌이기 시작했다. 같은 해 8월 안 의사는 의병 200여 명을 이끌고 함경도 경흥 고을에 침투하여 일본군경 50명을 사살하고, 회령으로 진군하여 일본군 수비대를 습격하여 승리를 거두었지만 일본군의 토벌작전에 밀려 고군분투하다 중과부적으로 참패하고 구사일생으로 연해주 본영으로 돌아왔다.

1909년 2월 7일 안 의사는 뜻을 같이 하는 동지 11명과 나라를 되찾고 동양의 평화를 유지하기 위한 목적으로 "동의단지회"를 결성했다. 이때 그들은 왼쪽 넷째 손가락 한 마디를 끊고, 그 피로 태극기에 "대한독립"이라 쓰고는 피 흐르는 손을 들고 "대한독립만세"를 세 번 불러 그들의 결의를 다짐했다. 안 의사는 자서전 "안응칠 역사"에서 그날 생긴 일을 다음과 같이 기록하고 있다. "오늘 우리들이 손가락을 끊어 맹세를 같이 지어 증거를 보인 다음, 마음과 몸을 하나로 묶어 나라를 위해 몸을 바쳐 기어이 목적을 달성하도록 하는 것이 어떻소… 마침내 열두 사람이 각각 왼손 약지를 끊어 그 피를 태극기에 글자 넉자를 크게 쓰니 바로 '대한독립'이었다."

안 의사는 1909년 9월 민족의 원수 이토 히로부미가 러시아와 회담하기 위해 하얼빈에 온다는 신문기사를 읽게 되었다. 그 기사를 보고 안 의사는 "이건 분명히 하늘이 주시는 기회"라며 기뻐했다고 안 의사와 함께 이토 암살을 계획했던 우덕순이 후일 증언했다. 안 의사는 하얼빈에 오는 이토를 죽이기로 결심하고 독립투사 정재관, 김서무와 의논하여 구체적인 계획을 세우고 10월 21일 오전 8시 50분 블라디보스토크 역을 출발하여 10월 22일 밤 9시 15분에 하얼빈 역에 도착했다. 중간에 러시아 말 통역관 유동아가 동행하였으나 집안 사정으로 돌아가고 후에 조도선이 합류했다.

이토가 하얼빈에 오는 것은 특별한 목적이 있어서가 아니라 개인적인 여행이라 발표되었지만 그 이면에는 일본이 품고 있는 또 다른 야심이 숨겨져 있었다. 이토는 러시아 재무상 코코프체프가 미국과 손을 잡으려 한다는 정보를 입수하고는 미국과 러시아의 제휴를 막아 일본의 동양 주도권을 강화하고 싶었던 것이다. 그가 죽은 후에 알려진 사실이지만 이토에겐 또 하나의 개인적인 욕망이 있었다. 그는 한국통감의 권한을 만주까지 확장시키기를 원했던 것이다. 그런 후 러시아 대신들을 비롯한 각국 밀사들과 논의하여 그 자신이 중국통감에 임명되고자 한 것이다. 조선통감으로도 부족하여 중국통감까지 하려한 그의 야욕은 참으로 대단한 것이었다. 이같은 탐욕을 감춘 채 이토는 하얼빈으로 향했고, 대한의 영웅 안중근 의사는 그를 죽이기 위해 하얼빈에서 기다리게 된 것이다.

이토 히로부미는 10월 18일 대련에 도착하여 러시아 측에서 마련한 특별열차에 올라 10월 21일 여순의 일본군 기지를 시찰한 후 봉천을 거쳐 10월 25일 밤 11시에 장춘을 출발하여 하얼빈에 와 코코프체프와 만난다는 정보를 입수한 안 의사는 그가 26일 정오경에 하얼빈에 도착할 것으로 예상하고 거사준비를 했다. 원래 거사장소를 이토가 도중에 잠시 쉬어갈 차이자거우 역으로 정했지만 나중에 계획을 바꾸어 차이자거우 역은 우덕순이 담당하고, 안 의사는 하얼빈 역을 맡기로 하였다. 그러나 삼엄한 경계 때문에 우덕순이 차이자거우에서 거사를 이루지 못하자 하얼빈에 대기 중인 안 의사에게 이토 저격의 사명이 주어진 것이다.

안 의사는 1909년 10월 26일 아침 7시 경 하얼빈 역에 도착하여 역 안에 있는 찻집에 들어가 동정을 살폈다. 오전 10시 경 이토가 탄 특별열차가 풀렛폼으로 들어오고 러시아 재무대신 코코프체프 일행이 열차 안으로 들어간 후 얼마 안 되어 군악이 울리는 가운데 이토가 코코프체프와 일본 총영사의 안내를 받으며 열차에서 내렸다. 러시아 군대의 사열을 받기 위해서였다. 이때 안 의사는 이번 거사가 국가와 민족을 위해 꼭 성공하게 해달라는 기도를 드리고 찻집에서 나왔다. 이토가 의장대 사열을 마치고 외국 영사단 앞으로 가 인사를 받기 시작할 때 안 의사는 러시아 경비병들 뒤에서 기회를 노리고 있었다.

　오전 9시 15분, 안 의사는 경비병들 앞으로 나가 귀빈들의 영접을 받으며 의장대 오른쪽에서 왼쪽으로 걸어 나오는 이토를 향해 권총 3발을 발사했다. 나르는 새와 달리는 짐승도 명중시키던 명사수 안 의사가 불과 5미터 거리에서 발사한 세 방의 총탄은 하나는 그의 왼쪽 폐에 다른 두 발은 왼쪽 옆구리와 복부에 명중했다. 그는 세 발을 더 쏘아 하얼빈 일본 총영사 가와카미, 이토의 수행비서관 모리, 남만주 철도주식회사 이사 다나카에게 중상을 입혔다.

　저격 후 안 의사는 러시아 헌병들에게 밀려 넘어지면서 권총을 떨어뜨렸다. 그러나 곧바로 일어나 러시아 말로 "대한민국 만세"를 세 번 외치고 체포당했다. 하얼빈 역은 순식간에 아수라장이 되고 쓰러진 이토는 열차특실로 옮겨졌지만 오전 10시 경에 피를 너무 많이 흘려 숨을 거두었다. 그의 나이 69세였으며 우리나라의 외교권을 강탈한 을사조약을 강제로 체결한지 4년만의 일이었다.

　안 의사가 이토 히로부미를 저격한 의미는 크기만 하다. 안 의사의 의거가 지닌 가장 큰 의미는 나라를 강탈하고 우리민족의 가슴 속에 슬픔과 분노를 안겨준 국적 1호를 처단했다는 데 있다. 뿐만 아니라 안 의사는 이토를 죽임으로써 우리민족의 독립을 원하는 간절한 소망을 전 세계에 알렸으며, 나라를 빼앗기고 실의에 잠겨있는 우리민족에게 용기와 희망을 안겨주며 잠들었던 민족의식을 일깨워 주었다.

안 의사의 하얼빈의거 소식에 국내는 물론 국외까지 떠들썩했다. 이는 안 의사의 의거가 정당한 것임을 세계의 지식인들이 인정하고 있음을 말해주는 현상이었다. 많은 독립투사들이 환호의 찬사를 보내며 그들의 항일무력투쟁의 결의를 새롭게 한 것은 안 의사가 발사한 총탄이 민족의 원흉 이토의 숨통을 끊었을 뿐 아니라 대한청년들에게 나라의 독립을 위해 일어나라는 신호탄의 역할을 했음을 말해주는 것이다.

러시아 헌병들에게 체포되어 일본관헌에게 넘겨진 안 의사는 1909년 10월 30일 하얼빈 일본 총영사관 제1회 심문조서에 그가 이토를 죽일 수밖에 없었던 그의 죄상 15개를 거침없이 진술했다.

1. 한국의 명성황후를 시해한 죄

2. 고종 황제를 폐위시킨 죄

3. 을사조약과 정미조약을 체결한 죄

4. 무고한 한국인들을 학살한 죄

5. 정권을 강제로 빼앗아 통감정치를 한 죄

6. 철도, 광산, 산림, 농지를 강제로 빼앗은 죄

7. 제일은행권을 강제로 사용한 죄

8. 군대를 강제로 해산한 죄

9. 민족 교육을 방해한 죄

10. 한국인들의 외국유학을 금지한 죄

11. 교과서를 압수하여 불태워 버린 죄

12. 한국인이 일본인의 보호를 받고자 한다고 세계에 거짓말을 퍼뜨린 죄

13. 현재 한국과 일본 사이에 전쟁이 쉬지 않고 살육이 끊이지 않는데 한국

이 태평무사한 것처럼 천왕을 속인 죄

14. 대륙침략으로 동양평화를 깨뜨린 죄

15. 일본 천황의 아버지 태황제를 죽인 죄

안 의사는 일본의 독재자 이토 히로부미의 15개 죄상을 적나라하게 나열하고, 그는 한국의 의병중장의 자격으로 그 죄인을 처단한 것이지 사사로운 감정이나 의협심의 발로로 이토를 죽인 것이 아님을 분명히 밝혔다.

안 의사 체포와 수감 소식이 알려지자 국내외에서 변호모금운동이 일어나고, 명망 있는 국내외 변호사들이 안 의사를 돕겠다고 자원했다. 그러나 일제는 그들의 청을 묵살하고 일본인 관선 변호사 두 명을 선정하여 형식적인 재판을 진행해 나갔다. 안 의사 가족이 선임한 한국인 변호사 안병찬이 대련까지 왔지만 그에게도 안 의사 변론은 허락되지 않았다. 재판 중 안 안 의사가 일본이 우리나라를 강탈하고 동양평화를 위협하는 행위를 하는 죄상에 대해 말하려하면 재판장은 문서로 하라며 허락하지 않았다. 이런 불법재판이 1910년 2월 7일부터 12일 까지 6차례에 걸쳐 열린 후 2월 14일 열린 마지막 공판에서 마니베 재판장은 안중근에게 사형을, 우덕순에게 징역 3년, 조도선과 유동하에게는 징역 1년 6개월을 선고했다.

사형을 선고받은 안 의사는 2월 19일 공소권을 포기했다. 주위의 예상과 달리 안 의사가 상고를 하지 않은 까닭은 안 의사의 어머니 조 마리아 여사가 아들이 사형 구형을 받았다는 소식을 듣고 안 의사의 두 동생을 급히 여순으로 보내 전한 말 때문이었다. "옳은 일을 하고 받은 형이니 비겁하게 삶을 구하지 말고 대의에 죽는 것이

이 어미에 대한 효도이다." 그 어머니에 그 아들이 아닐 수 없다.

안 의사는 감옥에서 3개월 간 영하 30도의 추위와 싸우며 혹심한 심문과 재판을 받으면서도 매일 몇 시간씩 저술을 계속하여 1910년 3월 15일 자서전 "안칠응 역사"를 탈고했다. 이 옥중 자서전엔 그의 출생에서부터 성장배경 및 과정과 이토를 죽이게 된 경위와 그 까닭이 상세하게 기록되어 있다. 안 의사는 이 책을 끝낸 후 "동양 평화론"을 쓰기 시작하면서 법적으로 보장된 항소를 안 하는 대신 사형집행을 15일 정도 연기해 달라고 고등법원에 탄원하여 허락을 받았다. 그러나 법원은 안 의사가 그 책에 쓸 내용이 걱정되었든지 약속을 지키지 않아 안 의사의 "동양 평화론"은 완성되지 못했다.

1910년 3월 26일 오전 10시 아침부터 짙은 안개 속에 부슬비가 내리는 가운데 안중근 의사는 고향에서 보내온 하얀 명주한복을 입고 형장으로 끌려 나갔다. 안 의사에 대한 사형은 교수형으로 집행되어 1910년 3월 26일 오전 10시 15분 우리민족의 등대 안중근 의사는 32세의 나이로 순국했다.

안 의사는 사형직전 두 동생에게한 "동포에게 고함"이란 유언이 다음과 같이 전해지고 있다. "내가 한국독립을 회복하고 동양평화를 유지하기 위하여 3년 동안을 해외에서 풍찬노숙 하다가 마침내 그 목적을 달성하지 못하고 이곳에서 죽노니 우리 2천만 형제자매는 각각 스스로 분발하여 학문에 힘쓰고, 실업을 진흥하며, 나의 끼친 뜻을 이어 자유 독립을 회복한다면 죽는 자로서 여한이 없겠노라."

조국의 광복을 위해 이토 히로부미를 민족의 이름으로 처단하고 32살 젊은 나이에 순국한 안 의사의 유해는 고국으로 돌아오지 못하고 중국 땅 어딘가에 묻혔다. 그의 매장지가 알려지면 그 곳이 한국 독립투사들의 성지가 될 것을 두려워한 일제가 그의 유해를 묻은 곳을 밝히지 않아 그의 시신을 아직까지 찾지 못하고 있다.

광복 후 중국에서 돌아온 백범 김구 선생이 1946년 6월에 윤봉길, 이봉창, 백정기 세 분 애국지사의 유해를 일본에서 찾아와 효창공원에 안장할 때 안 의사를 위한 묘도 삼 열사 옆에 마련해 놓았다. 안 의사의 유해를 기필코 찾아내 그곳에 모시기 위해서였다. 그러나 1949년 백범 선생이 암살당하고, 2008년 이후 한국정부는 광복 후 처음으로 안 의사 유해 발굴 작업에 착수했지만 시신이 묻힌 장소조차 찾지 못하고 있는 실정이다.

조국의 독립을 그의 삶의 목표로 삼고 그 목적을 달성하기 위하여 투쟁하다 순국한 안 의사의 유해는 이역 땅 어딘가에 외로이 누어있지만, 그의 고귀한 조국애와 민족애는 우리들의 가슴 속에 살아있다. 우리가 그 숭고한 안 의사의 정신을 기리며 살아간다면 우리 조국 대한민국은 세계의 정상에 우뚝 선 자랑스러운 나라로 발전해 나갈 것이다.

국민교육의 선구자 도산 **안창호** 선생

독립운동가(1878~1938). 호는 도산(島山). 신민
회, 청년 학우회, 흥사단을 조직하고, 평양에 대성
학교를 설립하였다. 3 · 1 운동 후 상하이(上海) 임
시 정부의 내무 총장이 되어 독립운동을 하였다.

"나는 밥을 먹어도 대한의 독립을 위해, 잠을 자도 대한의 독립을 위해서 해
왔다. 이것은 목숨이 없어질 때까지 변함이 없을 것이다." "대한민족 전체
가 대한의 독립을 믿으니 대한이 독립될 것이요, 세계의 공의가 대한의 독
립을 원하니 대한이 독립될 것이요, 하늘이 대한의 독립을 명하니 대한은
반듯이 독립될 것이다."

-재판정에서 일본관헌들의 간담을 서슬케 했던 선생의 발언 중에서

국민 교육의 선구자 도산 **안창호** 선생

김 대 억

일본의 강압으로 1910년 8월 29일에 체결된 한일합병조약으로 대한제국은 국권을 상실하고 가혹하고 잔인한 일제의 식민통치하에 들어가게 되었다. 4천년이 넘는 오랜 역사에서 숱한 외세의 침입을 받으며 나라의 운명이 위태로워졌던 적은 여러 번 있었지만, 우리민족이 완전히 남의 나라에 예속되어 자유를 잃고 온갖 수모와 핍박을 받은 적은 없었다. 그러기에 수많은 사람들이 무력으로 아름다운 우리 강토를 짓밟으며 나라를 송두리째 빼앗은 일본을 몰아내고 국권을 되찾기 위해 일어났다.

의지와 신념이 아무리 강할지라도 맨주먹으로 총칼에 대항한다는 건 계란으로 바위를 치는 것 같은 무모한 일이었다. 그래도 나라와 민족을 사랑하는 독립투사들은 목숨을 걸고 일제에 대항해 싸웠다. 그들이 가진 힘과 능력으로 할 수 있는 모든 수단과 방법을 동원해 가면서 말이다. 무력투쟁으로 독립을 쟁취하려 한 사람들도 있었고, 세계만방에 한일합병조약이 불법임을 알림으로 강탈당한 나라를 되찾으려한 이들도 있었다. 일본정부의 요인들을 암살하고, 그들의 군사시설을 파괴함으로 나라를 구하려 한 분들도 적지 않았다. 이처럼 많은 애국지사들 가운데 한 분인 도산 안창호 선생은 우리민족이 무지에서 벗어나 실력을 양성하고 힘을 길러야만 독립할수 있다고 외친 독립 운동가였다.

안창호는 1878년 11월 9일 평안남도 강서군 초리면 봉상도에서 아버지 안흥국과 어머니 제남 황씨의 셋째 아들로 태어났다. 어린 아이 때 이름은 치삼이었으며 10세가 되어 학교에 다닐 무렵 창호로 이름을 바꿨다. 그는 9세에 서당에 다니기 시작했으며, 12살 되던 해 아버지가 돌아가신 후부터는 할아버지 안태열의 손에 자랐다. 안창호는 15살 되던 1892년 성리학자 김현전에게서 한학과 성리학을 배웠다. 그가 17살이 되던 1894년 7월에 청일전쟁이 일어났다. 소년 안창호는 평양 보통문 근처에서 일본군과 청나라 군사들이 싸우는 것을 보며 큰 슬픔과 분노를 느꼈다. 두 나라 군사들이 벌이는 총격전으로 인해 많은 민가들이 파괴되고 순박한 우리 백성들이 다치고 죽어갔기 때문이다.

애통과 분노 가운데서도 총명한 안창호는 일본과 청나라가 우리 땅에서 싸우며 우리나라에 엄청난 피해를 입히는 어처구니없는 일이 일어난 까닭은 우리가 힘이 없기 때문임을 깨닫게 되었다. 일본과 청나라가 연약한 우리나라를 서로 지배하겠다고 벌인 싸움이 청일전쟁이기에 싸움터가 우리 땅이 될 수밖에 없었다는데 생각이 미친 안창호는 그의 생을 우리민족의 힘을 기르는데 바치겠다고 결심하였다. 그러기 위해서는 그 자신부터 힘이 있어야겠기에 17세 소년 안창호는 서울로 올라와 구세학당에 들어갔다. 그가 구세학당에 입학하게 된 것은 무작정 서울로 올라와서 정동 교회근처를 지나다 누구든지 구세학당에 오면 먹고 자며 배울 수 있다는 선교사를 만났기 때문이다.

안창호는 구세군 학당에서 신학문을 배우며, 새로운 세계를 접하게 됨과 동시에 장로교에 입교하여 기독교인이 되었다. 1896년 구세학당 보통부를 졸업한 안창호는 상급학부로 진학하는 대신 보통부의 보조교사로 일하기 시작했으며, 이듬해인 1897년에는 서재필, 이승만, 유길준 등이 주관하는 독립협회에 가입하였다. 독립협회는 유약한 우리나라를 지배하기 원하는 열강세력에 대항하려면 우리민족의 각성과 단결이 절대적으로 필요하다고 느낀 서재필의 주도하에 1896년 7월에 발족된 단체였다. 안창호가 여기에 합류한 것은 독립협회가 우리민족이 사대사상에서 벗어나 주체성을 확립하는 일에 앞장 설 수 있다고 믿었기 때문이다.

독립협회는 확대되어 만민공동회가 되었으며, 이승만, 윤치호 등과 함께 거기 참여한 안창호는 평양 쾌재정에서 만민공동회 관서지방 발기회를 열었다. 그 자리에서 20세 청년 안창호가 수백 명의 유명인사들 앞에서 한 연설은 그를 일약 청년 웅변가로 만들었으며, 그의 명성이 널리 알려지게 되었다. 그러나 독립협회와 만민공동회는 구세력의 반대공작과 정부의 탄압으로 해체되었다. 그러자 독립협회의 주역이었던 서재필은 미국으로 망명의 길을 떠났으며, 안창호는 고향으로 돌아와 교육과 전도운동에 심혈을 기울이기 시작했다.

이 시기에 안창호가 세운 점진학교는 초등교육 기관이긴 했지만 우리나라 사람에 의에 세워진 최초의 남녀공학 사립학교였다. 이

학교의 명칭인 "점진"은 쉬지 않고 꾸준히 나아간다는 뜻으로 끊임없이 민족의 힘을 길러야 한다는 도산 안창호 선생 정신의 표현이었다. 점진학교에서는 천리 길도 한 걸음부터 시작하여 인내하며 걸어갈 때 목적지에 도달할 수 있는 것 같이 무슨 일이나 점진적으로 쉬지 않고 해나가야만 결실을 맺을 수 있다고 학생들을 지도했던 것이다.

1902년 그가 25세 되던 해에 안창호는 갓 결혼한 아내 이혜련과 함께 미국으로 건너갔다. 그가 미국에 간 목적은 공부를 하기 위해서였다. 그러나 거기 가서 재미 동포들의 어려운 처지를 보고는 학업을 포기하고 동포지도에 나섰다. 안창호가 계획했던 학업까지 중단하고 동포들을 지도하기로 결심한 동기 중의 하나는 샌프란시스코 거리에서 상투를 마주잡고 싸우는 동포 두 명을 말리다 그들이 싸우는 까닭을 알게 된 것이었다. 안창호는 인삼장사를 하는 두 동포가 서로 합의한 판매지역을 침범했다며 미국 사람들에게 재미있는 구경꺼리를 제공하며 싸우는 그들을 문명국 시민의 수준으로 끌어올리는 것이 민족의 힘을 기르는 길이며 독립을 이루는 초석이라 믿었던 것이다.

그 날 이후 안창호는 매일 동포들의 집을 하나하나 찾아가서 마당을 쓸고, 화장실을 청소하며, 유리창을 닦고 마루를 훔치고, 꽃을 심는 일을 계속했다. 처음에는 그의 진의를 몰라 의아한 눈으로 쳐다보던 동포들은 안창호의 진심과 노력에 감동하여 그들 스스로가 이웃에게 손가락질 받지 않도록 집 안과 밖을 깨끗하게 정리하며, 남들이 싫어하는 냄새도 풍기지 않으려고 노력하게 되었다. 안창호한 사람의 정성어린 노력으로 샌프란시스코 동포들의 생활에 혁명이 일어나게 된 것이다. 안창호를 신뢰하고 존경하게 된 동포들은 재미한인동포들의 단결과 계몽을 위해 조직된 한인친목회에 가입하여 안정되고 단합된 동포사회를 만들려고 노력하기 시작했다.

안창호가 미국에 있는 동안 국내정세는 날로 악화되어서 1905년 11월 27일 을사보호조약이 체결되었다. 이 조약은 이토 히로부미가 밤중에 궁궐에 침입하여 고종 황제와 대신들을 총칼로 위협하여 체결한 것으로, 공식명칭도 없고, 황제의 서명도 없는 불법문서에 불과했다. 하지만 이 조약으로 대한제국은 실제적으로 일본의 통치 하에 들어간 것이나 다름없이 되었다. 을사보호조약의 핵심 내용이 우리의 외교권을 박탈하고 우리나라에 통감정치를 실시한다는 것이였기 때문이다.

안창호는 을사보호조약 항의 성명서를 발표하고, 윤치호, 서재필 등과 이 조약에 반대하는 운동을 전개하였다. 그러다 1907년에 구국운동을 하기 위하여 귀국한 안창호는 대한사람은 힘을 길러야 한다는 민중계몽운동을 벌였다. 또한 신민회를 창설하고 대성학교 설립하기 위해 서울과 평양에서 여러 차례 연설을 하였는데 그의 탁월한 웅변력은 많은 사람들의 마음을 사로잡았다. 조만식은 안창호의 연설을 듣고 너무도 감동한 나머지 열심히 힘을 길러 나라와 민족을 구하겠다고 결단하고 실행하여 민족의 지도자가 되었다.

안창호가 결성한 신민회는 비밀결사조직으로서 당시 애국지사들의 구국운동을 뒤에서 총지휘한 단체였다. 신민회를 중심으로 안창호는 전국에서 애국지사들을 규합하여 그들을 통해 교육, 강연, 언론, 농촌 계몽과 산업에 이르기까지 여러 분야에 걸쳐 다양한 활동을 하게 되었다. 1911년 일제의 음모로 강제해산당할 때까지 안창호가 주도하여 신민회가 벌인 운동은 일제에 대항한 독립운동의 원동력이 되었다.

안창호는 1908년에 평양에 대성학교를 세웠는데 이 학교의 교육방침은 "정직하게 살자!"였다. "죽더라도 거짓이 없으라. 농담으로라도 거짓말을 말아라. 꿈에라도 성실을 잃었거든 통회하라."는 안창호의 신념과 삶의 원칙이 그대로 반영된 교육지침이 아닐 수 없었던 것이다. 비록 2년만에 문을 닫았지만 거짓 없는 인품과 건전한 인격을 지닌 인재의 양성을 목표로 했던 대성학교에서 배운 학생들은 올바른 인생철학과 민족사상을 가슴 속에 간직할 수 있었다.

1910년 초 안창호는 조선통감부로부터 청년내각구성을 제의받았지만 거절했다. 그러면서 안창호는 그들에게 충고했다. 2천 만 한국인을 적으로 만들기보다는 좋은 이웃으로 두는 것이 일본을 위해서도 유익하다고. 그 해 4월 안창호는 또다시 해외망명의 길을 떠났다. 그때 안창호가 남긴 "거국가"는 그가 얼마나 나라와 민족을 사랑했나를 잘 말해주고 있다.

간다 간다 나는 간다 너를 두고 나는 간다.
잠시 뜻을 얻었노라 까불대는 이 시운이
나의 등을 내밀어서 나를 떠나가게 하나
간다 한들 영 갈소냐 나의 사랑 한반도야

춘원 이광수는 거국가를 "진실로 작가의 뼈를 깎아 붓을 삼고 가슴을 찔러 먹을 삼아서 조국의 강산과 동포에게 보내는 하소연이요 부탁이다."라 평하였다.

다시 한 번 망명길에 오르면서 안창호는 북만주에 무관학교를 세워 독립운동기지를 마련하려고 했다. 그러나 자금 관계로 일을 성사시키지 못하고 시베리아와 구라파를 거쳐 미국으로 건너갔다. 거기서 가족과 함께 지내면서 1912년에 샌프란시스코에 대한민국민회를 설립하고, 같은 해에 신한일보를 창간하였다. 이 기간 중 그가 미국에서 한 가장 중요한 일은 흥사단을 조직한 것이었다. 흥사단은 안창호가 한국에서 세웠던 청년학우회의 취지와 목표를 체계화한 단체였다. 그가 미국에서 이 조직을 부활시킨 이유는 국내에선 모든 것이 일제의 통제 하에 있는 까닭에 오히려 해외동포들이 국권회복을 위한 제반 활동을 더 효과적으로 전개할 수 있다고 믿었기 때문이다. 그는 우리민족이 힘을 배양하는데 앞장 설 지도자들을 흥사단을 통해 양성하려 한 것이다.

흥사단을 창설함에 있어 안창호는 전국 8도를 대표하는 25명의 발기인을 지명했다. 우리민족의 고질적인 병폐 중의 하나인 지방색으로 인한 분열을 방지하기 위해서였다. 흥사단은 자신의 부족함과 무지함을 인정하고 자신부터 변화하며 실력을 기르겠다고 결의하는 사람들만을 단원으로 받아들였다. 안창호는 흥사단원 모두가 자기와 같은 생각으로 나라를 위해 헌신하기를 원했던 것이다. 흥사단은 삼일운동 이후에는 중국과 국내에서도 단원을 모집하여 활동했으며, 지금도 한국에서는 물론 세계 각처에서 설립당시의 취지와 목표를 바탕으로 활약하고 있다.

안창호는 조국의 광복을 위한 최선의 방법은 우리민족 모두가 힘을 지니는 것이라고 확신했다. 알지 못하고 능력이 없었던 까닭에 강탈당한 국권이기에 그것을 되찾아 나라를 번영시키려면 힘을 길러야 한다는 결론에 도달했기 때문이다. 1919년 국내에서 삼일운동이 일어나자 안창호는 미국에 머무를 수만은 없다고 생각해 1919년 5월에 상해로 건너갔다. 일제의 총칼에 대항해 맨손으로 총궐기한 국내의 동포들과 보조를 맞추기 위해서는 그 자신도 구국운동에 뛰어들어야겠다고 생각하게 되었던 것이다.

상해에 도착해 보니 거기엔 이미 임시정부가 조직되어 있었으며 그는 내무총장으로 선임되어 있었다. 1919년 6월 18일 내무총장 겸 국무총리 대리로 취임한 안창호는 임시정부가 정상적으로 활동할 수 있도록 어렵게 확보한 자금으로 정부청사를 얻고, 각료로 추천된 이들을 불러 모았으며, 독립신문을 발간했다. 수립된 임시정부가 전민족의 최고 지도기관이 되게 하기 위해서였다.

그 당시 상해임시정부 외에도 연해주에 대한국민의회 정부가 형성되어 있었고, 서울에도 한성정부의 구성이 발표되어 있었던 관계로 그것들을 통합해야 할 필요가 시급했다. 3개월에 걸친 안창호의 헌신적인 노력으로 통합은 이루어졌고, 통합된 임시정부의 국무총리와 각부 총장들이 차례로 취임하고, 이승만이 대통령으로 합류하게 되어 상해임시정부는 대한민국을 대표하는 독립운동의 최고 지도기관으로 면모를 갖추게 되었다. 그런데 임시정부를 책임지고 이끌어야 할 이승만과 이동휘가 심각하게 대립했다. 이승만은 미국적 민주주의를 원했고, 이동휘는 사회주의를 채택해야 한다고 주장했기 때문이다. 안창호가 이 둘을 중재하고 화해시키려 노력했지만 두 사람은 평행선을 달리는 열차처럼 제 갈 길을 걸어갔다. 국무총리 이동휘가 먼저 임시정부를 떠나고, 이승만은 미국으로 돌아가 버린 것이다.

위기에 처한 임시정부를 살리기 위해 안창호는 내무총장과 국무총리 직을 내놓고 국민대표회의를 개최했다. 모든 독립 운동가들이 한 자리에 모여 임시정부의 단합과 독립운동의 통일된 방안을 정하기 위해서였다. 그러나 국민대표회의는 별다른 성과를 거두지 못했다. 우선 임시정부를 전적으로 개조해야 한다는 의견과 기존의 체제를 유지해야 한다는 주장으로 합의점을 찾지 못했다. 거기다 독립을 추구하는 방안에 관해서도 일본과 힘으로 싸우자는 소위 무장투쟁론과 외교적인 방법으로 해나가자는 외교론이 팽팽하게 대립했던 것이다. 안창호는 민족개조론을 주창하며 실력과 인재 양성을 역설하였다.

1932년 안창호는 북만주에 이상촌을 세우려 계획했다. 그가 구상한 본래의 이상촌 건설은 자주독립한 우리민족이 평등하게 살 수 있는 곳을 마련하는 것이었다. 그러나 일제의 지배하에 있는 상태에서 남의 땅에서 유랑하는 우리 동포들이 안전하게 생활할 수 있는 지역을 중국 어딘가에 형성하고자 했던 것이 그때 안창호의 이상촌 건설계획이었다. 그러나 안창호가 진정 마음에 품었던 이상촌은 우리 동포들이 자급자족하는 정도를 넘어 군사, 경제, 문화, 교육 등이 우리민족 자주적으로 이루어지는 작은 국가조직과 같은 생활공동체였다.

안창호는 이런 이상촌 계획을 실현시키기 위해 장소까지 물색하며 꾸준히 노력했지만 일본이 만주를 침략하는 바람에 그 뜻을 이루지 못했다. 이상촌 건설과 더불어 안창호가 강력하게 주장한 것은 실력양성과 인재육성이었다. 실력을 배양하고 인재를 기르는 것이 조국광복의 기본 여건이라고 믿었기 때문이다. 그러나 하루 속히 일제의 압박에서 벗어나기를 원했던 이들에겐 시간이 많이 필요한 안창호의 주장이 좋은 방안으로 받아들여지지 않았다. 하지만 독립할 자격이 있는 국민만이 독립을 이룰 수 있는 법이며, 독립의 자격을 갖추기 위해서는 서두르지 말고 실력 있는 인재들을 양성해야 한다는 안창호의 생각엔 변함이 없었다.

1931년 일본이 만주를 침략하자 안창호는 본격적인 반일투쟁을 전개할 시기가 왔다고 판단하고 그 준비에 착수했다. 그러나 안창호는 1932년 4월 29일 일어난 윤봉길 의사의 상해의거에 관련되었다는 혐의로 일본경찰에게 체포되었다. 그 날 윤 의사를 의거장소인 홍구 공원으로 떠나보낸 백범 김구 선생이 임시정부 요인들에게 보낸 피신하라는 전갈을 받지 못한 안창호는 친구를 만나기 위해 가던 중 체포당한 것이다.

서울로 호송되어 재판을 받는 동안 안창호는 시종일관 당당한 자세로 자기는 윤 의사 의거와는 무관하다고 주장했다. 그러나 "나는 밥을 먹어도 대한의 독립을 위해, 잠을 자도 대한의 독립을 위해서 해왔다. 이것은 목숨이 없어질 때까지 변함이 없을 것이다."라 말함으로 대한의 독립이 그의 최대의 소망임을 분명하게 밝혔다. 뿐만 아니라, "대한민족 전체가 대한의 독립을 믿으니 대한이 독립될 것이요, 세계의 공의가 대한의 독립을 원하니 대한이 독립될 것이요, 하늘이 대한의 독립을 명하니 대한은 반듯이 독립될 것이다."
며 그를 심문하는 일본관헌들의 간담을 서늘하게 만들었다. 안창호
가 윤 의사 의거에 가담했다는 증거가 없는 데도 일제의 재판부는
그에게 4년 징역형을 구형했다.

　오랜 수감생활로 극도로 쇠약해진 안창호는 석방된 후 경성제국
대학교 대학병원에 입원했다 1939년 3월 10일 눈을 감았다. 민족
의 수난기에 태어나 60평생을 나라와 민족을 위해 살다 가신 도산
안창호 선생은 위대한 민족의 지도자이며 애국자였다. 그는 참된
지도자라면 반드시 지녀야 할 확고한 주관과 사상을 지닌 분이었
다. 나라를 구하겠다고 수많은 사람들이 궐기했지만 안창호 선생처
럼 굳은 신념과 구체적인 구국의 방안을 제시하며 앞장섰던 지도자
는 많지 않았다. 나라를 잃어버린 것이 다른 사람들의 잘못 아닌 나
의 무지와 무능 때문이기에 내가 힘을 길러 변화되는 것이 나라를
구하는 길이라는 안창호의 생각은 그의 민족개조론에 잘 나타나 있
다.
　큰일들을 계획하고 실천하는 것만이 국가와 민족을 위한 것이 아
니라 작은 일이라도 주어진 책임을 정직하고 성실하게 수행하는 것
이 곧 나라를 사랑하는 길이라는 것이 안창호의 지론이었다. 때문
에 미국에 있을 때 그는 재미동포들에게 일하는 과수원에서 오렌지
하나를 정성껏 따는 것이 나라를 부흥시키고 발전시키는 일이라고
가르쳤다. 가르쳤을 뿐 아니라 안창호는 자기 스스로 작은 일에 충
실하면서 이웃을 아끼고 사랑하는 삶을 살았다. 많은 사람들이 지
식과 지혜를 입으로 전하며 사람들을 지도했지만 안창호의 경우엔

그의 의롭고 진실한 삶으로 사람들을 가르치고 변화시킨 국민교육의 선구자였던 것이다.

독립투사, 혁명가, 교육자로서 일제의 식민지 통치를 받으며 신음하던 우리민족을 인도하고 지도했던 도산 안창호 선생은 우리 곁을 떠나 서울에 있는 도산공원에서 사랑하는 아내 이혜렌과 함께 잠들어 계신다. 우리가 그 분의 생애를 본받아 살 수 있다면 후회 없는 인생을 살며, 후손들에게 무언가를 남겨줄 수 있으리라 믿는다.

민족의 영웅 윤봉길 의사

윤봉길 의사(義士)(1908~1932). 호는 매헌(梅軒). 3 · 1 운동이 계기가 되어 애국 운동을 벌이다가 탄압을 받게 되자 1930년 상하이로 가서 김구의 한인 애국단에 가입하였다. 1932년 4월 29일 훙커우(虹口) 공원에서 열린 일본 천황의 생일을 기념하는 천장절(天長節) 축하식장에 폭탄을 던져 시라카와 요시노리(白川義則) 대장을 죽이고 기타 요인에게 부상을 입힌 뒤 일본 경찰에게 붙잡혀 오사카에서 순국하였다.

"선생님, 저는 제 마음 속에 사랑의 폭탄을 간직하고 있습니다. 아무쪼록 저의 몸과 가슴 속의 폭탄을 조국독립에 써주시기 바랍니다."
　　　　－ 모든 것을 버리고 상해까지 간 윤의사가 백범 김구 선생을 만나 조국을 위해
　　　　　　　　　　　　　　　"죽을 자리"를 찾아달라고 부탁한 말 등에서

민족의 영웅 윤봉길 의사

김 대 억

사람은 누구나 오래 살기를 원한다. 그러나 아무리 오래 살아도 보람된 발자취를 남기지 못한다면 결코 오래 사는 게 아니다. 진정 오래 사는 길은 많은 연수를 사는 것이 아니라 사람들에게 영원히 기억될 일을 하며 사는 것이다. 이런 삶을 살다 간분들 중 하나가 윤봉길 의사다.

윤봉길 의사는 1908년 6월 21일 충남 덕산군 현내면 시량리에서 아버지 윤황과 어머니 김원상의 맏아들로 태어났다. 세상에 나오면서 그가 발한 유난히 큰 울음소리를 듣고 그의 할머니는 장군감이라며 기뻐했으며, 젖먹이 때부터 너무도 듬직하고 씩씩한 모습을 보며 사람들은 그가 크게 될 인물이라 말하곤 했다. 그러나 그가 태어난 1908년은 대한제국의 마지막 황제인 철종 2년으로 나라의 운명이 풍전등화처럼 위태로운 시기였다.

1905년 11월에 일본이 대신들을 협박하여 을사조약을 체결했고, 그로 인해 대한제국은 외교권과 재정권을 박탈당했으며 통감정치가 시작되었다. 그러자 전국에서 수많은 애국지사들이 을사조약을 무효화시키기 위해 분투했지만 역부족이었다. 고종 황제는 을 사조약이 불법임을 국제사회에 호소하기 위하여 이준, 이상설, 이 위종을 헤이그 만국평화회의에 파견했지만 그들은 일본의 방해로 회의장에 들어가지도 못하고, 이준 열사는 뜻을 못 이룬 한을 품고 그 곳에서 죽어갔다. 일본은 이 사건의 책임을 물어 고종 황제를 폐 위시키고, "일본에게 복종하지 않는 조선인에겐 죽음이 있을 뿐이 다."며 그들의 잔인하고 음흉한 본색을 드러내기 시작했다.

이 같은 시대상황에서 태어난 윤 의사는 6살부터 큰아버지에게서 한문을 배웠다. 그 당시 여자로서는 상당히 높은 수준의 지식을 지 녔으며 자식에 대한 교육열이 대단하였던 윤 의사의 어머니는 고된 농사일을 하면서도 조석으로 아들이 배운 것을 복습시키며 그의 한 문공부를 독려했다. 수재형은 아니지만 진지함과 인내심을 지닌 노 력형의 윤 의사는 어머니의 열정적인 배려 가운데 큰아버지 서당에 서 한문을 배우고, 11세 되던 1918년에 덕산공립보통학교에 들어 갔다.

윤 의사는 서당과 보통학교에서 공부하는 동안 어머니로부터 안 중근 의사를 비롯한 여러 독립투사들의 활동에 관해 들었다. 1909 년 10월 26일 안중근 의사가 하얼빈에서 우리나라를 일본에 예속 시킨 이토 히로부미를 암살한 것은 우리가 얼마나 독립을 원하는 가를 전 세계에 알리며 우리민족에겐 나라를 되찾아야 하는 절대적 인 사명감을 불러일으킨 쾌거였다.

안중근 의사의 하얼빈 의거는 소년 윤봉길에게 그가 나라와 민족 을 위해 무엇을 해야할 것인가를 깊이 생각할 계기를 마련해 주었다. 이 시절 윤 의사는 어머니에게서 매죽헌 성삼문에 관해 듣고 깊은 감명을 받았다. 어린 윤봉길은 성삼문이 단종의 복귀를 꾀하다 실패하며 죽음을 당할 때 지은 시조 "이 몸이 죽어가서 무엇이 될고 하니/ 봉래산 제일봉에 낙락장송 되어 있어/ 백설이 만건곤할 제 독야청청 하리라"를 암송하며 인간이 지켜야 할 굳은 절개를 배웠다. 비록 12세의 어린 소년이었지만 애국지사들의 목숨을 건 항일투쟁과 충신 성삼문에 관해 들으며 대한 남아로서의 사명감을 키워가고 있던 윤 의사가 민족의식을 약화시키고 그릇된 역사관을 주지시키는 일제의 식민지 교육을 거부하고 다니던 보통학교를 자퇴한 것은 당연한 일이었다.

윤 의사는 14세 되던 1921년에 유학자인 매곡 성주록 선생이 가르치는 서당 "오치서숙"에서 사서삼경을 비롯한 중국고전과 한시를 공부하기 시작했다. 이때부터 그는 뛰어난 재능을 보이기 시작하여 성주록 선생의 인정을 받음은 물론 많은 한시를 지어 주위를 놀라게 했다. 그러나 그는 한문수학에만 몰두한 것이 아니라 동아일보와 "개벽"을 비롯한 여러 신간 잡지들을 탐독하며 신문학을 익히고 시대의 조류를 파악했다. 이처럼 낮에는 성주록 선생에게서 학문을 배우고 밤에는 신간서적들을 읽어 견문을 넓히며 윤 의사의 정신세계는 성숙해가며 그의 인생의 목표도 서서히 다져지기 시작했다.

윤 의사의 재질과 포부를 파악한 성주록 선생은 그가 19세가 되던 해에 이제는 더 이상 가르칠 것이 없다며 자기 호인 "매곡"에서 "매"자와 성삼문의 호 "매죽헌"에서 "헌"자를 취하여 "매헌"이란 호를 지어주며 그를 오치서숙에서 졸업시켰다. 학문뿐 아니라 시대의 흐름에 깊은 통찰력을 지닌 성주록 선생은 고려의 명장 윤관의 후손인 소년 윤봉길이 조국의 독립을 위해 자신을 불사를 불씨를 그 가슴에 심어준 후 세상으로 내보낸 것이다.

그의 인격형성과 학문수학에 가장 큰 영향을 끼친 스승 성주록 선생을 떠난 윤 의사는 1926년 가을부터 고향에서 농민운동을 시작했다. 그가 제일 먼저 한 일은 자기 집 사랑방에 야학당을 차리고 문맹퇴치운동을 시작한 것인데 "묘표사건"이 야학당을 설립하게 된 동기였다. 윤 의사가 오치서숙에서 공부하던 어느 날 한 청년이 공동묘지에서 묘표를 여러 개 뽑아들고 와서 자기 아버지의 무덤을 찾아달라고 했다. 윤 의사가 그 청년 아버지의 묘표를 찾아주었지만 그것을 어느 무덤에서 뽑은 것이지 알 수 없어 그의 아버지의 무덤은커녕 다른 무덤의 주인도 구별할 수 없게 되었다. 무지한 까닭에 그 청년은 아버지의 무덤을 잃었고, 배우지 못한 우리민족은 나라를 잃었다고 생각했던 윤 의사는 문맹퇴치와 농촌운동에 앞장서게 된 것이다.

윤 의사는 농민운동을 하면서 야학교재로 "농민독본"을 저술하였으며, 마을청년들과 독서회를 조직하고, 매달 강연회를 개최하여 젊은이들에게 새로운 지식과 역사의식을 주입시켰다. 하지만 그는 일제의 감시와 탄압으로 농민운동은 그가 원하는 목표를 달성하기 어렵다는 사실을 깨닫게 되었다. 그 무렵 윤 의사는 종교잡지 시조사 기자 이흑룡을 만났는데, 그는 김좌진 장군의 대한독립단 공작원이었다. 윤 의사는 그로부터 청산리대첩을 비롯한 여러 독립투사들의 활동상을 들으며 그도 언젠가는 그들처럼 민족을 위해 목숨을 버리겠다는 결의를 다졌다. 윤 의사가 성주록 선생을 만남으로 민족의 횃불이 되는 길로 들어섰다면, 이흑룡과의 만남은 그가 그 길을 걸어가야 할 출발점이 되었다고 볼 수 있다. 1929년 그의 야학당 학예회에서 "토끼와 여우"를 공연한 것을 마지막으로 윤 의사는 농촌운동을 중지하고 망명의 길에 올랐기 때문이다.

"토끼와 여우"는 이솝우화를 각색한 단막극으로 교활한 여우가 힘없는 토끼와 거북이의 먹이를 가로채는 것이 주제였다. 연약한 토끼와 거북이의 먹이를 빼앗는 여우가 일본이라는 사실은 누구나 알 수 있었기에 학예회에 왔던 마을 사람들은 그 연극의 의미를 깨닫고 돌아갔다. 이 연극공연으로 윤 의사는 덕산 주재소의 일본경찰에게 불려가 취조를 받았으며 그에 대한 경찰의 감시는 더욱 심해졌다.

이미 농촌운동의 한계를 느끼던 윤 의사는 1930년 3월 6일 "장부출가생불환"(대장부가 뜻을 세워 집을 떠나니 살아서는 돌아오지 않는다.)란 비장한 글을 남겨놓고 집을 떠났다. 15세에 결혼한 아내 배용순(결혼 당시 16세)과 자식들과 부모님 그리고 동생들에게 떠난다는 말조차 못하고 집을 나서는 윤 의사의 마음은 쓰리고 아팠다. 고향에서 농촌운동을 하면서도 얼마든지 조국의 광복을 위해 일할 수 있다는 생각도 그를 망설이게 했다.

밤새 고민하던 윤 의사는 조국광복을 위한 제단에 자신을 바치려면 가야한다고 결심했다. 그리고는 날이 밝자 아내가 차려주는 아침밥을 먹고 평소와 다름없는 표정으로 한복을 입고 그때 유행하던 모자를 눌러쓰고 집을 나섰다. 훗날 그 날을 회상하며 배용순 여사는 다음과 같이 쓰고 있다. "스물네 살에 접어든 나는 이른 봄 어느 날, 때 아닌 생이별을 그이와 하게 되었다. 떠나간다는 말 한마디 내게 남기지 않고, 남편은 영영 고향을 등졌다. 떠나가는 길이 머나먼 망명이며 큰 거사를 위한 장도임을 모르던 나는 그이가 남기고 간 "장부출가생불환"의 웅대한 뜻을 믿으려 하지 않았다."

윤 의사는 서울역까지 와서 신의주로 가는 북행열차에 올랐다. 신의주에서 이흑룡과 만나 국경을 넘기로 되어 있었기 때문이다. 그러나 열차가 신의주에 도착하기 전에 이동경찰에게 검문을 받고 선천 경찰서로 연행되었다. 그들은 평범한 시골청년 같으면서도 비범한 용모와 매서운 눈초리를 지닌 윤 의사를 독립운동자로 의심한 것이다. 하지만 아무리 심문하여도 그가 독립운동을 하려고 만주로 간다는 확증을 잡을 수 없었던 일본경찰은 보름만에 윤 의사를 무죄 석방했다. 선천읍내로 풀려나온 윤 의사는 백방으로 수소문하여 이흑룡과 만나 그간 생긴 일을 설명하고 그와 함께 압록강을 넘었다. 압록강을 건너 만주 땅에 들어서면서 윤 의사는 조선의 독립투사로서 몸과 마음을 나라를 위해 바칠 결의를 새롭게 했다.

윤 의사는 만주에서의 독립군 활동상을 보며 크게 실망했다. 만주 각처에 많은 독립군들이 산재해 있었지만 서로 협조도 잘 안되고 저마다 자신의 생각과 주장을 고집하다보니, 독립운동의 발원지인 만주에서의 무장독립투쟁은 부진한 정도를 지나 침체상태에 빠져있음을 발견했기 때문이다. 하지만 윤 의사는 약해지려는 자신을 채찍질해가며 1931년 5월 8일에 독립운동의 본거지인 상해에 도착했다. 아무도 그를 반가이 맞아주지 않았지만 목적하던 곳에 온 것만으로도 다행으로 여기며 당시 임시정부를 이끌던 김구 선생을 만나 뵙고 그가 거기까지 온 목적을 말하고 조국의 광복을 위해 몸 바칠 기회를 기다렸다.

그 당시 임시정부는 만주에서 독립군들의 활약이 소강상태였던 것처럼 침체상태에 빠져있었다. 중국에 있는 독립운동단체들을 물론 국내에서 행해지는 독립운동까지 총체적으로 관활해야할 임시정부가 제 구실을 할 수 없었던 데는 그럴만한 이유가 있었다. 우선 내부적인 문제로 임시정부 내에서 독립에 대한 방안이 통일되어 있지 않았기 때문이었다. 외교적으로 국제사회에 호소하여 국권을 회복해야한다고 주장하는 사람들이 있는가 하면, 나라를 잃은 근본원인이 우리민족이 개화하지 못했기 때문이기에 긴 안목으로 민족의 실력을 배양하는 것이 급선무라 믿은 이들도 적지 않았다. 그런 반면 무력투쟁만이 가장 빠르고 확실하게 독립을 쟁취하는 길이라 확신하는 분들도 상당히 많았다.

이런 실정이다 보니 임시정부는 기능을 발휘하기 힘들었고, 운영자금을 확보할 수 있는 길이 막혀 심한 재정난에 봉착하게 되어 거의 활동을 중지할 수밖에 없는 지경에까지 이르렀던 것이다. 불난집에 부채질하는 격으로 간악한 일제는 임시정부와 독립군이 중국에서 발 부칠 곳을 얻지 못하게 하기 위하여 "만보산 사건"을 일으켰다. 이는 중국과 조선을 갈라놓기 위한 일제의 고등술책이었다. 만보산 사건이 알려지자 국내에서는 화교들이 수모와 고통을 받고, 중국에서는 우리 동포들이 중국인들에게 배척을 받게 되는 현상이 일어나게 되었다.

이 난국을 타개하기 위하여 임시정부의 주역이던 김구 선생은 "한인애국단"을 조직했다. 임시정부는 김구 선생에게 이 단체의 조직과 활동에 관한 전권을 일임했으며 그 결과만을 보고하도록 했다. 이 비밀결사조직의 임무는 일본의 군사시설을 파괴하고, 일제의 요인들을 죽이는 암살과 테러였다. 그런 극단적인 투쟁을 통해 국내외적으로 약화일로에 있는 항일투쟁을 강화시키고 중국인의 항일의식을 높이려는 것이 한인애국단의 목표였던 것이다.

1932년 1월 8일 이봉창 의사가 동경에서 일본 천황에게 폭탄을 던진 것은 한인애국단의 최초의 거사였다. 이봉창 의사의 동경 의거는 한인애국단 단장 김구의 지시였기 때문이다. 이봉창 의사의 의거 소식을 듣고 윤 의사는 그가 조국을 위하여 해야할 일을 확실히 깨달았다. 그러기에 김구 선생을 만나 뵈었을 때 "선생님, 저는 제 마음 속에 사랑의 폭탄을 간직하고 있습니다. 아무쪼록, 저의 몸과 가슴 속의 폭탄을 조국독립에 써주시기 바랍니다."라 청했다. 조국을 위해 "죽을 자리"를 찾아 모든 것을 버리고 상해까지 온 그는 백범 선생에게 그 자리를 찾아달라고 부탁한 것이다.

그 영광의 자리가 정해지기까지는 오랜 시간이 걸리지 않았다. 1932년 4월 29일 상해 홍구공원에서 거행되는 일본 천황의 생일인 천장절 행사에 참석하는 일본군 수뇌들과 정부요인들에게 폭탄을 던지기로 결정했기 때문이다. 이 역사적인 거사를 위해 김구 선생은 중국군 고급장교인 김홍일에게 물통과 도시락 형태의 폭탄을 만들어 달라 부탁했다. 김구 선생이 물통과 도시락형 폭탄을 원한 것은 천장절 식장에 들어가는 사람들은 도시락과 물통을 휴대할 수 있었던 까닭이다.

1932년 4월 26일 대형 태극기가 걸려있는 김구 단장 사무실에서 윤 의사는 한인애국단 입단선서를 했다. "나는 조국의 독립과 자유를 회복하기 위하여 한인애국단의 일원이 되어 중국을 침략하는 적의 장교를 제거하기로 맹서합니다." 선서를 마친 윤 의사는 김구 단장과 나란히 태극기 앞에서 기념촬영을 했다.

4월 29일 아침 윤 의사는 동포 김해산의 집에서 김구 선생이 특별이 준비시킨 고깃국으로 아침식사를 한 후 조용히 일어나 물통과 도시락으로 위장된 폭탄을 어깨에 메었다. 죽으려가는 사람답지 않게 평온하고 늠름한 모습이었다. 김해산의 집을 나서기 전 윤 의사는 그의 새 시계와 김구 선생의 헌 시계를 바꾸자고 했다. 자기는 1시간밖에 더 시계가 필요없다고 하면서. 밖으로 나와 택시를 타면서 윤 의사는 지니고 있던 돈을 노 애국자의 손에 쥐어드렸다. "약간의 돈을 가지는 것이 무슨 방해가 되겠소?" "택시 요금을 줄 돈은 충분이 가지고 있습니다." "후일 지하에서 만납시다." 목 메인 작별인사를 하는 김구 선생을 향해 윤 의사가 머리를 숙이자 무심한 자동차는 천하영웅 윤봉길 의사를 태우고 홍구공원을 향해 떠나갔다.

그날 홍구공원에는 상해에 거주하는 일본인 1만 명, 일본군 1만 명, 그밖에 각국 사절들과 초청받은 인사 등 2만이 넘는 인파가 몰려 있었다. 중앙에 높이 설치된 기념식 단 전면에는 헌병들이 도열했으며, 식단 좌우엔 병사들이 겹겹이 둘러서 있었다. 단 뒤쪽에도 호위병들이 늘어서서 삼엄한 경계를 서고 있었다. 단 위에는 상해 군사령관 사라카와 육군대장과 제3함대 사령관 누무라 중장이 자리 잡고, 양옆에 제9사단장 우에다 중장, 주중공사 시게미쓰, 거류민단장 가와바다가 한 줄을 이루고 있었다.

관병식이 끝나고 축하식순으로 들어가 일본국가가 끝나갈 무렵인 오전 11시 40분 경 윤 의사는 도시락폭탄을 땅에 내려놓고 물통폭탄의 안전핀을 빼면서 앞으로 뛰어나가 17미터 정도 떨어진 단상을 행해 힘껏 던졌다. 폭탄은 포물선을 그리며 날아가 천지를 뒤흔드는 폭음을 내며 폭파하였다. 폭탄이 폭파한 것을 확인한 윤 의사는 도시락폭탄을 집어 자결하려 했지만 그럴 여유조차 없이 채포되고 말았다. 붙잡혀 수족을 움직일 수 없게 되었지만 윤 의사는 힘을 다해 외치고 또 외쳤다. "대한독립 만세! 대한독립 만세! 만세! 만세! 만세!……"

윤 의사가 던진 정의의 폭탄이 거둔 성과는 실로 컸다. 시라카와 육군대장은 온몸에 파편이 박혀 중태에 빠졌다 절명했고, 거류민단장 가와바다는 다음 날 새벽에 사망했다. 제3함대사령관 노무라 중장은 전신에 부상을 입고 오른쪽 눈이 멀었다. 제9사단장 우에가 중장은 왼발을 절단하는 중상을 입었고, 주중공사 시게미쓰는 복부에 30개의 파편이 박히고 오른쪽 다리를 절단해야 했다. 이밖에 일본군 경비병 10여 명도 파편상을 입었다. 그러나 윤 의사의 상해의거가 거둔 성과는 천정절 기념식단에 올랐던 일제의 수뇌들을 제거한데 그치지 않았다. 윤의사가 던진 폭탄이 폭파되는 순간 대한독립 만세 소리가 전 세계에 울려 퍼지고, 우리겨레의 가슴마다 독립을 열망하는 불길이 뜨겁게 타오르기 시작했기 때문이다.

존폐의 위기까지 몰렸던 임시정부는 그 기반이 든든하게 다져졌고, 그 체계가 강화되었으며 독립운동의 구심점이 될 수 있었다. 상해의거가 일어나자 중국의 지도자 장개석은 백만 중국군이 할 수 없었던 일을 조선 청년 윤봉길이 해냈다고 칭찬하며 임시정부를 적극적으로 후원하겠다고 약속했으며 낙양군관 학교에 한인반을 신설하여 독립군 양성에 일조를 감당하게 되었다. 이로 인해 한중연합항일운동 전선이 구축된 것을 생각하면 윤 의사의 상해의거의 의미가 얼마나 큰 가를 잘 알 수 있다. 윤 의사의 상해의거가 안중근 의사의 하얼빈 의거와 더불어 한국독립운동사상 2대 쾌거로 간주되는 것은 이런 이유들 때문이다.

의거 현장에서 체포된 윤 의사는 1932년 5월 25일 일본 상해파견군 군법회의에서 "살인 및 살인미수 폭파물 위반"이란 죄명으로 기소되어 재판을 받았다. 재판결과 사형이 언도되었고, 같은 해 12월 9일 오전 7시 27분 총살형으로 순국했다. 형이 집행되기 직전 마지막 유언이 있느냐는 검찰관의 질문에 윤 의사는 "아직은 우리가 힘이 약하여 외세의 지배를 면치 못하고 있지만 세계의 대세에 의하여 나라의 독립은 꼭 실현되리라 믿어마지 않으며 대한남아로서 할 일을 하고 미련 없이 떠나가오."라 말했다.

"대장부가 뜻을 세워 집을 떠나니 살아서는 돌아오지 않는다."라 써놓고 머나먼 이역 땅 상해로 떠났던 윤봉길 의사는 조국광복의 횃불을 높이 들었고, 조국광복의 밑거름이 되었다. 그의 장한 뜻을 이룬 것이다. 그러나 그는 그처럼 그리던 고향으로 돌아오지 못하고 일본 땅에서 이름 모를 무덤에 묻혔다.

이렇게 윤봉길 의사는 25세 젊은 나이에 조국광복의 제물이 되어 우리 곁을 떠나갔다. 그러나 민족의 영웅 윤봉길 의사는 우리들의 가슴 속에 영원히 살아있다.

　광복 후 윤 의사의 유해는 암매장 되었던 곳에서 발굴되어 고국으로 돌아와 국민장으로 이봉창, 백정기 두 의사와 더불어 서울 효창 공원 의사 묘역에 안장되었다.

독립운동의 불씨를 돋운 이봉창 의사

독립운동가(1900~1932). 1932년 1월 8일 도쿄 사쿠라다몬(櫻田門)에서 관병식(觀兵式)을
마치고 돌아오는 일본 천황 히로히토(裕仁)에게 수류탄을 던졌으나 실패하고 검거되어 순국하
였다. 1962년 건국 훈장 대통령장이 추서되었다.

"제 나이가 이제 31세입니다. 앞으로 31년을 더 산다고 하여 지금보다 더
나은 재미는 없을 것입니다. 인생의 목적이 쾌락이라면 지난 31년 동안 인
생의 쾌락은 대강 맛보았습니다. 이제부터는 영원한 쾌락을 위하여 우리나
라의 독립을 위해 몸 바쳐 일하길 원합니다."

– 백범 김구 선생에게 자신이 상해에 온 목적을 밝힌 내용 중에서

독립운동의 불씨를 돋운 이봉창 의사

김 대 억

1910년 8월 29일은 우리 역사상 가장 슬프고 수치스러운 날이다. 이날 반만년의 역사와 전통에 빛나는 우리 대한민국이 일본에 예속되는 한일합병조약이 발효되었기 때문이다. 이 치욕의 조약이 발표되자 온 국민이 땅을 치며 통곡했으며, 나라를 빼앗긴 우리민족의 가슴에 찾아든 슬픔과 분노는 그보다 5년 전이 1905년 11월 17일 을사보호조약으로 우리나라의 외교권을 일본에게 빼앗겼을 때 황성신문 주필 장지연이 "이날 하루를 목 놓아 통곡한다."는 글을 올린 때의 그것보다 몇 배나 큰 것이었다.

그러나 발을 구르며 분해하고, 주먹을 휘두르며 통탄하며, 소리 내어 운다고 강탈당한 국권을 돌려받을 수 없음을 깨달은 수많은 동포들이 자리를 박차고 일어나 일본과 맞서 싸웠다. 나라를 되찾기 위해서 말이다. 그들이 일본에 대항한 방법은 여러 가지였다. 무력으로 그들과 맞붙었던 사람들도 있었고, 외교적인 방법으로 한일합병조약이 불법임을 국제사회에 알리기도 하고, 교육을 통해 젊은 이들에게 독립정신을 심어주며, 힘을 길러준 분들도 있었던 것이다.

그들이 투쟁했던 장소도 각기 달랐다. 독립투사들은 국내에서만 국권회복운동을 전개한 것이 아니고 일본, 중국, 미국 등 전 세계가 그들이 펼친 독립운동의 무대였다. 그러나 그들의 목표는 단 하나였다. 잃어버린 국권을 되찾아 우리민족의 자주독립을 이루겠다는 것이 그들의 마음에 새겨진 일치된 소망이었던 것이다. 그 목적을 달성하기 위해 그들은 하나뿐인 목숨을 내놓을 각오가 되어 있었다. 이처럼 나라와 민족을 자신보다 더 사랑한 애국투사들 중 한 분이 이봉창 의사다.

우리민족이 낳은 위대한 애국지사 이봉창 의사는 1901년 8월 10일 서울 용산에서 아버지 이진구와 어머니 손씨 사이에 태어났다. 8살부터 금정에 있는 서당에서 한문을 배웠고, 11살이 되면서 천도교에서 세운 용산문창 보통학교에 입학했다. 15세 되던 1016년에 그 학교를 졸업하고 일본인이 경영하는 상점과 약국에서 일하다 19세가 되면서부터는 용산역에서 철도운전 견습생으로 일하기 시작했다. 그가 보통학교를 마친 후 공부를 계속하지 못하고 철도국에서 일하게 된 것은 집안 형편 때문이었다. 어렸을 때는 그의 가정이 유복했지만 그가 열세 살이 되면서부터는 집안이 기울어지기 시작하여 상급학교 진학을 포기할 수밖에 없었던 것이다.

철도국에서 일하면서 이봉창은 조선인에 대한 일본인의 노골적인 멸시와 차별대우를 느꼈다. 봉급이 일본인에 미치지 못함은 물론 상여금 액수도 일본 사람들과는 비교할 수 없게 적었고, 조선인에게는 상여금 자체가 지급되지 않는 경우도 빈번했다. 뿐만 아니라 일본인은 능력이 좀 부족하고 근무성적이 나빠도 승진이 잘 되었지만 조선인은 아무리 능력이 있고 착실히 일해도 인정받기 힘들고 승진도 안 되는 차별대우를 받는 일이 비일비재했던 것이다. 이봉창은 그는 조선인이기 때문에 그런 부당한 대우를 감수해야 한다고 생각하며 참으려 했다. 그러나 시간이 지나면서 그의 처지가 처량하게 느껴져서 술 마시고 여자를 가까이하며 놀음에까지 빠져들게 되었다.

그러다 1924년 4월에 철도청에 사직서를 제출하고 1년 반 동안 직업도 없이 지내다 일본으로 건너갔다. 일본에 간 이봉창은 오사카에서 철공소 직공으로 일하다 일본인의 양자가 되어 이름까지 일본식으로 고치고, 여기저기 떠돌며 여러 직종에 종사해 보았지만, 조선인이란 이유로 천대와 멸시를 받으며 부당한 대우를 받아야 하기는 서울에서와 마찬가지였다.

그가 아마가자키에서 일하던 1928년 11월 10일에 일본천황의 즉위식이 도쿄에서 거행되었다. 이봉창은 천황 즉위식에 참석하고 싶은 마음이 생겨 어렵게 여비를 마련하여 도쿄로 갔다. 그러나 천황 즉위식장에 가는 도중 경찰의 검문을 받고 경찰서로 끌려갔다. 그가 경찰서 유치장에 갇혀있어야 했던 까닭은 그의 양복저고리 속에서 발견된 편지 때문이었다. 그 편지는 조선에 있는 친구가 보낸 것으로 열심히 일해서 성공하라는 내용이 적혀있는 간단한 것이었다. 그런데도 그것이 한문과 더불어 한글로 쓰여졌다는 것이 문제되어 이봉창은 9일 동안이나 유치장 신세를 져야 했던 것이다.

이 일이 있는 후 이봉창은 조선인인 그는 결코 일본인과 동등한 대우를 받을 수 없다는 것을 깨닫게 되었다. 그리고 조선인 이봉창은 조선의 독립을 위해 몸 바쳐 헌신하는 것이 마땅하다고 생각하고, 1930년 12월에 일본을 떠나 중국으로 향했다. 상해에 도착한 이봉창은 그 곳에 있는 한인거류민단을 찾아가 독립운동에 참가하고 싶다는 뜻을 밝혔다. 그러나 민단 간부들은 일본말에 능숙하고 언행이 남다른 그를 일본의 밀정인지도 모른다고 의심하여 쉽게 받아들이려고 하지 않았다.

그가 백범 김구 선생을 만나 독립운동에 참여할 수 있는 길을 열어달라고 청하자 김구 선생도 우리말과 일본말을 섞어가며 말할 뿐더러 일본냄새가 풍기는 행동거취를 보고 그를 특별히 관찰할 필요가 있는 인물이라 생각했다. 그런데 며칠 후 민단 직원들과 술을 마시며 떠들어대던 이봉창이 "당신들은 독립운동을 한다면서 어째서 일본천황을 안 죽이시오?"라 묻는 말을 들은 김구 선생은 그가 묵고 있는 여관으로 찾아가서 흉금을 털어놓고 이야기를 나눴다. 이것이 항일독립운동사에 빛나는 한 페이지를 장식하게 된 김구 선생과 이봉창 의사의 운명적인 만남이었다.

그날 밤 대화를 나누며 이봉창은 그가 일본을 떠나 상해로 운 목적을 이렇게 밝혔다. "제 나이가 이제 31세입니다. 앞으로 31년을 더 산다고 하여 지금보다 더 나은 재미는 없을 것입니다. 인생의 목적이 쾌락이라면 지난 31년 동안 인생의 쾌락은 대강 맛보았습니다. 이제부터는 영원한 쾌락을 위하여 우리나라의 독립을 위해 몸바쳐 일하길 원합니다." 사실 이봉창은 서울서 용산역에 근무할 때 술과 여자를 가까이하며 지냈다. 천성적으로 호탕한 기질이 있는데다 조선 사람이기 때문에 당해야 하는 민족적 멸시와 차별대우로 인한 울분을 풀기 위함이었을 것이다. 이제 그는 인생의 낙을 즐기

며 및 십년 더 사는 것보다 그의 생명을 조국광복의 제단에 불사름
으로써 영원한 기쁨을 맛보기로 결심한 것이다.

  이봉창이 의기남아이며 살신성인하기로 마음먹고 상해 임시정부
를 찾아온 것을 확인한 김구 선생은 눈물을 흘리며 그의 손을 잡고
자기는 그와 같은 사람을 찾고 있었다며 기뻐했다. 그리고는 어떻
게 하면 일본천황을 죽일 수 있겠는가 물었다. 이봉창은 김구 선생
앞으로 다가 앉으며 수류탄 2개만 있으면 도쿄로 돌아가 기회를 보
아 일본천황을 죽일 수 있다고 자신있게 말했다. 그날 일본천황을
암살하기로 합의하고 김구 선생과 헤어진 이봉창은 일본인 철공소
에 취직하여 매달 80원을 받아 생활하며 김구 선생의 지시를 기다
렸다.
  1931년 5월과 9월에 이봉창은 김구 선생을 만나 천황 암살에 사
용할 폭탄과 그 일에 필요한 자금 준비에 관해 들었다. 12월 중순
경 다시 만났을 때 김구 선생은 이봉창에게 상당 액수의 돈을 주며
일본에 돌아갈 준비를 하라고 말했다. 그 돈은 미국과 하와이, 멕시
코, 쿠바 등에 거주하는 동포들이 김구 선생에게 보낸 독립운동자
금 중의 일부였다.
  이틀 후 김구 선생을 마지막으로 만났을 때 이봉창은 선생에게
고백했다. "이틀 전 선생님이 해진 옷 속에서 꺼내주신 돈을 받아
가지고 가며 전 울었습니다. 임시정부의 재정이 어렵기만 하고 선
생님 자신도 걸식하다시피 지내시면서 그처럼 많은 돈을 제게 주시
니 가슴이 메는 것 같았습니다. 더욱이 제가 그 돈을 가지고 도망이
라도 치면 일본경찰에게 쫓기는 선생님은 저를 잡을 길이 없는 데

도 저를 믿고 돈을 주시는데 전 진정 감격했습니다. 저라는 사람을 그렇게 믿어준 분은 선생님이 처음이요 마지막입니다."

저녁을 먹은 후 이봉창은 안공근(안중근 의사의 동생)의 집으로 가 수류탄 2개와 조선독립선서문과 태극기가 놓여있는 앞에서 선서를 했다. "나는 조국의 독립과 자유를 회복하기 위해 한인애국단의 일원이 되어 적국의 수뇌를 도륙하기로 맹서하나이다." 이봉창이 가입한 한인애국단은 대한민국 임시정부에 속한 특수 단체로서 일본군의 고위 지휘관이나 일제의 주요 정치인들을 암살하고 한반도통치기관을 파괴하는 대일공작투쟁을 수행하고 있었다. 단장은 김구 선생이며, 발족될 때 80여 명의 결사대가 참여하였고, 핵심단원은 10여 명이었다.

이봉창이 한인애국단에 가입하는 선서식을 마치고 사진을 찍을 때 김구 선생의 표정은 무척이나 굳어 있었다. 조국의 광복을 위해서기는 하지만 31세의 청년 이봉창을 사지로 보내는 애국지사 김구의 마음은 한없이 괴로웠기 때문이다. 그런 김구 선생을 바라보며 이봉창은 활짝 웃으며 "백범 선생님, 제가 영원한 쾌락을 얻으려 가는 길이니 기쁜 얼굴로 사진을 찍어야하지 않겠습니까?"라 말했다. 수류탄 2개와 거사비용 300원을 김구 선생에게서 받은 이봉창은 차에 올라 앉아 선생에게 마지막 경례를 하고 그 곳을 떠났다.

일본에 도착한 이봉창은 12월 28일 자 아사이 신문을 읽고 새해 1월 8일 도쿄 교외에 있는 요요이 연병장에서 거행되는 육군관병식에 일본천황이 참석한다는 것을 알고 김구 선생에게 "상품은 1월 8일에 반드시 팔겠습니다."란 암호전문을 보냈다. 그날 천황을 암살하기로 작정한 것이다. 전보를 받은 김구 선생이 보낸 거사비용 200원을 추가로 받은 이봉창은 "돈이 떨어져서 여관비와 밥값이 없었는데 이제는 걱정 없게 되었습니다."란 편지를 보낸다. 그러고 는 가지고 온 수류탄을 점검하고, 1월 6일에는 천황이 나타날 요요 기 연병장을 답사했으며, 거사 전날인 1월 7일에는 그가 머무는 여관 뒤쪽에 있는 베이비 골프장에서 골프를 치며 이 세상에서의 마지막 자유시간을 즐겼다.

운명의 날인 1932년 1월 8일 이봉창은 아침 7시에 일어나 검은색 외투를 입고, 단정하게 손질한 머리에 사냥 모자를 눌러쓰고 수류탄이 들어있는 가방을 챙겨들고 숙소를 나섰다. 거사를 하기로 마음먹은 요요기 연병장에 가서 상황을 살펴보니 거기서는 천황을 암살하기 힘들 것 같아 천황이 궁으로 돌아가는 길에 일을 단행하기로 계획을 변경하고 천황 행렬을 뒤따랐다. 그러다 경시청 정문 앞 잔디밭에 운집한 사람들 틈에서 천황이 탄 마차가 다가오길 기다렸다.

드디어 천황일행의 행렬이 나타나고 천황이 타고 있다고 믿어지는 마차가 18미터 정도 거리까지 다가왔을 때 이봉창은 힘을 다해 수류탄을 던졌다. 마차 뒤쪽 받침대 아래에 떨어진 수류탄이 귀청을 찌르는 폭음을 내며 폭파했다. 모였던 구경꾼들이 비명을 지르며 흩어지는 가운데 경시청 주변은 아수라장이 되었다. 그러나 이봉창이 일본천황이 탔으리라 믿었던 마차는 그대로 달려갔고, 의장병들도 말을 탄 채 그 뒤를 따르고 있었다. 나중에 밝혀진 일이지만 이봉창과 마차 사이의 거리가 너무 멀었고, 폭탄의 위력이 그리 크지 못했다. 그리고 이봉창이 폭탄을 던진 마차에는 천황이 타고 있지 않았다. 천황은 먼저 지나간 첫 번째 마차에 타고 있었던 것이다.

이봉창 의사의 의거가 실패한 것은 본인에게는 물론 그에게 황제 암살임무를 부여한 한인애국단 단장 김구 선생에게도 원통하고 분한 일이었다. 하지만 이 의사의 의거로 인한 파문은 크기만 했다. 우선 일본사람들은 그들의 천황이 암살당할 번했다는 소식을 들고 혼비백산했으며, 일본정부는 이봉창 의사의 천황암살시도에 대한 책임을 지고 내각이 총사퇴했다. 대한민국 임시정부와 독립투사들이 활약하고 있던 중국의 신문과 방송들은 이봉창 의사의 통쾌한 의거소식을 앞을 다투어 보도하였다. 그냥 보도만 한 것이 아니라 "한인 이봉창이 일본천황을 저격하였으나 불행이도 명중하지 않았다."는 취지로 대서특필 한 것이다.

이봉창 의사가 천황을 죽이는 데는 실패했지만 중국인들의 반일감정을 고조시켰으며, 중국정부도 우리 임시정부와 독립군들에게 우호적인 자세를 갖기 시작했다. 이봉창 의사의 의거로 이런 현상이 일어난 것은 실로 중대한 의미를 지지고 있다. 그때 일본은 소위 "만보산사건"을 조작하여 중국인과 조선인 사이를 이간질시키려 했으며, 그런 그들의 의도는 어느 정도 효과를 거두고 있었다. 그러던 차에 이봉창 의사의 의거가 계기가 되어 중국 사람들이 우리가 얼마나 독립을 원하는가 인식하게 되었고, 일본이 꾸민 만보산사건으로 적대감으로 변할 수도 있었던 그들의 조선 사람들에 대한 석연치 않은 감정이 청산된 것은 임시정부와 독립투사들에겐 천군만

마를 얻은 것과 같은 성과였던 것이다.

이봉창 의사가 한 일은 우리 독립운동 진영에도 큰 영향을 미쳐 생각이 다른 독립운동 단체들이 단결하여 일제와 투쟁할 수 있는 계기가 되었다. 거기서 그치지 않고 이봉창 의사의 동경의거 소식이 알려지자 미국을 비롯하여 멕시코와 쿠바에 살던 동포들도 감동하여 상해 임시정부와 독립군을 격려하며 지원하기 시작하게 되었다.

폭탄이 터진 후 "내가 폭탄을 던졌다."로 스스로 밝히고 현장에서 체포된 이봉창 의사는 외부와의 연락이 완전히 차단된 가운데 취조를 받았다. 그 결과 그는 "황실에 대한 범죄자" 즉 "대역죄인"으로 기소되었다. 이봉창 의사는 조금도 두려워하지도 않았고, 위축되지도 않은 채 당당한 자세로 심문을 받고 재판에 임했다. 1932년 9월 16일에 열린 구형공판에서 이봉창 의사에게 사형을 구형했다. 9월 30일 열린 선고공판에선 그에게 사형이 선고되었고, 이봉창 의사는 사형선고를 받고 태연자약하게 법정을 나갔고, 1932년 10울 10일 오전 9시 2분 이치가와 형무소에서 교수형을 받아 순국했다.

이봉창 의사는 보통학교를 마치고 상급학교에 진학하지 못하고 이곳저곳에서 일하다 일본으로 건너갔다. 그때 그가 원했던 것은 황국시민과 동등한 대우를 받으며 인생을 즐겁게 사는 것이었다. 그러나 일본에 가서도 조선인이라는 사실 때문에 멸시받고 차별당하는 쓰라린 경험을 하며 그는 결코 일본의 식민지 백성의 한계를 벗어날 수 없음을 알게 되었다. 동시에 대한의 아들인 그는 일본에게 강탈당한 나라를 찾는데 그의 남은 삶을 바치는 것이 마땅하다는 것을 깨닫고 상해로 가서 임시정부 주석이신 김구 선생을 만나 일본천황을 암살하라는 민족적 사명을 부여받았다. 그는 그 역사적인 사명을 수행하려다 32세의 나이에 교수형을 당해 짧으나 보람된 생애를 마감했다.

이봉창 의사의 순국은 대한의 젊은이들의 가슴에 나라를 되찾아야겠다는 불타는 투지를 불러 일으켰고, 세계만방에 우리민족의 독립투혼은 결코 죽지 않았음을 알렸다. 이봉창 의사는 떨어져 죽음으로 많은 열매를 맺은 한 알의 밀알이 되어 우리들의 마음에 영원히 살아있게 된 것이다.

우리는 서울에 있는 효창공원에서 그가 원했던 "영원한 쾌락"을 맛보며 잠들어 계신 이봉창 의사의 나라와 민족을 사랑하는 마음과 그가 지녔던 숭고한 독립정신을 본받아 살아가야 할 것이다. 그래야만 우리들은 우리의 조국 대한민국이 "동해물과 백두산이 마르고 닳도록" 번영하며 인류역사의 횃불이 되게 하는데 기여할 수 있을 것이기 때문이다.

백 경자 편

의열 투사 강우규 의사

독립운동가(1859~1920). 자는 찬구(燦九). 호는 일우(日愚). 1911년에 만주로 건너가 지린(吉林)에 동광(東光) 학교를 세워 인재를 양성하였다. 1919년 9월에는 조선 총독으로 부임하는 사이토 마코토(齋藤實)를 죽이기 위하여 폭탄을 던졌으나 실패하고 체포되어 순국하였다.

그가 순국하기 전에 읊은 시는 "단두대에 올라서니 춘풍이 감도는구나. 몸은 있어도 나라가 없으니 어찌 감회가 없으리오."

의열 투사 **강우규** 의사(1855~1920)
백발성성한 65세 노인은 왜 폭탄을 던졌나…

1919년 9월 2일 오후 5시, 서울남대문 역, 조선 제3대 총독으로 부임하는 사이토 마코토가 열차에서 내려 마차에 올라타자마자 누군가가 던진 폭탄이 터졌다. 폭탄은 사이토 마코토(1858~1936) 신임 총독의 목숨을 겨냥했다. 폭탄을 던진 백발노인은 태연하게 현장을 빠져나갔다. 그는 누구이며 왜 폭탄을 던졌을까?

강우규 의사가 65세의 노인이라는 점에서 국내외 많은 사람들이 놀라움을 금치 못했다. 1960년대에 한국남자 평균 수명이 52세였으니 그 당시 65세의 나이는 놀라울 정도의 고령이라 말할 수 있다. 조선은 1910년부터 1945년까지 일제 강점기 35년을 식민지 시대라기보다는 치열한 투쟁의 시기라고 기록하는 것이 더 옳을 것이다. 기득권층과 명망가들이 나라를 팔아먹고 일제의 앞잡이가 되었을 때 그와 반대로 더 많은 독립지사들이 나라를 되찾기 위해서 자신들의 모든 것을 바치면서 싸운 시기였기 때문이다. 독립투사들은 해외로 망명해 외교를 통한 독립운동, 애국지사들에게 활동자금 지원운동, 교육을 통한 정신무장훈련, 안중근 의사(30세), 이봉창 의사(32세), 윤봉길 의사(24세) 와 같은 무력투쟁 운동 등 다양한 구국

88   조국과 민족을 위해 모든 것을 바친 애국지사들의 이야기·1

투쟁의 방법으로 일제와 싸웠다.

1919년 9월 2일은 안중근 의사가 하얼빈 거사를 일으킨 지 10년째 되던 해로서 3.1운동 독립투쟁의 함성소리가 채 가시기도 전에 서울역 남대문 역에서 또 한번 천지를 뒤흔든 폭팔음이 터졌으니⋯ 피폭의 겨냥은 일제의 해군 대장 출신 새 총독, 그를 환영하러 나온 인파는 넘쳐나고 경계는 삼엄하고 치밀한 분위기에 폭탄을 던진 사람은 조선인 강우규 고령의 노인이었으니 그의 독립투쟁은 우리에게 어떤 의미를 부여하고 있는가?

강우규 의사는 1855년 7월 14일(양력) 평안남도 덕천군 무릉면 제남리에서 3남 1녀의 막내로 가난한 농가 집안에서 태어났다. 본관은 진주, 자는 찬구, 호는 일우라 불린다. 아명은 철종이며 일찍이 부모를 잃고 누님집에서 성장하였으며, 청소년기에는 친형에게서 한학과 한방의술을 익혀서 삶의 방편으로 삼는다. 하지만 그는 전통적인 학문으로는 개항이후 변해가는 근대 사회의 요구를 흡수할 수 없다고 판단하여 서서히 개화사상으로 자신을 이끌게 되고, 동시에 기독교 장로교회에 입교하게 된다. 하지만 가족 간에 생기는 갈등으로 인해 그의 나이 24세가 되던 1883년 그는 함경도 홍원에서 홍원읍으로 이사를 가게 되고, 남문 앞 중심지에서 한약방을 경영하게 되는데 그곳에서 상당한 재산을 쌓아간다. 이를 기반으로 읍내에 사립학교와 교회를 세워 신학문을 전파하고 민족의식을 청소년들에게 심어주는 민족 계몽운동을 펼쳐나간다.

1910년 경술국치가 이루어지던 해 그는 독립운동에 참여할 것을 결심하고, 그 이듬해 봄 북간도 화룡면 두도구로 망명을 한다. 그곳에서 그는 만주와 연해주 일대를 순방하면서 박은식, 이동휘, 계봉

우 등의 애국지사들과 만나 독립운동을 어떻게 펼쳐나갈 것인가를 모색한다. 1915년 우수리장 대안의 길림성 요하현으로 이주하였는데 북만주에 위치한 그곳은 남만주와 연해주를 연결하는 그야말로 벽촌이었지만 중국과 러시아 접경에 있어서 독립단체들과 접근할 수 있는 지리적 요충지였다. 그런 이유로 그는 1917년에 요하현에 인재를 양성하기 위해서 광동학교를 세우고 신식교과목(역사, 창가, 물리, 생물)을 가르치도록 이끌어 간다. 강우규 의사는 이런 조건아래 농촌을 개발하여 그곳에 새로운 한인마을을 만들어 신흥동이라 이름짓게 되는데 그 이유는 이곳에서 한민족을 새롭게 발흥시키려고 하였기 때문이다. 강 의사는 신흥촌이란 마을을 개척한 이후 한인촌들을 두루 돌아다니며 간단한 병을 고쳐주는 의료 행상으로 경제 기반을 다져간다. 어린 시절 배운 한의술에 어깨 넘어로 배운 양의학까지 익혀 주민들의 간단한 병을 고쳐 주었기에 그곳에서 그는 명의로서 이름을 쌓아간다.

1919년 3월 그는 그가 가입해 있던 블라디보스토크 신한촌 노인단의 길림성 지부장직을 맡고 있을 무렵 그곳에서도 만세 시위를 벌여가며 항일운동을 해나간다. 그가 유일하게 활동했던 단체가 바로 노인동맹단(나이 46~70세) 활동인데 이는 노인 중심의 항일투쟁 단체였으며 이 단체의 회원들은 조국의 운명에 대해서 강한 의무와 책임을 느끼는 세대라 믿는다. 그래서 노인단의 독립투쟁 노선에 따라서 하세가의 후임으로 오는 일본 새 총독을 폭살할 것을 결의하여 그해 7월에 러시아인으로부터 영국제 수류탄 한 개를 구입하여 같은 해 8월초에 블라디보스토크에서 연락선을 타고 원산을 거쳐서 서울로 잠입하는데, 그는 폭탄을 기저기 처럼 다리사이에 차고 들어온다. 3.1 운동이 전국적으로 일어나고 수많은 독립지사들이 감옥으로 끌려가서 참혹한 고문과 말로 다 표현할 수 없는 심문을 받고 매일같이 견뎌내야하는 고통을 당할 때 세계 열강으로부터 우리나라의 독립을 승인받지 못하게 되자 독립에 대한 희망은 점차 소강상태에 빠져든다. 이때 위기감을 느낀 강우규 의사는 일제가 무단정치에서 문화정치로 식민정책을 변경하고자 조선 총독을 교체하는 것을 계기로 그를 처단하기로 결심한다.

그래서 그는 신문보도를 통해 신임총독이 9월 2일 부임한다는 사실을 확인한 후 신문에 난 사이토의 사진을 오려 가지고 다니면서 그의 얼굴을 익혔다고 한다. 신임 총독 부임 전인 8월 28일부터 서울역 부근의 여인숙으로 거처를 옮겨 매일같이 역전에 나가 지형, 지물을 면밀히 답사, 조사하면서 그의 투탄계획을 탐색하는 등 주도면밀하게 거사를 준비한다. 거사당일인 9월 2일, 남대문 밖 중국 음식점에서 간단하게 점심식사를 한 후 그는 남대문 역에서 미리 보아둔 위치에 대기하고 있다가 오후 5시 부임식이 끝나고 막 관저로 떠나기 위해서 마차에 오르는 순간 사이토의 마차를 향해 폭탄을 투척한다. 그러나 폭탄이 빗나가 뒤차를 맞히면서 정부 총감인 미즈노와 뉴욕시장의 딸이었던 해리슨부인, 그밖에 호위군경, 취재기자, 총독부 관리 등 37명에 중경상을 입혔고 정작 사이토는 옷이 약간 불에 탔을 뿐 차고 있던 칼에 자국만 남긴 채 상처를 입지 않은 거사였다.

비록 이 일이 총독을 제거하지는 못했지만 그의 수류탄 투척사건은 전세계의 이목을 끌기에 충분한 사건이었다.

그의 재판도 세상사람들의 주목의 대상이 될 정도로 그를 보고자

하는 인파가 몰려왔다고 한다. 국가 기록원 문서 수장고에 강의사의 재판 판결문이 보관되어 있다고 한다. 그는 거사를 치룬 뒤 혼비백산한 군중 사이로 유유히 몸을 피해 장익규, 임승화 등의 집에서 숨어 다니다가 다시 의거를 계획하였지만 9월 17일 자신의 하숙집에서 순사 김태석에게 붙잡혀서 1920년 2월 25일 경성 지방법원으로부터 사형을 언도 받는다.

만약 그가 한 거사가 성공을 하였더라면 그는 자발적으로 자수하려고 이미 계획을 하였지만 그 일이 실패로 끝났기에 재 계획을 위해 몸을 숨기고 피했다고 기록은 전하고 있다.

의거 5개월 후 경성지방 법원 7호 법정에서 강우규 의사의 첫공판이 시작되었는데 그의 재판을 보기 위해서 수많은 방청객이 몰려왔고 그 몰려온 시민들이 법정을 아수라장으로 만들어서 진풍경을 이루었다 한다. 그중에는 일반시민들 외에도 독립운동을 지원하던 미국인 선교사 스코필드 박사 등, 해외인사들과 가족들이 참석한 가운데 재판이 시작되었고, 강우규 의사의 훤칠한 키, 당당한 풍채, 그리고 백발과 빛나는 그의 눈빛을 보는 관중은 그의 모습에서 압도당하고 있었다고 그때를 기록하고 있다.

또 그가 수류탄의 폭팔력에 대해서 증언을 할 때 그의 재판 기록은 이렇게 전해지고 있다. '그 폭탄을 본즉, 꼭지에 조그마한 구녕이 있는고로 그 구녕으로 탄약이 나와서 사람을 맞추는 것으로 알았소. 나도 그렇게 많은 사람이 다칠줄은 차마 생각을 못했소이다'.(강우규 재판 기록) 그의 폭탄 투거는 미국에서도 주목할 사건이었던 만큼 그는 장안에서도 이미 스타가 되어 있었다고 기록하고 있다.

이후 자신의 폭탄에 휩쓸린 취재 기자들에게 대해 그는 폭탄의 위력을 몰랐다고 항변한다. 그리고 자신의 아들에게 "내가 죽는다고 조금도 어쩌지 말라, 내 평생 나라를 위해서 한 일이 아무것도 없음이 도리어 부끄럽다. 내가 자나깨나 잊을 수 없는 것은 우리 청년들의 교육이다. 내가 죽어서 청년들의 가슴에 조그마한 충격이라도 줄 수 있다면 그곳은 내가 소원 하는 일이다"라는 말을 남기고 그해 11월 29일 서대문 형무소에서 순국한다.

그는 삶에서 이동휘(임시정부국무총리) 선생의 영향으로 기독교에 입교하였고 그의 신앙은 국권회복의 일환으로 생각하여 평생동안 나라 걱정과 독립을 위해서 살아간 훌륭한 정신적 지도자였다. 그가 한 의거는 이동휘, 안중근 의사와 함께 이토 히로부미 암살을 기획했던 정재관 등이 한 것처럼 치밀하고 계획적인 의거였다. 또 독립운동 사상 최고의 고령자의 폭탄투척의거이며 그 당시 의열투쟁에 나선 대부분의 열사들이 청,장년층이였는데 그는 고령에 3.1 운동 이후 대표적 독립운동이라 전해지고 있다. 그의 의거 후 민족 진영 청, 장년들의 투쟁이 활발해졌는데 약산 김원봉의 의열단과 김구 선생의 한인 애국단 등이 그 대표적인 예라 볼 수 있다.

그의 재판 과정에서 아들의 변호사 선임 권유도 물리치고 당당히 죽음을 맞이하는 그에게는 죽음마저 독립운동의 한 과정이라 말하고 있다. 재판과정에서 일제 검사의 물음에 그의 태도는 당시 우리 민족뿐만 아니라 수사를 담당했던 일본 경찰까지도 감동시켰다고 한다. 강우규 의사는 사형집행 당시 감상이 어떠냐는 일제 검사의 물음에 "단두대에 홀로 서니 춘풍이 감도는구나. 몸은 있으되 나라가 없으니 어찌 감회가 없으리오."라는 시를 남긴 후 의연하게 순국한다. 그가 그 의거와 관계되는 다른 조직과 독립투사들을 보호하기 위해서 모든 것을 혼자 계획하고 실행한 것처럼 안고 순국하는 것을 볼 때 65세의 노 투사의 용기는 실제로 독립운동에 많은 영감을 주었다고 믿는다. 국망이란 가장 혼란했던 시기를 온몸으로 경험하면서 그는 늘 조선의 청년들에게 부채의식을 가지고 살다 간 의로운 투사이다. 그의 죽음마저도 조국의 미래인 청년들에게 바치고자 했던 독립투사였지만 그의 행적이 안중근 의사나 윤봉길 의사처럼 불행이도 잘 알려지지는 않았지만 백발이 성성한 나이에 투쟁으로 나라를 되찾는데 노구를 민족 제단에 모두 바친 의열 투사 강우규 의사를 우리는 결코 잊어서는 안 되리라. 그가 후세에 남기고 간 깊은 나라사랑을 우리는 가슴에 영원토록 간직하고 살아가야 한다고 믿는다. 그가 순국한 후 그의 유해는 감옥 공동묘지에 있다가 이후 동작동 국립묘지로 이장되었다.

그가 순국한지 42년이 지난 1962년 3월 건국훈장 대한민국장이 추서되었으며 9월 구 서울역 광장에 강우규 의사의 동상이 세워졌다. 다행이 이동상을 통해서 우리는 재판장을 사로 잡았던 그분의 준엄한 모습, 빛나는 눈빛을 다시 만날 수 있다하니 감회가 새롭기만 하다. 더불어 조국은 지금 그분의 평생 염원이던 청소년들의 교육이 세계 1위를 달리고 있으니 이제 그분의 영혼이 편히 잠들 수 있으리라 믿는다.

독립운동가이며 저항시인 **이상화**

시인(1901~1943). 호는 무량(無量)·상화(尙火/想華)·백아(白啞). ≪백조(白潮)≫ 동인으로, 낭만적 경향에서 출발하여 상징적인 서정시를 주로 썼다. 작품에 〈나의 침실로〉, 〈빼앗긴 들에도 봄은 오는가〉, 〈태양의 노래〉 등이 있다.

내손에 호미를 쥐어다오. 살진 젖가슴과 같은 부드러운 이 흙을 말목이 시리도록 밟아도 보고 좋은 땀조차 흘리고 싶다 (빼앗긴 들에도)

독립운동가이며 저항시인 이상화
(1901~1943)

백 경 자

　이상화 시인을 생각하면 그가 태어나고 성장한 고장 대구의 한 명문가문을 생각게한다.

　우리는 독립운동가이며 저항시인 이상화를 얼마나 알고 있는가? 그는 을미사변(1895년 10월 8일, 국모인 명성황후 시해)과 아관파천(1896년, 2월11일– 1년간 고종이 조선의 왕궁을 비우고 러시아 공사관에서 거처했던 사건) 등으로 인해 의병들이 일어나고 온나라가 극치에 달하는 슬픔과 혼동속에서 조국이 일제에게 짓밟히며 온갖 폭행과 잔악을 일삼던 불행한 시대에 태어나 살다가 떠난 사람이다.

　그 시대에 대구에서 명문으로 불리우고 항일개화운동에 앞장서서 자기가 가진 전재산을 바친 그의 조부, 이동진 씨의 아들 이일우 씨의 4형제 중 둘째아들로 1901년 5월 09일 태어났지만 일찍이 부친을 잃고 모친의 감화를 받으면서 성장하게 된다. 그 시대에 그에게는 많은 사람들이 경험한 물질적 어려움은 별로 경험하지 않고 자라지만, 나라를 빼앗겨서 하루하루의 삶에 자유 없이 살아간다는 것, 내가 가진 것도 마음대로 사용할 수도 없고, 일거일동에 감시를 받아야 했으며, 내 나라 말이 있고, 내 부모님이 지어주신 이름이 있어도 자유롭게 사용할 수 없었던 시대에 살면서 고통받는 민족을 위해서 어떻게 나라를 구할 수 있을까 하는 애타는 마음이 그의 정신세계를 이루었고, 조부때부터 내려오던 재산을 물려받아 민족혼을 키우고 나라를 되찾는 일에 혼신을 다하고 살다가 간 독립운동가이며 저항시인이다.

그의 조부 이동진은 항일 개화운동에 전 재산의 반을 바쳤고 나머지는 혈연들의 교육양성에 흔쾌히 바친 분이었다. 그는 그 시절 교육이 나라를 살리는 일이라고 생각하여 젊은이들의 교육에 지대한 관심을 가졌기에 그의 재산을 털어서 '우현서루'라는 학교를 창설하여서 일제 침략에 억울함과 분통을 느낀 선비들을 모아서 학문을 논하고 나라를 걱정하는 일을 하게 된다. 이곳에서 민족정신을 키워주고 의기를 기르던 지성 양성소가 곧 우현서루가 해낸 민족정기의 본원지였다. 그러나 1911년 일제는 민족정기의 말살책의 하나로 이곳을 폐쇄토록 강요한다.

그의 아버지 이일우는 약전 거리에 서점을 차렸는데 그것은 결코 영리를 목적으로 한 게 아니라 우현서루가 폐쇄되면서 산적한 책들을 일반사회에 공개하고픈 의도에서 열게 된 것이었지만 그런 기미를 알아차린 일제 당국은 그것마저 허락하지 않고, 서점을 차린후 3~4년이 채 못가서 폐점을 시킨다. 그러나 여기서 일제 앞에 그냥 주저 앉을 수 없었던 그는 또 다른 형태로 무료교육기관이란 이름으로 강의원을 설립하고 가훈의 뜻이 무었인가를 받들어서 극히 해야하는 일들을 터득해 나간다. 그때 그의 형수까지도 가문의 유지를 전승하여 항일투쟁사업에 일조를 했다고 기록되어 있다.

그는 1915년(15세)이 되어서야 백부와 아버지가 경영해온 강의원에서 신학문과 민족정기의 참뜻을 깨닫게 되고 그때 정규과정을 받을 수 있는 학교에 입학하게 된다. 1919년에 33인을 위주로 3월 1일 역사적인 독립운동을 맞게 되는데 그때 그는 백기만과 손을 잡고 자기집 사랑방에서 독립운동본부를 설립하여 계성학교 학생들을 동원하였고, 기독교 계통의 지도자들의 도움으로 이운동에 힘을 합한다. 그리고 3월 8일에 그곳에 주기적으로 있어온 큰 장날을 이용하여 독립운동선언, 시위행진에 나섰지만 일제 군경의 잔인한 탄압으로 행진은 끝이 나고 만다. 그로 인해 주모자들은 모두가 감옥으로 붙들려 갔고 이상화는 다행이도 용케 도주하여서 서울로 탈출하는데 성공한다. 서울로 올라온 그는 그곳에서 몰래 독립군들의 자금 조달을 적극적으로 도우면서 생활하지만 일제의 치밀한 감시를 받고 살아가는 그에게는 그곳 생활도 만만치 않았다. 일제 경찰의 감시는 날로 심해 더 이상 그곳에서 견디기가 어렵게 되자 1927년 다시 고향으로 하향한다. 고향으로 내려온 그는 우현서루 출신인 이종암과 조선은행 대구지점 폭탄 투척사건과 관련되어 그는 구금되고 감옥에서 온갖 잔인한 고문과 폭행을 받게 된다.

일제는 1931년부터 만주와 중국본토 등 대륙침략을 본격화함으로써 한국인의 정체성을 말살하여 일본전쟁을 위해 한국인을 마음대로 동원해서 전쟁에 사용할 수 있도록 하는 전시 식민지정책의 일환으로 '황국신민화 정책'을 만들어서 일본 천황에게 충성을 맹세한다는 증거로 일본천황궁성을 향해 절을 하게 했는데 이것이 '동방요배'이다. 이 정책은 민족말살정책이었고 신앙의 자유을 유린하는 종교적 침략행위기도 했다. 그 신사참배를 지방 곳곳마다 설치하고 한국민족의 정신을 구체적으로 말살시켜가는 그런 현장을 만들어 갔다. 이런 강압적인 정책을 강요하므로써 우리나라의 오랜 문화와 역사를 짓밟고 민족의 혼을 소멸하기위해 역사책 51종 20만권 정도를 강탈해 갔으며, 우리민족을 일제 시민으로 만들기 위해서 한민족사를 다시 편찬해야 한다고 하여 '조선편수회'를 발족하여 1938년까지 37권에 달하는 '조선사'(2만 4111쪽)을 일본의 주장대로 편찬한다. 이를 '식민사관'이라 부른다.

이 침략 미화론은 우리민족의 정체성을 뿌리채 뽑아 없애기 위해 조작해낸 역사관이다. 사학자 아놀드 토인비의 말처럼 '어떤 민족을 멸망시키기 위해서는 먼저 그 나라의 역사를 말살하는것이 식민주의자들의 철학이다'를 철두철미하게 행한 민족이 바로 일제이다.(구한말 일제 강점기 p 126~127에서)

일제가 조국의 모든 것을 빼앗고 역사까지 지우려고 혈안이 되었던 이때 이상화의 큰 아버지 이상정 장군이 일본인의 모함에 의해 일본의 밀정협의로 북경에 구금되었다는 소식을 듣고 그는 큰 아버지를 만나러 중국으로 가는 도중에 일제에 잡혀서 또 투옥되고 2개월간 구금되고 더 극심한 고문을 받은 후에 석방되지만 그 결과 그는 건강을 회복할 수 없는 상처를 입게 되는데 수없이 받은 육체적 고문 결과로 그는 자신의 꿈을 이루지 못한 채 1943년 4월 25일 그의 나이 42세 때 나라의 독립을 눈앞에 두고 안타깝게도 우리 곁을 떠난다.

그러나 그가 사망하기 2년 전 고향에 돌아와서 교육에 관심이 컸던 그는 영어와 작문을 대륜 중학 학생들에게 대가없이 가르치면서 학교 교가 작사를 하지만 이것마저 일제는 이 교가가 민족정신을 고취시키는 감이 있다 하여서 금지령을 내려 사용할 수 없게 만든다. 그의 문학세계는 1921년 5월에 그의 소질을 안 헌진의 소개로 동인에 가담하면서 그때부터 본격적인 문학활동을 시작하지만 일제의 잔악한 횡포가 민족에게 행해지는 하루하루를 경험하는 그는 민족의 비애와 일제에 항거하는 저항의식을 기초로하는 민족의 정서를 깊이 전달하는 시와 글들을 남긴다. 그가 하향해서 세상을 떠날 때까지 남긴 수필 "기미년, 나의 어머니"를 썼고, 시로서는 '서러운 해조' 등의 작품들이 그를 1920년대에 유일한 민족저항시인이라고 불리울 만큼 애국시들을 남긴 사람이다. 그중에 대표적인 것으로 1926년 개벽지 6월호에 발표된 시 지금은 남의 땅 〈빼앗긴 들에도 봄은 오는가?〉를 우리 모두는 잘 기억하고 있다.

　　　　나는 온몸에 햇살을 받고
　　　　푸른하늘 푸른 들이 맞붙는 곳으로
　　　　가르마 같은 논길을 따라 꿈속을 가듯 걸어만 간다

　　　　입술을 다문 하늘과 들아
　　　　내맘에는 내혼자 온것 같지를 않구나
　　　　내가 끌었느냐 누가 부르더냐 답답워라
　　　　말을 해다오

　　　　바람은 내귀속에 속삭이며
　　　　한자욱도 섰지마라 옷자락을 흔들고
　　　　종다리는 울타리 너머 아가씨 같이 구름뒤에서
　　　　반갑게 웃네

고맙게 자란 보리밭아,
간밤 자정이 넘어 내리던 고운 비로
너는 삼단같은 머리털로 감았구나: 내머리
조차 가뿐하다

나비, 제비야, 깝치지 마라
맨드라미 들꽃에도 인사를 해야지
아주까리 기름 인사를 해야지
아주까리 기름 바른 이가 지심매던 그들이라도
보고싶다.

내 손에 호미를 쥐어다오
살진 젖 기슴과 같은 부드러운 이흙을
발목이 시리도록 밟아도 보고, 좋은 땀 조차 흘리고 싶다.

강가에 나온 아이와 같이
샘도 모르고 끝도 없이 닫는 내 혼아
무엇을 찾느냐 어디로 가느냐,
웃어웁다 답을 하려므나

나는 온몸에 풋내를 띠고 푸른웃음, 푸른 설음이
아우러진 사이로,
다리를 절며 하루를 걷는다. 아마도 봄은 신명이 지   나 보다.

그러나 지금은 ---들을 빼앗겨 봄조차 빼앗기겠네

　민족의 혼을 담고 있는 이 시는 그가 떠나고 수십 년이 지났건만 지금 곁에서 우리에게 그가 얼마나 애타게 조국을 사랑했으며 무엇을 그리워했는지를 속삭여 주는 듯하다. 시인은 빼앗긴 들에서 내 나라의 부드러운 흙을 엄마의 포근한 젖가슴에 비유한 것처럼 그런 심경으로 노래하고 있다. 어린아기가 엄마의 가슴속에 얼굴을 파묻고 엄마의 체취를 느끼면서 온갖 재롱을 부리고, 어떤 행동도 엄마의 깊고 따뜻한 사랑으로 감싸주는 그런 자유를 한없이 그리워하며 시로 자신과 나라 잃은 슬픔을 이렇게 들려주고 있다. 일제의 잔인 무도한 폭행으로 모든 것을 다 빼앗기고 설 땅조차 잃은 상태에서 밟을 수 있는 내 나라의 땅, 땀을 흘리도록 자유로히 걸을 수 있는 그런 흙을, 엄마의 젖가슴처럼 모든 것 안아주는 조국의 땅을 잃었기에 이런 간절한 마음을 자연과 대지에서 볼 수 있지 않았나 싶다. 봄이 조국을 찾아왔건만 나라을 잃은 우리민족에게는 봄조차 맞이할 수 없는 그 설음, 그래서 시인은 꿈속에서 말이 없는 푸른 하늘과 누구에게나 평등하게 비춰주는 따뜻한 햇살을 그리워하고 있다. 자연과 함께 잃어버린 조국을 찾아온 미비한 생물들에게까지 그는 깊은 영혼의 상처를 안고 그들과 대화를 나누고 있다. 그가 자유가 있었던 그 시절을 그토록 간절히 그리워하고 있는 그 심경에 슬픔이 얼마나 깊었기에 찾아온 자연의 모든 생물조차 아픔으로 다가와서 잃어버린 엄마의 포근한 젖가슴처럼 따뜻한 내 나라의 땅을, 일본인의 고문으로 회복할 수 없는 그의 몸과 상한 다리로 엄마의 손길처럼 부드러운 조국땅의 흙을 자유로히 걸어보길 간절히 기다리는 시인의 서러움을 볼 수 있다. 그는 태어나서 가문의 핏줄을 받아서 그렇게밖에 살 수 없었고 또 그 사상이 그를 독립운동가, 저항시인으로 시대가 그렇게 만들었다고 생각이 든다.

그는 삶에서, 문학적 사상에서도 그의 신념이 그대로 나타나 있듯이 또 그의 뜻을 그대로 몸소 옮기면서 살아간 시인이다. 그는 조국을 위한 마음속에 불타오르는 울분을 오직 사무치게 글로써 외쳤고 수없이 당한 고문과 폭행에도 굴복하지 않고 다른 동료 문인들의 '친일파'로 변심을 보면서도 절개를 끝까지 지켰던 의로운 사람이다. 일제의 부당한 요구에도 끝까지 저항의 화살을 멈추지 않고 자신의 지조를 지키면서 일제에 저항했던 독립운동가 이상화 시인, 그가 살아있는 동안 해왔던 반일운동 중 한 가지는 일제상품 불매운동까지도 적극적으로 참여했다는 일이다. 그는 애국자 이명시가 딸 이영애 씨에게 한 이야기를 가슴깊이 새기면서 살아간 사람이다. "나라없는 백성보다 불쌍한 인간은 없으니 작은 행동이라도 바르게 하고 맡은 바에 최선을 다하되 봉사의 삶을 살라"라는 말은 우리 모두의 가슴속에 서서히 메아리쳐 온다.

교육에 평생을 바친 민족의 지도자 남강 이승훈

독립운동가 · 교육자(1864~1930). 본명은 인환(寅煥). 호는 남강(南岡). 1907년에 오산 학교를 설립하여 신학문과 애국 사상을 고취하였고 1919년 3 · 1 독립 선언에 민족 대표 33인의 한 사람으로 참가하였다가 투옥되었다. 뒤에 조선교육협회 간부와 동아일보 사장을 지냈다.

내가 죽은 후 나의 유골을 해부하여 생리학 표본으로 만들어서 학생들의 학습에 이용해 달라고 부탁하였다.

교육에 평생을 바친 민족의 지도자
남강 이승훈(1864~1930)

백 경 자

'나라가 없이는 집도 몸도 있을 수 없고, 민족이 천대받을 때 나 혼자 영광을 누릴 수 없소'라고 외치는 안창호 선생의 강연을 듣고 이승훈은 민족을 위해서 무엇인가 해야한다는 절실한 느낌을 받고 강연이 끝난 후 안창호 선생을 만나러 간다. 이 계기가 그가 나라를 구하는 길로 들어서게 되는데 그때 그의 나이 43세였다.

독립운동가이며 교육자 이승훈, 그는 평안북도 정주에서 아버지 이석주와 어머니 홍주 김씨 사이에서 태어났으나 아버지는 가난한 선비로서 어렵게 생활을 하던중 그가 2살이 되던 해에 어머니가 세상을 떠난다.

승일(아명)이 6살이 되던 해 아버지와 함께 정주 고향을 떠나 납청정으로 이사하여 아버지가 돌아가실 때까지 3~4 년간 서당에서 한문을 익힌다. 그가 10세가 되던 해에 학업을 중단하고 그 마을에서 유기상으로 이름난 임권일이란 사람의 상점에 들어가 사환으로 일을 하면서 가정을 도와 일하는 동안 근면성과 성실성이 주인의 마음을 감동시켜 3년이 지나자 그는 외교원 겸 수금원으로 일을 맡게 되는데, 그의 부지런함과 열성이 인근 마을까지 알려지면서 이도제라는 사람의 딸 경선 양과 그의 나이 14세 때 결혼을 하게된다.

그는 그곳에서 몇 년 동안 주인을 도와 밑바닥 일부터 사업경험을 쌓은 후 자신의 장래를 위해서 상점의 점원일을 그만두고 본격적으로 상인의 길을 택하게 된다. 그의 거래처는 평안도, 황해도 등 각지역을 전전하면서 벌어들인 자본이 모여서 납천정에 유기본점을 낼 수 있는 부를 얻게 되어 평양에 지점을 설치하면서 어린 나이에 기업가로서 사업을 확장해 나간다. 그의 나이 23세가 되던 해(1887년) 그는 자신의 공장을 설치하고 이때부터 민족의 기업가로서 서서히 면모를 보여주기 시작한다. 그가 어린 나이에 유기상 점원 노릇을 하면서 배우고 체험한 것을 바탕으로 그 자신의 공장에서 일하는 모든 사람들에게 다음과 같은 경영방법을 개선하여 적용한다는 그의 사업철학을 세웠는데, 그것은 첫째로 노동환경 개선, 둘째로, 근로조건 개선, 셋째로 근로자신분이나 계급에 구여되지 않고 그들에게 평등한 대우를 해준다는 것을 사업의 원칙으로 한다는 것을 선포하므로써 그의 사업은 종업원들의 성실성으로 인해 날로 번창해 나간다.

그가 30세(1894년)가 되던 해에 동학혁명 일명 갑오농민운동(동학란, 조선조 고종 31년에 일어난 동학당의 난리 – 평등사상과 권력의 부패를 제거하기 위함) 일어나고 결정적 계기는 전북 고부군수 조병갑의 부정부패와 동학교도 탄압사건이다. 고부 군수는 억지로 저수지를 만들고 백성들에게 물값을 치루도록 만들어 온갖 죄명을 가난한 백성들에게 덮어씌워 벌금을 챙겼고, 부친의 비석을 만든다는 명목으로 가난한 농민들로부터 돈을 착취하는 것을 일삼았다. 이때 동학농민군 총대장 전봉준, 대장 손희중, 김개남 등을 선두로 8천명이 모여서 정부의 정예군에 대항하여 황토연 전투에서 승리하는 기록을 세우게 된다. 이런 운동을 일으킨 그들의 요구는 탐관오리의 제거와 조세 수탈시정을 해달라는 것이었다. 이들이 점령하는 곳마다 노비문서를 불태우고, 고리대금탕감, 부정축재 양반의 재산몰수를 하여 가난한 자에게 나누어주자 가난한 노비들은 만세를 부르며 이 혁명에 충성을 다해 동조했으며 참여한다. 이때 조선 정부는 동학 세력이 확대되자 청나라에 군사를 요청하자 1894년 5월 7일 군사 2500명을 아산만에 상륙시키고 동시에 일본도 천진조약을 별미로 인천에 7000명의 대부대를 상륙시키는 일이 발생한다. 이렇게 조선땅은 외국군대들의 싸움터가 된 것이다.

　이때 일본은 청나라 군함을 기습하여 큰 타격을 줌으로써 청나라에 전쟁을 선포한다. 청나라와의 평양전투에서 승리한 일본은 이때부터 조선에 대한 내정간섭을 본격화하게 되고 이즈음 나라가 전쟁으로 인해 엄청난 전화를 입게될 때 이승훈의 공장은 잿더미로 변한다. 그는 가족과 함께 덕천이란 곳으로 피난을 갔다가 철산의 갑부인 오희순의 자본적 도움을 얻어 사업을 회복할 수 있는 기회를 갖게 된다. 다시 사업을 재건한 그는 평양으로 진출하여 무역업으로 새로운 시작, 진남포에 지점 설치, 서울과 인천을 왕래하면서 그는 또 다시 사업에 성공을 걷우고 굴지에 부를 이루게 된다. 이렇게 상업자본을 축적하여 본격적인 산업자본가의 성장을 눈앞에 두고 있을때 그에게 뜻하지 않은 일이 발생하는데 이때가 1902년, 우연인지 아니면 일본인이 민족자본을 말살하기 위한 의도적인 것인지는 아직도 밝혀지지 않았지만, 1만냥의 엽전을 싣고 부산으로 출항했던 그의 배가 일본영사관 소속의 배와 충돌하는 사건이 발생하여 침몰하게 됨으로써 그는 일본영사를 상대로 2만냥의 손해배상 청구소송을 하게 되는데, 이로 인해 그는 장기간동안 사업의 적기를 놓쳤고 1년간의 긴 시간동안 법적 문제로 시달리게 되는 육적, 정신적 고통속에 사업적으로 막대한 손해를 입게 된다. 지루하고 힘든 법적 투쟁은 너무나 적은 보상으로 끝이 나지만, 그는 그일로 인해 미처 깨닫지 못했던 일본인들의 잔악 무도함에 대한 새로운 인식, 즉 일제와의 소송과정에서 뼈져리게 절감하게 되는 민족의 현실을 보게되는 깨달음의 체험을 하게 된다. 그일로 그의 가슴속에 깊은 반일 민족의식이 자리잡게 되고, 뜻하지 않았던 배의 침몰로 되돌릴 수 없는 물질적 손해를 보았지만 그것으로 더 큰 것을 얻게 되는 뜨거운 민족사랑은 1907년 7월에 평양에서 있었던 안창호 선생의 〈교육 진흥론〉의 강의를 들은 후 그의 정신적 세계를 바꾸는 계기가 된다. 그때부터 그는 개인의 영달보다 민족을 구해야겠다는 굳은 결심을 하게 되면서 금연, 금주와 단발을 결심한 후 안창호 선생이 조직한 비밀결사 신민회에 가담하게 된다. 그의 생애를 살펴보면 민족의식과 애국심에 먼저 눈을 뜨게 되고 그후에 기독교 신앙를 만나게 되는데 이미 그의 마음속에 기독교 신앙이 존재하고 있었다고 하는것이 더 옳을 것이다. 그래서 그의 애국심은 그의 신앙안에서 더욱더 생동감있게 역동적으로 두 정신세계가 통합적으로 표출되어 그의 세계를 더 힘차게 만들어 간다. 그는 평양에서 용동에 돌아와 서당을 열고 신식교육을 가르치기 위한 '강명의숙'을 설립, 이어서 같은 해 11월 24일 중등교육기관으로 민족운동의 요람인 '오산학교'를 자신의 재산을 팔아서 창설하고, 그곳에서 그는 교장직을 담당한다. 이 학교는 그의 열정과 성실을 바탕으로 그 시대에 잘 알려진 이광수, 이종성, 조만식 등과 함께 그곳에서 많은 인재를 배출해 냈고, 민족교육사상의 금자탑을 이루어 놓을 수 있는 그런 요람지로 키워간다.

그는 평생동안 교육의 중요성을 깊이 깨닫고 그 사업에 온 정신을 헌신, 민족사업에 가담, 그러나 일제의 간악한 탄압으로 1911년2월 '안악사건 또는 안명근 사건'(비밀결사 조직으로 활동하던 신민회 관관계자 160명이 감금되는 사건)에 연루되어 제주도로 유배를 가게 되고, 같은 해 가을 105인 사건(안명근 사건이 시발, 일본이 과장시킨 무기구입및 강도 미수사건)이 발생, 유동열, 윤치호, 양기택, 안태국, 임치정 등 신민회간부와 600여명의 애국지사가 체포되는데 이승훈은 이 사건의 주모자로 제주도에서 서울로 압송, 1912년10월 윤치호 등과 함께 징역 10년을 선고받지만 1915년 가을 출옥하게 된다. 신민회는 안창호 선생의 비밀결사조직으로 일제의 침략이 절정에 달하였을 때 이루워졌으며, 주로 청년학원을 중심으로 10에서 30대 미만의 학생들로 구성되었다. 이 신민회에 가담하는 회원들은 엄밀히 선출되었고 핵심적인 자격조건의 5개항은 첫째, 투철한 국가관과 애국심이 있는 자, 둘째로 국가를 위해 피를 흘릴 수 있을 만한 담력과 희생정신이 있는 자, 셋째, 회원이 만일 배반하였을 때는 어느 때든지 그 생명을 잃을 것을 각오해야하고, 넷째, 본회의 비밀엄수, 만일 탄로가 났을 경우는 해당자는 혀를 깨물고 말하지 말 것, 다섯째, 회원은 달고 쓴 생활과 힘들고 편한 활동을 다른 회원과 함께 할 것이란 조건이며 2명 이상 서로 알지 못하게 하였고, 회원의 생명과 재산은 회의 명령에 절대 복종하는 강력한 비밀결사대로 조선유일의 독립운동 단체였다(구한말 일제 강점기에서).

이 조직은 신사상을 국민들에게 계몽하여 나라를 되찾는 독립운동의 발판을 마련하는데 크게 기여하였지만 이도 2년만에 황해도 신천의 민병찬 등이 이 일을 일제헌병에게 밀고 함으로써 발각이 되어 폐쇄하게 되고 무수한 애국자들이 투옥되는 이 사건을 안명근 사건이라 부른다. 이때 감금된 사람들로부터 일본은 허위 자백을 받기 위해 온갖 형태의 고문을 실시하였으나 그들은 죽음을 각오한 사람들로서 어떠한 고난에도 허위 자백을 하지 않았다. 이 사건으로 평북 신민회를 주도했던 그의 활동은 사실상 종지부를 찍게 되지만 국민들의 항일 독립정신이 더욱 고취되었고 '신민회'의 항일 의식을 계승, 승화시켜 10년 후 3.1운동 때 그들의 정신에서 잘 나타난 것이다.

출옥한 그는 오산학교로 돌아와서 학교와 교회일에 정력을 다바쳤으며 경술국치(1910. 8월 29일) 직후인 1910년 9월, 세례를 받고 기독교 신자가 되고 얼마 후 장로직분을 받게 되면서 그의 나이 52세때 만학도가 되어서 신학공부를 하기 위해 평양 신학교에 입학을 하여 1년간 수학한 후 목사가 된다. 이 신학대학은 수많은 서북지역 독립운동가를 배출한 중심지였으며 이곳이 또 3.1운동 추진의 자양분 역활을 한 것으로 알려진다. 그가 출옥 후 김성수의 간청으로 동아일보 사장직을 일년동안 맡게 되는데 그때 그는 물산장려운동(서울의 조선 청년연합회를 중심으로 국산품 애용과 민족기념육성들을 내걸고 강연회와 시위선전운동)과 민족대학 설립을 추진한다. 평양 대성학교와 오산학교는 처음부터 독립운동을 목적으로 세워졌으며 학교에서 신앙을 가진 교직원과 학생들이 함께 믿음을 키워가는 장소로 만들어 간다.

그가 안악 사건으로 재판을 받을 당시 경무 총감부에서 검사와의 질문에 '피고는 금후에도 조선의 국권회복 운동을 할 것인가'라는 말에 "그렇다, 될 수 있는 수단이 있다면 어디까지든지 하려고 하고, 또 먼저도 말했지만 금번 독립운동은 우리동지들만의 것이지 외국사람이나 외국에 재주하는 조선사람이라든지 또 학생등과는 하등의 관계가 없으며 일본정부에 원한 일에 있어서도 외국사람의 조력은 티끌만큼도 없었다"라고 하는 그의 불요불굴의 독립정신을 보여주어서 그의 출옥은 누구보다도 지연된다.

그는 1919년 3.1 운동(일제의 식민통치를 부정하고 비폭력으로 절대 독립을 요구한 온겨레가 하나가된 함성) 때 민족대표 33인의 한 사람으로 이 운동의 기독교 대표로 참가하였고, 그 결과 그는 구속되어 다른 47인과 함께 말로 다 표현할 수 없는 수십 형태의 고문을 받는 옥고생활을 하고 1920년 경성지방 법원에서 징역 3년을 선고 받은 후 마포 형무소에서 복역을 하게 한다. 그가 동아일보 사장직에서 물러나면서 다시 오산학교로 돌아와서 사망하기까지 학교운영에 그의 모든것을 다 바쳐서 남은 시간을 보내고 사망하기 전에 남긴 유언은 자기가 죽은 후 유골을 해부하여 생리학 표본으로 만들어서 학생들의 학습에 이용하라고 하였으나 일제는 그의 작은 유언마져 허락하지 않아서 실행하지 못하고 66세로 온삶의 전력을 다해 바쳐온 오산에서 사회장으로 조용히 잠들게 된다. 그가 사망한지 32년 만인 1962년 평생을 민족 사랑으로 살아온 그의 훌륭한 삶을 뒤늦게 높혀서 정부는 건국훈장 대한민국 국장으로 추서하게 됨을 기쁘게 생각한다.

이승훈, 어린 나이에 어머니를 여의고 부모사랑을 알기도 전에 사업에 뛰어들어 모은 재산으로 청소년들의 교육에 헌신하고 3.1 운동에 앞장서서 일본의 간악 무도한 행위에도 두려움 없이 나라를 찾기 위해 죽는 날까지 달리다가 세상을 마감한 그는 민족의 지도자이며 애국자이다. 그때 이들이 없었더라면 지금 우리는 어떤 위치에서 어떤 삶을 살고 있을까 한번쯤 오늘을 사는 사람들이 잊지 말고 계승해야 할 덕목이라 생각한다. 그는 말보다 행동이 앞섰고 실천의 의로운 신앙인이었고 평생동안 솔선수범한 교육자였으며 특히 청소년교육에 자신의 유골까지 아낌없이 바치고 생을 마감한 민족의 지도자였음을 우리는 오래오래 기억해야 할 것이다.

고종 황제의 마지막 밀사 이준 열사

조선 고종 때의 대신(1859~1907). 자는 순칠(舜七). 호는 일성(一醒)·해사(海史)·청하(靑霞)·해옥(海玉). 독립 협회에 가입하여 활동을 하였으며, 일본의 황무지 개척을 저지하기 위한 대한 보안회, 공지회 등을 조직하였다. 1907년 고종의 밀사로 이상설, 이위종과 함께 헤이그에서 열린 만국평화회의에 참석하여 일본의 침략 행위를 세계에 호소하고자 하였으나 일본 측의 방해로 뜻을 이루지 못한 채 순국하였다.

사람이 산다함은 무엇을 말함이며, 죽는다함은 무엇을 의미하는가? 살아도 살지 아니함이 있고, 죽어도 죽지아니함이 있으니 살아도 그릇살면 죽음만 같지않고, 잘 죽으면 오히려 영생한다. 모름지기 죽고 삶을 힘써 알지어라.

고종 황제의 마지막 밀사 이준 열사
(1858~1907)

백 경 자

고종 황제의 특사로 파견된 이준은 네덜란드의 헤이그에서 "우리나라를 도와 주십시요, 일본이 우리나라를 짓밟고 있습니다"라고 마지막 말을 남긴 채 숨을 거두었다. 이것이 40년을 조국을 위해서 혼신을 다하고 살다간 그의 마지막 유언이다.

그에게는 탁월한 언변과 뛰어난 조직력, 민중 계몽가로서 평생동안 나라를 구하는 운동을 하는데 민중을 포섭할 수 있었던 재능을 가진 법관이며 독립운동가이다.

그는 완풍대군의 18대 후손으로서 세살 때(1860년) 부모가 연이어 세상을 떠나는 불행을 안게 된다. 1858년 12월 18일 함경남도 북청군 후속면 중산리 발영동에서 아버지 이병권과 어머니 청주 이씨 사이에서 태어나 그의 초명은 성재라 불렸다. 천애 고아가 된 이준은 할아버지의 보살핌을 받고 어린 시절을 보냈으며 여섯살이 되던 해에 그 할아버지마저 세상을 떠나게 되면서 후사를 잊지 못하는 백부인 할아버지에게 양자로 들어가면서 전통 관습상 할아버지가 된 것이다. 다행이 아버지의 친부인 할아버지가 살아계셔서 그분의 슬하에서 어린 시절을 보내게 된다.

그가 태어난 곳은 조선시대 유배지로 지목될 만큼 중앙과는 거리상 떨어져 있었지만 유학의 기풍을 간직한 곳으로, 그 이유는 조선시대 세종때 이항복은 1618년 광해군 폐모론에 반대하여 북청으로 유배된 이래, 그를 따르는 문인들이 늘어나므로 그곳이 학문을 키우는 장소로 되는 계기가 되었다. 이런 영향으로 북청에는 수많은 서재와 서당들이 생겨났으며 자연적으로 책을 대할 기회와 분위기가 만들어졌다. 어린 이준은 그때 완풍대군의 위패를 봉안하고 있는 기형사에서 제를 올리곤 했는데, 그때 집안의 절의와 기개를 익혀나갈 수 있었던 어린 시절이 있었다.

8살이 되던 해(1865년) 할아버지의 배려로 전통 학문을 배우게 되지만 외세의 거듭되는 개항요구가 거세지면서 조선은 하루도 조용한 날이 없었다. 그의 삶의 초창기에 나타나는 도전적 태도는 그와 같은 환경에서 비롯되었다고 봐도 과언이 아니다. 그는 그가 전주 이씨, 조선 왕조의 한 계파라는 것에 자긍심이 대단하였고, 당찬 기백, 12살때 향시에 급제하였지만 나이가 어리다는 이유로 등제를 인정해 주지않자 그 억울함 때문에 북청 남문루에 올라가서 그 분함과 부당함을 만인들에게 호소할 정도로 당찬 패기를 보였다 한다. 그 일를 지켜본 마을사람 주만복은 그가 보통아이가 아닌 것을 보고 자신의 딸과 그와 결혼하도록 주선을 했다고 한다.

이준이 17세가 될 때 가진 것 없이 서울로 무작정 올라오지만 갈 곳이 없고 아는 연고자도 없으니 수방도가에서 여장을 풀고 북청 물장수로 유명한 그들과 함께 물을 파는 일을 하며 생계를 이어간다. 이 무렵 그는 흥선 대군을 만나게 되고 자기의 뜻을 전할 수 있는 기회를 얻게 되면서 일본이 우리 백성에게 안기는 횡포에 대한 현실을 깨닫게 된다. 그때 도승지, 홍문관 부제학을 지내고 있는 형조 판서 김병시를 처음 만나게 되는데 그와의 인연으로 이준에게 미래의 가야할 길이 정해졌고, 이것이 인연이 되어서 이준은 곁에서 그의 일을 도와주면서 근대 법에 대한 관심을 갖게 되는 동기가 된다. 그런 시기에 운양도 사건, 강화조약(우리나라가 외국과 맺은 최초의 근대적인 조약. 쇄국정책에서 벗어나게 하는 개항은 큰 전환점을 가져옴)은 일본의 강압으로 이루어진 불평등한 조약이었다. 이로 인해 조선이 근대 자본주의의 침략을 받게되고 식민지적 종속국으로 전략하게 하는 시발점을 가져온다.

그로 인해 일본의 화폐유통, 양곡 수출허가, 선박항세는 물론 수출업 화물의 관세까지 면세, 또 조약 5조에 따라서 연해중 통상에 필요한 항구 두 곳을 택해서 개항해야만 했다. 이 무렵 이준은 김병시의 집에서 소장된 서적들을 읽으면서 학문을 닦는 일에 몰두하였으나 그의 급하고 과격한 성격을 잘 다스리라고 김병시는 늘 충고해 주었다고 기록되어 있다. 한번은 이준을 찾아온 고향친구 김인식과 친척 이인재에게 김병시의 아들 김용규의 담뱃대를 주었는데 그것을 본 김용규는 상민에게 함부로 자기 사용물을 주었다고 이준을 꾸중했다 한다. 그때 이준은 아무 대답없이 그 담뱃대를 분질러 버리고 "그따위 양반의 자존심을 버려라! 사람있고 물건있지 양반 물건이라고 사람 위에 있을 것이야, 한낫 담뱃대로 친구를 쫓고 책망을 주니 물건이 소중한 자와는 조금도 같이 있기 싫다"라며 그 길로 집을 나가 고향으로 내려가 버렸다고 그의 성격을 잘 표현하는 에피소드를 말해주고 있다.

고향에 내려온 그는 행복한 나날을 보냈다. 장녀(송선)가 태어났고 또 장자 종승(이용으로 개명)이 태어났다. 고향에 머무는 동안 그는 농민들의 교육에 관심이 많아 경학원을 설립한 후 김병시의 부름을 받고 다시 서울로 올라오게 된다. 상경한 이준은 그때 명망가의 자제들인 이희영, 이시영 형제들과 만나게 되고 훗날 헤이그 특사로 같이 파견되는 이상설을 이때 만나게 되는 기회를 갖게 된다. 그와는 10년이란 나이 차이에도 불구하고 막연한 친구사이로 우정을 쌓게되며 이즈음 이준은 서서히 근대 문명에 눈을 뜨기 시작한다. 이때 김병시가 그를 불러서 결혼문제를 의논하게 되는데 외로운 처지에 있는 그에게 그런 권유를 거절할 이유를 찾지 못하고 그의 제안을 받아들여 이화학당을 갓 졸업한 17세 신여성 이일정과 다시 결혼을 하게 된다. 그리고 그는 6개월간 법관 양성소에서 법학통론, 민법, 형법, 민사소송법, 형사소송법 등과 현행법률 및 소송 수련 과목들을 끝마친 후 46명과 함께 졸업을 맞게 되는데 그때 이준은 우등생을 제치고 가장 먼저 9품에 해당하는 한성 재판소 검사시보에 임명된다.

그가 이 직책에 임명된지 얼마 안가서 고종은 러시아 공사관으로 이어지는 아관파천이 이루어지면서 이준은 일본으로 망명을 하게 되고 그 이유로 고종은 그를 검사시보에서 해직통보를 전한다. 그때 왜 그가 일본으로 망명길을 택했는지는 아무도 알 수가 없지만 분명 거기에는 깊은 이유가 있을 것이라 믿고 싶다. 더욱이 김병시가 친러 내각 총리대신을 고종으로부터 추천을 받은 데도 불구하고 일본으로 간 이준은 함께 망명한 유길준, 장박, 조희연 등과 생활하면서 박영효의 주선으로 동경전문학교(와세다 대학교 전신)에서 근대

법학을 다시 공부 할 수 있는 기회를 갖게 된다.

아마도, 훗날 조선의 미래를 미리 준비하고자 한 것이 아니었을까!

그러나 자금이 없이 공부를 하는 이준에게는 여간 힘든 하루하루가 아니었다. 그래서 일본인에게 글을 써 주고 생활비를 꾸려 나가야만 했다. 그때 그가 쓴 시는 그가 얼마나 외로운 심경이었는지 알 수 있다.

'일본 상양공원에서 읊는다
공원 3월에 손이 처음 오니
희고 흰 붉은 꽃이 정히 피었 있구나
종일 만나고 아는 얼굴없다
송음이 깊은 곳에 홀로 배회 하였노라' 라고 적혀 있다.

그 즈음 그가 모시던 김병시의 사망 소식을 접하게 되고 2년 반의 공부 끝에 고국으로 돌아와서는 그때부터 나라를 구하는 일에 전념을 하게 된다. 그의 뛰어난 언변과 조직력은 구국운동에 필요한 수많은 단체를 형성하지만 수없는 저항과 일본의 방해, 고종황제의 거부로 끊임없는 반대로 폐쇄된다. 그가 구국운동을 위해 만든 한북 흥학회, 헌정연구회도 조직하지만 고종의 반대로 얼마 후에 해산되고 만다. 또 이준은 러일전쟁 때 일본을 지원한다는 뜻을 굽히지 않아서 한성감옥에 갇히게 되는데 그 이유는 그가 러 · 일간의 문제를 황인종과 백인종간의 대결로 잘못 인식함으로 그렇게 오해하였기 때문이었다. 이때 감옥에서 유성준, 이원긍, 이승만을 만나는 계기를 갖게 되지만 수없이 드나드는 감옥생활에서 받은 수많은 곤장 덕분에 건강이 심히 악화되어 감옥생활 3개월 후에 부인의 간청으로 퇴옥하게 될 때 그 무렵 을사늑약이(한국의 외교를 강제로 빼앗고 주권을 상실하게 만든 조약) 고종황제도 알지 못하는 사이에 체결되고 이로 인해 민영환은 이 조약을 반대하다가 분을 참지못하고 활복자살을 하여 스스로 자기 목숨을 끊게 된다. 이 일로 몇몇의 애국자들의 자살도 잇따라 일어나는 비극을 맞게 되며, 이 소식을 듣고 이상설은 종로로 뛰어나가 시민들을 모아놓고 "민영환이 죽은 오늘이 바로 전 국민이 죽는 날이다. 우리가 슬퍼하는 것은 민영환 한 사람의 죽음 때문이 아니라 전 국민의 죽음 때문이다"라고 외쳤다. 일제는 황제폐하의 재가없이 한일협상 조약을(을사 늑약) 1905년 11월 18일 공법을 위반하고 비리를 하면서 협박 아래 체결하고 서서히 조선을 속국으로 만들기 위해서 조여오기 시작한다.

이것을 계기로 고종황제는 일본의 만행을 세계에 알리기 위해서 1907년 제2차 국제 만국평화회담에 이상설, 이준, 이위종 이 세사람을 네덜란드 헤이그의 특사로 임명해서 보내게 되며 이준은 고종의 신임장(밀서)을 들고 만주에 와 있는 이상설과, 러시아의 이위종과 차례로 합류해서 9300킬로를 배로, 기차로, 장정의 여행 끝에 헤이그에 도착한다. 이준이 서울을 떠나기 전에 부인 이일정 여사에게 남긴 이 말이 그의 마지막 유언이 될 줄이야.

"여보, 내 부산에 볼 일이 있어서 잠깐 다녀올테니 며칠만 기다려주소"라는 말을 남기고 갔다 한다.

또 블라디보스토크로 떠나기 이틀 전에 이준은 대한 자강회주체로 YMCA에서 연설을 하게 되는데 그 주제는 "생존경쟁"이란 마지막 연설을 하였고 그 내용의 일부는 "우리는 하늘이 품부한 우리의 생존경쟁의 권리를 확충하여 일본 침략의 마수를 하루빨리 쫓고… 운운(하력) 이라 적혀 있다. 조선의 특사 세 사람은 네덜란드 수도 헤이그에서 제2차 만국평화회의가 열린다는 소식을 상동교회 전덕기 목사와 이동휘 두 사람의 전달로 고종의 윤허를 받고 밀사로서 파견된다. 15일 동안의 대륙을 횡단해서 도착하지만 막상 만국 평화회의가 열리는 날에 특사들의 말할 수 없는 엄청난 노력에도 불구하고 일본의 끊임없는 방해와 영일 동맹을 맺은 영국의 방해, 그리고 유럽 여러 나라들의 반대로 밀사들은 그들의 뜻을 전할 수 있는 기회를 갖지 못하고 좌절하게 된다. 그로 인해 이준은 참을 수 없는 분노로 식음을 전폐하고 며칠을 앓다가 사망하는데 그 사인은 병사하였다고 전해진다.

초등학교 교과서에 기록된 것으로는 이준은 헤이그에서 목적을 이룰 수가 없게 되자 활복자살을 하였다고 기록되어 있지만 이준 연구가들은 그 사실이 장지연의 영향으로 오랫동안 이준이 활복자살한 것처럼 알려진 것은 당시 일제의 억압에 대한 반일적 분위기 속에서 자연스럽게 이준이 영웅화되면서 그렇게 만들어진 것으로 추정된다고 밝혀진다. 그 당시 헤이그 헤트, 하데란트 네덜란드 유력 일간지는 1907년 7월 15일자에 이렇게 기사가 실렸다. "한국에 대한 일본의 잔인한 탄압에 항거하기 위해서 이상설, 이위종과 같이 온 차석대표 이준 씨가 어제 숨을 거두었다고 하며 그는 이미 지난 수일동안 병환 중에 있다가 바겐 슈트라트가에 있는 호텔에서 죽었다"고 보도했다.

이 사건으로 인해 일제는 고종을 강제로 폐위시키고 순종을 즉위하게 한 후 일제는 세 특사들에게 이상설은 사형선고를, 사망한 이준과 돌아온 이위종에게는 종신징역을 선고했다. 이준이 사망 후 이상설이 읊은 슬픈 그의 마음은 이렇게 한 편의 시로 전해오고 있다.

　고고한 충골은 하늘을 푸르게 갈아내는데
　큰화가 거연히 눈앞에 떨어져
　나랏일을 아직도 이루지 못하고 그대 먼저 죽으니
　이사람 혼자 남아 흐르는 눈물이 배안을 가득채우는구나

　유럽의 여러 나라와 일본의 방해로 만국평화회의에서 밀사들의 호소가 정치적인 것이라 하여서 목적을 이루지 못했지만 "특사들의 활동은 대답없는 메아리에 불과" 한 듯 참석 거절당했지만 한국 문제를 국제 정치로 부각시키는 데는 그래도 큰 성과를 이룬 셈이 되었다. 그 이후 1907년 7월 9일 특사들은 국제협회에 초청되었고 그 자리에서 이위종은 유창한 불어로 한국의 호소(A plea for Korea)라는 주제로 열변을 토했는데 이때 감명을 받은 청중들은 즉석에서 한국의 입장을 동정하는 결의안을 만장일치로 의결하였다 한다. 이준이 사망한 후 1962년 건국훈장 대한민국장을 추천받았으며 유해는 헤이그에 묻혔다가 1963년에 고국으로 봉환되었다. 지금은 서울장충단 공원에 동상이 세워져서 그 시절의 이준열사를 대한 민국 만민이 다 볼 수 있다. 그리고 그의 기념관이 헤이그에도 건립되어서 화란을 여행하는 세계 모든 사람이 그곳에서도 이준열사를 만날 수 있으니 그는 죽었지만 우리 모두의 가슴 속에 영원히 살아있다.

이준열사가 남긴 유훈에 "사람이 산다함은 무엇을 말함이며, 죽는다 함은 무엇을 의미하는가? 살아도 살지 아니함이 있고, 죽어도 죽지 아니함이 있으니, 살아도 그릇살면 죽음만 같지 않고 잘 죽으면 오히려 영생한다. 살고 죽는 것이 다 나에게 있으니 모름지기 죽고 삶을 힘써 알지어라"

그는 49년이란 짧은 삶을 살고 갔지만 그의 숭고한 정신으로 일제의 만행과 불의에 자기의 목숨을 평생동안 바쳐 항거하고 무지한 국민들을 교육시켜 개화에 전심을 바쳤다. 열사는 정의를 펼쳐서 나라 구원하는 일에 평생을 아낌없이 바친 의인이었다. 그가 구하고자 하는 나라일에 지켰던 절개는 우리나라 국민들의 가슴속 깊은 곳에 영원히 살아서 후세 대대에 그의 정신 길이 길이 빛나리라.

민족의 전위자 승려 만해 한용운

승려 · 시인 · 독립운동가(1879~1944). 속명은 정옥(貞玉). 아명은 유천(裕天). 법호는 만해(萬海/卍海). 용운은 법명. 3 · 1 운동 때의 민족 대표 33인 가운데 한 사람이다. 〈조선 독립의 서(書)〉 외에, 시집 〈님의 침묵〉, 소설 〈흑풍〉이 있고, 저서에 ≪조선 불교 유신론≫ 등이 있다.

이 사람들아, 그대들은 이렇게 마중나오는 일만 하지말고 남에게 마중을 받는 사람이 되어보게.

민족의 전위자 승려 만해 한용운
(萬海 韓龍雲 1879~1944)

님은 갔습니다. 아아 사랑하는 나의 님은 갔습니다.

(……)

아아 님은 갔지만 나는 님을 보내지 아니 하였습니다.

－(님의 침묵) 중에서

그의 평전 저자 고은은 한용운을 "이땅이 가장 불명예스런 시대를 경험할 때야말로 가장 명예스러운 한용운의 시대가 있었다"고 시작한다. 그는 어떤 삶의 행운도 소유하지 못했지만 동시대에 사상가이자 예술가였고, 실천가였기 때문이다. 님은 그에게 민족 또는 잃어버린 자국을 지칭한다고 하나 불타에 대한 중생, 중생에 대한 불타이기도 하다는 뜻을 담기도 한다.

그는 호서 지방의 가난한 농촌에서 한응진의 둘째 아들로 1879년 8월 29일 어머니 온양방씨 사이에서 형 한윤경과 19년의 차이를 두고 태어났다. 그의 출생지는 엇갈린 면도 있으나 그의 추모자 손재학에 따르면 홍성군 결성면 성곡리 491번지 박철동에서 출생하였다 한다.

126 조국과 민족을 위해 모든 것을 바친 애국지사들의 이야기·1

그는 어린 시절 선친으로부터 조석으로 좋은 말씀만 듣고 자랐는데 그때마다 그의 가슴에 어떤 불길이 일어났다고 전해온다. 그리고 자신도 의인으로서 훌륭한 사람이 되고자 하는 마음을 품고 성장을 하게 된다.

그의 어린 시절은 외척세도정치에 의해 1812년 홍경래 민란 이후 1862년 진주민란이 발단되어 농민봉기는 영, 호남, 호서지방 각처에서 극도의 가난을 견디지 못하여 일어나곤 했다. 그가 태어나던해 8월 일제가 옮긴 콜레라까지 이땅 전역에 퍼져서 헤아릴 수 없는 수많은 병사를 가져 왔으며 그가 자라는 동안 아버지의 유별한 사랑을 받고 성장했는데 그에게는 유아기부터 밖으로 나가는 이상한 습관이 있어서 어머니로부터 많은 꾸중을 듣고 자랐다 한다. 그의 아버지는 그가 9살 되던 해 사회가 금지하는 책도 읽도록 허락을 했다하니 그의 무조건 사랑을 보게 된다.

유천(아명)은 어려서부터 재능이 뛰어나서 신동이라 불리울 만큼 암기력이 좋았다 한다. 그래서 그의 집은 어머니 방씨에 의해 "올곡댁"으로 불렸지만 때로는 "신동집"으로도 불렸고, 그의 훈화적 재능, 한학의 기본 소양, 기억력은 아무도 그를 따를 자가 없었으며, 이미 9세때 삼국지〈서전〉을 읽고, 논어, 맹자와 성리를 끝마쳤는데, 그보다 6세때 통감을 마치고 9세에 서경기삼백주(書經基三百註)를 자해 통달했다 하니, 그를 가르친 훈장은 그의 천재성에 매번 감탄할 정도로 놀라움을 금치못했다고 전해온다.

어떤 이유든 그가 청소년(15세) 나이에 입산을 하게 되는데 그때 그의 학력은 고향의 한학, 설악산의 내전과 외전 수업이 모두였으며 그의 학문은 그가 4~5세때부터 시작되었다고 보면 옳을 것이다. 그의 나이 8세때 홍주로 이전을 하여 그때부터 본격적인 학문 탐구에 집중하니 그의 아버지는 아들의 천재성을 보고 "유천이 놈이 우리 가문을 높일 거여"라고 자주 말했다 한다. 그가 어린시절에 일어난 한 에피소드가 있는데, 그가 하도 암기력이 좋아서 책을 읽은 다음 바로 다른 아이에게 주어버리고 정작 그는 책 한 권을 가지고 있지 않았다고 한다. 그래서 친구들이 왜 너는 책을 버리느냐고 물으면 내 몸속에 그 책이 다 적혀 있다고 대답을 했다고 하니 가히 그의 총명을 짐작할 수 있다. 하루는 동산의 산길에서 배운 글들을 청정하게 암송을 하고 있는 중 지나가던 방물장수가 감동하고 나서 어린 유천을 유인했다. 그런데 그 행상아범의 꾐에 빠지는가 했더니 산길을 넘어선 산마루에서 발을 멈추고 "내가 어른한테 따라가서 배우면 방물장수밖에 더 되겠어요? 방물장수는 어른 하나로 족합니다. 여기까지 내가 따라온 것은 내 글 읽는 것을 칭송한데 대한 예의일 뿐입니다"라고 말하고 마을로 내려갔다 한다.

그 무렵 나라가 실권을 잃고 섭정을 외척에 빼앗기고 정치적으로 혼란시기에 있을 때 그의 아버지는 분을 참지못해서 매일같이 술로 세월을 보내고 있었다. 그때 아들 유천도 술을 배워 마시게 되는데 "아버지가 그러시는데 어찌 자식된 도리로 술을 마시지 않고 나라걱정을 하지 않을 수 있소?"라고 했다 하니 그 어린 마음에 이미 나라사랑이 자리잡고 있음을 볼 수 있게 된다. 그의 고향 홍주는 그의 성장과 동시에 너무나 작고, 미래가 없는 공간으로 그에게 다가왔으며 그에게는 더 큰 공간, 새로운 창조와 실천이 함께 난투할 수 있는 세계를 상상하기 시작했다. 그가 9세때 탐독한 삼국지, 사서오경에서 읽은 사상이 감정이 풍부한 이 소년시절의 그의 정신세계에 자리잡기 시작했기 때문이다.

1800년대 휘몰아치는 외세로 나라는 주권을 잃고 그들의 수호조약이란 명칭 아래 이 나라를 침윤해 오기 시작했을 때 가난한 국민들에게 가해지는 박해와 학대는 반란으로 변해갔다. 유천은 10대 초에 삭막한 고향생활에서 그의 친구는 오직 책과 독서였다. 이때 만난 〈서경〉의 세계, 금문 33편, 위고문 25편, 고대 중국사 세계 등의 많은 책들을 대하면서 그의 불교적 우주관이 일찍이 형성되어 갈 때 아들의 뛰어난 재능에 아버지의 바람은 그가 과거에 급제하여 부귀 영화를 얻어 잘사는 모습을 보는 것이 그의 꿈이었으나 그는 아버지의 생각과는 너무나 다른 세계로 변화 되어가고 있었다. 유천은 아버지를 닮아서 키가 작았지만 동래 아이들과 싸움을 하면 결코 한번도 져 본 일이 없다한다. 그래서 마을 사람들은 "한초시 아들은 글을 귀신처럼 잘 외고 기운이 장사될 징조라"고 했다 한다.

그의 유천이란 이름은 혼례를 치룬 다음 정옥(호적)으로 바뀌고 그의 부인은 문벌이나 가문은 없었지만 농촌의 중류층의 경제력을 가져서 아버지가 결정한 결혼이었다고 한다. 1894년 그는 어린 나이로 불교에 입문하여 온갖 고행의 수련을 다 견디어 냈지만 그곳에서 그의 생각들의 확신을 채워 주지 못했다. 그래서 또 다른 세계를 위해서 하산을 결심하고 무모한 시베리아 무전여행을 감행하기로 결심한다. 그 때가 러시아 세력이 이땅을 넘겨다보고 조정을 사로잡기 시작할 때였는데 유천은 원산에서 승려 2인과 함께 처음으로 보는 기선(500톤의 배)을 타는데 그에게는 이것조차 신기할 뿐이었다. 그때 배에서 만난 러시아인, 중인, 미국사람들이었는데 러시아인의 큰 체구에서 자신의 몸이 얼마나 작고 초라했는가를 고백하고 있다.

한용운(법명)이 그곳에 도착하였을 때 한인이 10만이 넘게 살고 있었다. 그와 함께 배를 탄 선객들은 대부분이 상인과 노동자였는데 그중에 머리 깎은 사람은 그의 일행 3인과 다른 두 사람뿐이었다. 일행은 내려서 조선부락인을 찾는데 노변에 드문드문 모여있는 조선 사람들은 배에서 내리는 선객 중에서 특히 그들 3인을 주목하면서 이상한 표현을 하며 수군거리는 것을 발견했다고 한다.(북대륙의 하룻밤에서)

노변 조선인들의 이상한 눈초리는 이들이 바로 일본식으로 단발한 일당인 줄 알았기 때문이었는데 그 당시 해삼위, 연해주, 그리고 노령근해 일대의 조선 사람들은 친러적인 반면, 일본에 대한 통속적인 원한을 강렬하게 나타내고 있었다. 그런 불쾌한 눈길에 한용운은 "우리 얼굴에 뭐가 묻었나? 하고 묻자 "묻기는 뭐가 묻어, 아마도 내 복주 감투(승관) 때문인지도 모르겠소 그려"라고 동행자가 대답했다 한다.

처음 남의 땅에서 겪어야 하는 그 공포는 곧 그의 세계 인식과 행동에 대한 실패가 된다는 것도 미처 깨닫지 못했다.

그 당시 조선인의 시베리아 이주는 고종초 조선정부는 유민에 대해 아주 강압적인 재산 착취이기에 그들에게는 목숨을 걸고 한 필사적인 탈출이었다. 그곳 유민의 90%가 함경북도 국경지대 가난한 농민 및 무산자들이었고 그곳 사람들은 농토가 매우 황량하여 협소

한 환경에서 대흉년(1869~1870)이 이곳 저곳에서 일어났고 살아갈 수가 없게되자 고향을 버리고 시베리아 광활한 땅으로 이주를 감행했던 사람들이었다. 그런데 이곳은 머리를 삭발한 사람은 일본인으로 간주하고 무조건 재판도 없이 물에 쳐넣어 죽인다는 말을 듣게 되면서 그는 죽음에 직면하게 된다. 그러나 천만 다행으로 그곳 동포 엄인섭이란 사람의 도움으로 겨우 목숨을 건지게 되지만 또 한번 죽을 고비를 만난다. 그들에게 돌아갈 선박비가 없어서 50리가 넘는 바다를 사생결단으로 건너서 아슬아슬하게 조국으로 돌아오는 경험을 하게 된다. 그렇게 세계를 향한 그의 꿈은 산산히 부서졌고 안겨준 것은 공포의 세계였다. 만약 그 꿈이 이루어졌다면 만해(호) 한용운의 운명은 어떻게 되었을까? 만약 제정러시아가 혁명 소비에트로 바뀔 때까지 모스코바에 체류하였더라면 조선공산주의 지도자가 되었을지도 모른다. 그가 파리에 있었다면 세계적인 근대 철학자가 되었을 것이다. 그가 만약 미국으로 건너갔더라면 이승만 이상의 국부적인 독립운동가가 되어서 극동의 한 정치 지도자로서 성장했으리라는 생각도 든다.

그러나 운명의 신은 그를 그처럼 편한 길을 제공해 주지 않았다. 그가 그렇게 가치를 부여한 역경이 그의 첫모험에서 그의 운명은 이미 정해진 듯하다. 그가 경험한 무시무시한 첫 모험의 세계는 실패로 돌아갔지만 그 실패가 그의 삶을 더 격렬한 불교 행자가 되게 만들었고 검붉은 피의 만세 소리를 내게 했으며 서정적인 님의 세계를 실현케 한 한용운의 전체상이 만들어졌다고 믿는다. 그의 승려 생활에서 석왕사는 중요한 곳이 되고 있는데 이곳에서 근대 조사 석전 박한영(법호-영호, 1870~1948) 과의 동지적 해우가 이루어졌고 평생동안 끊을 수 없는 친구의 정을 나누며 살게 된다. 그는 석왕사에서 일본을 가기 위해서 서울로 올라오지만 그것마저 한낱 무명의 젊은 산승 따위에게는 허락되지 않았고 그래서 떠나온 곳을 되 돌아갈 수 없는 그때 그는 평생 처음으로 육친의 정을 그리워하고 있다. 그가 떠나올 때 가난한 모습으로 다시 돌아가는 그의 발걸음은 무겁기가 한량 없었다고 말하고 있다. "이꼴, 이 거지꼴로 어떻게 고향산천을 밝은 대낮에 대하랴"라고 혼자 중얼거린다. 어둠이 사방을 덮쳤을 때 닫힌 사립문을 열었다. 아무도 응답하는 사람이 없자 무서운 생각이 그의 온몸을 엄습해 왔다.

1894년 동학란이 패잔하자 다음해 민비시해로 정의에 앞장섰던 김복한, 이설, 안병한 등 27인이 주동자로 홍주 농민 수천의병이 궐기대회를 하였는데 그때 아버지 한응준도 목사 이승우의 지방군 속으로 의병에 가담, 그의 장남 한윤경과 같이 이름없는 죽음을 당했던 것이다. 그때 그의 어머니와 형수도 그런 비운에 희생제물이 되었다. 그의 아내는 천운으로 살아 있어서 호서 농촌에서 재회를 하게 되지만 그는 일시에 모두를 잃었고 올갈 데가 없어 7년이란 세월을 마지못해 처가생활을 해야만 했다. 청일 전쟁과 러일전쟁이 있는 10년동안 한반도는 악몽속에 시달려야 했던 때 그의 고향 홍주 역시 문화의 접변기로 혼란을 겪어야 했다. 그가 고향에 머무는 동안 그의 아내가 임신을 하게 됨을 알게 되지만 그 사실에 대해 엄청난 혐오감과 증오심에 그것을 받아들이지 못하고 고민하게 된다. 그 이유는 가족이 생김으로써 그의 꿈을 이룰 수 없다는 사실 때문에 두려워했으며 결국 그는 부인에 대한 염려보다 나라 걱정 때문에 그곳을 아무 미련없이 떠난다.

　오랜 처가생활 후 그는 백담사로 돌아가려 할때 그의 입방이 거절당하자 그때 산내 암자 오세암을 소개받게 된다. 이 절은 선덕왕조의 명상승 매월 대사가 지었으며 그의 조카가 5살때 대도를 깨달았다고 해서 오세암이라 불린다는 전설도 있다. 이곳은 아직 일제의 영향이 미치지 않은 곳으로 오직 새소리, 물소리, 그리고 중들의 청승맞은 목탁소리뿐이었다. 한용운은 절에 들어오면 제일 먼저 배우게 되는 것이 하심이다. 세상에서 배운 것을 다 내려 놓는 일을 한다. 그의 불교사상에 큰 영향을 준 인물들은 근대 불교의 주축을 이룬 박한영, 진진응, 장금봉과 방한암, 손만공이었으며 그의 재 입산은 그 시대 어려운 과제는 아니었다. 그에게는 언제나 모성같은 노승의 반가움이 기다리고 있었다. 다시 돌아온 한용운에게 "완(계명)이가 다시 왔구나, 잘 왔도다, 나무관세음 보살" "면목이 없습니다" "본래 면목인데 따로 무슨 면목이 있겠느냐, ---, 참회 불사를 하렵니다" "참회? 참회는 해서 뭘하노? 그래 할테면 해보아라! 불전에 절 3000번을 하려무나,"

　홍주, 설악산 그리고 가장 비굴한 것 같은 귀향이었던 홍주 사이의 한용운, 이런 삶을 그는 체험하겠끔 만들고 떠나간 사람이다. 그의 일대는 세간- 출세간(백담사 1907년4월 7일) -출출세간으로 압축되었다고 말할 수 있다. 그는 홍주에서 나아가 설악산에 이르렀고 세속으로 다시 나간 것이다.

　1905년 2년 동안 그는 20대의 마지막 젊음을 불교 교의 탐구에 끝을 맺는다. 그리고 다시 세상으로 나가기 위해서 자기 스승 학임과 이별을 하게 된다. 그때 스승으로부터 아주 중요한 선물을 받게 되는데 양개초의 개화 문서인 〈음빙실문집〉 합본을 받는데 이 한 권의 책으로 그의 정신세계는 근대적인 의식을 가진 사람으로 발전 하게 된다. 그는 그책을 숙독하고 난 후 읽고 또 읽고 하면서 그의 총명한 두뇌에 살아 숨쉬는 음료수처럼, 살아있는 시냇물처럼 담아 채웠던 것이다. 이 책은 그의 역저(조선 불교 유신론)에 커다란 바탕이 되었고 아시아인들에게 필독물이 되었다. 칸트, 헤겔이 소개되고 정치사상, 역사, 그 밖의 지식이 총망라된 책이야말로 그에게 끌 수 없는 불길처럼 다가왔다. 그의 20대 후반은 자신이 감당할 수 없는 무거운 짐을 지듯 고난의 세월을 헤쳐왔지만 그로 인해 인격의 성 장은 보여 주고 있으나 그것은 실로 마른 고추속에 들어서 흔들면 소리내는 고추씨와 같은 것이었다.

순종이 즉위하고 초대 통감 이토 히로부미가 부임하고 일본만이 한반도를 강점하면서 갖은 횡포와 자유를 빼았고 창씨개명을 강요 할 때 최익현이 단식으로 목숨을 스스로 끊은 후 안창호, 이전 등 의 식민지시대 독립운동이 시작된다. 이 때에 한용운은 산승봉완으 로 불교의 한학을 공부하고 있을 때 조선은 "이완용의 천하가 되었 고, 송병준이 내무대신이 되었다는" 소식을 오고 가는 사람들로부 터 듣게 될 때 절에 있는 그의 입에 산나물인 듯 제대로 목에 걸리 지 않고 넘어갔을까?

1907년 이준열사 밀사사건, 일제 강권의 순종 즉위에 따라서 의 병의 저항과 민란이 일고 있을 때 그는 금강산 시대를 열게 된다. 이때 그는 조선 말기 선학 일인자이며 교학까지 망라하고 있는 진 하 서월하를 만나게 된다. 이 만남은 조금 후 박한영·진진응을 만나는 사실과 함께 그의 불교 세계를 더 높혀 주는 계기를 가져온다. 이런 삶속에서도 그에게 두 여인들이 있었다. 그가 설악산에서 알게 된 보살계 수계신도 한 여인과 첫사랑을 하게 되는데 그 보살은 여연화라는 여인으로 젊은 미모의 미망인이었다. 그녀는 해안사고의 충격으로 요절한 그의 남편의 부를 물려받은 보살이었다. 그녀가 남편을 위해서 법회를 열고 경향의 명인들을 초대하여서 치루는 대 잔치를 열었을 때 그곳에 한용운도 함께했다. 그녀는 다른 사람들에 비해 작은 키와 차가운 인상에 말이 없는 사나이 한용운에게 매력을 느꼈다고 한다. 그 역시 그녀의 미모에 마음이 동요되었고 해가 저물어갈 때 그녀로부터 하룻밤 잠자리 요청을 받게 되지만 이때 그는 "내 일대 시교를 마치고, 내 조사 공안을 죽은 송장으로 버린다음이거든 여연화 보살의 마음과 내 마음을 춘색으로 피어나게 하여도 됩니다. 그러나 아직은 그때가 되지 않았으니 이몸은 산행, 보살은 저 파도소리로 마음을 채우시오"라고 한 후 밤중에 몰래 집을 떠났다 한다. 그러나 후에 잠깐동안 함께 지내는 세월도 가져보지만 그에게 그녀와 바꿀 수 없는 더 큰 일들이 그를 기다리고 있었다. 후에 수차례의 책 발간 때마다 힘이 돼주는 여인으로 머문다.

1910년 경술흉년 여름에 〈조선 불교유신론〉이란 그의 생애 대작품을 완성하였으나 2년이 지난 1913년 5월에 박한영에 의해서 발행되었다. 책이 출판되기 5년전 1908년 5월에 그는 젊은 시절 거절당했던 일본여행길에 올라 그해 10월까지 그곳에서 체류하면서 30대의 왕성한 젊은 나이에 중요한 기행을 하고 돌아온다.

동경, 미야지마, 교토, 닛코 등을 두루 돌아보게 되고 일본의 불교계를 관찰, 비교하게 되는 시야를 얻고 돌아온다. 또한 그곳에서 승가 대학으로 생긴지 얼마 안된 조동종 대학에서 서양 철학강의도 청강할 기회도 갖고 아사다오 교수의 불교 강의도 듣게 된다. 그리고 돌아와서 조선의 불교 퇴락과 개혁을 시도하는 계기가 된다.

무엇보다도 이 여행을 통해서 최린이란 사람과 만나게 되는데 이 것이 후에 그와 함께 3.1 운동 참가의 위대한 시발점이 되고 이 둘의 만남은 그들의 운명에 최적기였는지도 모른다. 그때 최린이란 사람은 일본메이지 대학 법학부에서 민족지도자가 갖추어야할 지식을 모두 습득하고 기회를 기다리고 있던 참이라 이 두 사람의 만남은 한 목적을 위해서 아무것도 방해가 될 요소가 없었다.

최린은 천도교 승려라는 것보다 고향친구이며 동족이었다고 한용운은 말하고 있다. 그들의 만남은 적국의 한복판 센다이 여관방에서 이루워졌고, 밤이 새도록 넘치는 사상적 이야기는 앞날의 나라를 구하는데 어떻게 펼쳐 갈 것인가가 대부분의 내용이었다. 한용운이 떠나올 때 마중나온 간부 한 사람이 그의 짐을 보고 야유쪼로 이야기 했을 때 그의 대답은 "이 보따리에 일본땅을 넣고 갑니다"라고 하며 짐속에는 고국에 와서 쓸 측량기와 책들로 가득 들어 있었다. 고향에 돌아온 그는 대전사업으로 불교경전에 산더미 같은 방대한 전적의 양과 지극히 복잡한 난계를 한눈으로 인지할 수 있는 〈팔만대장경〉의 편란을 이루어 그의 유신론의 한 수확을 거두게 된다.

그는 평생동안 궁핍하게 살아갔고 인생전반의 삶은 사랑이란 것과는 언제나 멀리 떨어져 살아왔다.

그의 도발적이 독선과 단호한 배타주의, 또 걸핏하면 그의 입에서 쏟아져 나오는 욕은 누구도 말릴 사람이 없었다고 전해진다. 그는 말하기를 무척 좋아했지만 인기를 끄는 이야기는 하지 않았고 대외적인 강연, 연사로 불림에 언제나 분주했으며 그곳에서 그는 행복감을 느꼈다고 한다.

제1차대전이 끝나면서 미국의 민족자결주의를 제창한 28대 대통령 Thomas Woodrow Wilson(1856. 12. 28~1924. 2. 3)은 14개의 세계평화와 관련 조항을 발표하였는데 이것이 한반도의 희망의 도화선을 가져왔다. 이로 인해 3.1운동을 하기 위해서 최린, 박영호, 윤용구, 한규설, 김윤식, 윤치호 등이 앞장을 선 사람들이다. 그 때 불교척에서 2인(최린, 한용운)으로 결정을 하고 독립선언문은 최남선에게 맡겼다. 최남선은 한용운이 평생동안 경쟁하며 살아온 대상이었기에 그는 자기가 '공약삼장'을 그 독립선언문에 첨부해서 3만장을 극비에 인쇄하여 각 교단에 1만장씩 배부한다. 이 3.1운동의 실질은 손병희를 정점으로 한 최린, 한용운, 이승훈의 주동자에 의해서 33인의 대표와 그밖의 관련자 16명이 함께 거사를 치룰 수가 있었다. 이 일로 민족적 전위자가 되고파 한 그에게 이루어질 수 있는 절호의 기회를 가졌기에 그에게는 최고의 행복이라 말하고 있다.

이를 통해 조선이 독립국가임과 자주민족임을 대외에 선포했으며 일본은 이 사건으로 우리민족의 저력을 획인하는 계기가 된다.

1919년 2월 28일 28명이 모여서 손병희 자택에서 만찬을 했을 때 10명이 참석을 못하였다. 그 이튿날 3월 1일 오후 2시 정각 파고다 공원에서 독립선언서가 경성학교 학생 정재용에 의해서 낭독되고 만세소리가 진동케 된 것이다. 학생 5000명과 시민 15,000명이 10년만에 나타난 우리조선 태극기가 파고다 공원의 의분을 불타오르게 했다. 허나 서명자 중 1인 김 병조는 서명 직후 의주를 통해서 상해로 망명했기에 서명자 32명이며 유여태, 길선주, 정춘수 3인은 불참했다.

구기석의 3.1운동에 관련한 분석에 의하면 33인은 지식층의 현역 종교자로서 전민족의 카리스마적인 지도자는 아니었으며 소극적인 무저항주의로 일관된 독립운동, 일본이 독립을 쉽게 허용할 것이라 믿은 사람들, 당시 정세에 대한 오해, 독립에 대한 확고한 목적의식이 없었던 사람들이라 말하고 있다. 이런 면에서 볼때 한용운은 확고한 민족정신을 가진 일관된 사고의 인격자로 보여진다. 그가 1년동안 감옥생활을 하는 동안 그는 모범수였고 사식, 보속, 변호사에 대한 거부와 살아있는 고절로 일관했다.

그는 검사와의 신문 대답에,

문: 피고는 금번 계획으로 처벌될 줄 알았는가?
답: 나는 내나라를 세우는데 힘을 다한 것이니 벌 받을 리 없는 줄로 안다.
문: 피고는 금후로 조선독립운동을 할 것인가?
답: 그렇다. 언제든지 그 마음은 그치지 않을 것이다. 만일 몸이 없어진다면 정신만이라도 영세토록 가지고 있을 것이다 라고 진술했다. 담당 예심판사 나카지마유조의 가슴을 울려서 "아아, 이 소요 사건 헛되지 않았구나"라고 탄성을 냈다한다.

투옥 3년간의 시간은 한용운에게 최대의 행복한 시간들이었다. 동시에 그의 볼교동인의 대표 백용성의 진술에 "한용운에게 도장을 맡겨서 서명했다"라는 자기 발뺌의 진술에 비해서 그는 얼마나 민족의 가슴으로 차 있었는가? 그가 감옥생활에서 몸과 마음을 바위에 비벼대면서 피를 흘리는 위대한 자학의 주체였다고 역사는 기록하고 있다. 그는 그의 표독한 성격탓으로 주위에 사람이 많지 않았고, 그가 강연을 할 때와 혼자 있을 때의 성격은 완전히 다른 모습으로 변했기에 사람이 그의 곁에 접근하는 것을 두려워했다 한다. 그는 그의 성격 때문에 한 곳에 오래 머물지를 않았고 그래서 그는 입산 하산을 평생동안 반복하며 살아갔다. 그러나 그가 가진 나라 사랑은 누구도 빼앗아갈 수 없었고, 자기보다 월등한 사람은 그의 천재성 때문에 용납을 할 수 없었다고 전해진다. 그렇다고 그가 완강한 독립투사만은 아니었다. 그는 그의 짧은 삶에서 무수한 시,소설, 불교 교리서를 썼으며 그의 정신의 마디마디에는 나라사랑을 기름지게 만드는 서정이 깃들어 있었다. 또 언급해야 할 것은 그는 자유로운 개체였고 그에게 "자유의 개념은 사상의 핵심"이었다. 이 자유의 개념은 곧 그의 독립사상의 중심에 자리잡을 경우, 그 자유를 빼앗긴 그 자신과, 그 자신의 민족을 위해 반드시 쟁취하는 싸움을 해야한다고 믿었던 사람이다. 아마도 한용운은 다른 지도자의 무저항주의와는 달리 위험할 정도로 관철한 것도 여기에 연유하지 않았나 하는 생각을 하게 한다. 그의 인격적 요인으로서는 그가 이승만, 최남선의 흐름보다 최익현, 신채호, 나철의 사상에 더 가깝다고 저자는 말해주고 있다. 그가 감옥수로 있을 때 형무관들 사이에 "저 고추같은 중을 당할 자가 없다. 이 형무소가 생긴 이래

저런 괴수가 있었던 일은 없다"라고 말했다고 한다.

그가 구속된지 1년 4개월만에 첫공판이 열렸다. 징역 3년. 1922년 3월에 감옥소를 나설 때 마중나온 사람들에게 "이 사람들아, 그대들은 이렇게 마중 나오는 일만 하지말고 남에게 마중을 받는 사람이 되어보게"라고 하여 그들의 간담을 서늘하게 만들었다고 전해진다. 그가 감옥소에서 견딜수 없는 추위, 살이 문드러 질 정도의 참아내기 어려운 추위와 무더위를 견디었고 그는 그 자신이 위대해지려고 위대성에 충성을 했다고 전해진다. 그의 옥중시(1922년 9월호 개벽) 〈무궁화 심고자〉가 발표되는데 그의 최초의 시이기도 하다.

달아달아 밝은 달아
네 나라를 비춘달아
쇠창을 넘어와서
나의마음 비춘달아
계수나무 베어내고 무궁화를 심고자(…)

출감 후 그는 장편소설 〈죽음〉을 썼는데 그때 그의 나이 46세였다. 그가 감옥에 있을 때 참회서조차 거부했던 반 일제 행위때문에 출감 후에도 깊은 감시의 대상으로 살아야 했다. 3.1 운동 이후 만약 불교계에 한용운이 존재하지 않았더라면 일본의 식민지 종교정책에 대해서 종교적 긍지의 확대를 이루지 못했을 것이다. 이제까지는 그가 불교 가운데 들어있었으나 출옥 후 불교가 그의 가운데 들어간 것으로 보면 보다 더 정확할 것이다. 그가 쓴 〈죽음〉은 그 당시 식민지 현실로서 발표될 수 없는 것이었다 하더라도 매우 중요한 연표를 제시하고 있는데 그의 시집 〈님의 침묵〉이 그의 나이 47세에 쓰여진 것에서 그의 삶의 절정을 이루었다고 전해진다. 님의 침묵에서 님은 그에게 자유개념으로 발전하는데 그것은 중생과 불타, 혹은 자연을 '님'으로 표현하여 해석하기에 따라서는 연인, 조국, 부처로도 의미를 지니고 있다. 또 그는 이 자리에 계시지 않은 님, 또 돌아올 님과 다시 합일될 수 있다는 것을 뜻하지만 한편으로는 '나'는 자유로운 개체로서 복종과 자유의 변증법을 노래하며, 절대적 자유개념으로서 비유적인 동일성을 뜻한다. 그것은 자유의 옹호를 위한 평등개념으로 님은 그의 삶 전체에(세간, 출세간) 나타나고 있다. 결국 그것은 님은 님 사이에 존재함으로서 님 자체로 돌아간다고 이야기하고 있다.

그의 유학과 모험의 실패가 일본유학에서 돌아온 천재 최남선에 대한 원한에서 이루워진 것이기 때문이다. 이 두작품은 최남선에 대한 치열한 질투심에서 쓰여진 글들이라고 전해진다. 한편 조선총독부로부터 생계비와 연구비를 지원받는 조건으로 전향한 최남선을 탑골공원 근처에서 마주쳤을 때 "오랫만이오, 만해"라고 하자 그는 당신이 누구요? 라며 냉정하게 답하였다. 최남선이 "나는 육당이오, 나를 몰라보겠소?"라고 하자 한용운은 "뭐, 육당? 그 사람을 내가 장례지낸 지 오랜 고인이요"라고 말하고 사라졌다 한다.

그는 세상에 태어나서 유아시절부터 삶의 계율에서 언제나 벗어나 행동했고 자기 나름대로 세계를 만들어서 자유롭게 살다간 사람이다. 그가 사는 동안 백열은 끊어지지 않았고 그의 삶 자체가 식을 시간이 없이 달려간 다발성 정력의 대장간이었다고 저자는 말해주고 있다. 그는 한말의 빈핍 가운데 태어나서 그의 빈핍한 형의상학을 항상 그의 영양실조의 빈핍으로 메우려는 용기에 의해 평생동안 자신을 발전시켜 나갔다고 해도 과언이 아닐 것이다.

그는 1929년 11월의 광주학생의거 참여와 그의 평생의 과업 3대 사업은 3.1운동참여, 불교대전 집필, 님의 침묵 완성이었는데 이 모든 작업이 생각보다 일찍이 완성되자 그는 허탈감에 빠지기도 했지만 그는 타의반 자의반해서 그의 나이 55세가 되던 해에 36세인 미혼 간호원인 유숙원과 결혼식을 부처님 앞에서 물 떠놓고 부부됨을 맹세한다. 그때 처음으로 가족이란 세계로 들어와서 일년 후에 딸, 영숙이를 보게 된다. 그는 처음으로 달리던 삶을 멈추고 사랑이란 감정을 나눌 수 있는 그의 아내와 딸을 갖게 되는데 딸에 의하면 "어머님은 아버지를 맞이해서 간호원다운 모습은 찾아볼 수가 없는 가난한 살림의 주부가 되셔서 삯바느질, 삯빨래, 물 길어다 주기 따위로 마을의 여러 집 일을 해서 그 삯으로 살림을 꾸려가셨다고, 아버님의 원고료도 꽤 큰 수입이었으나 그것은 집에서 쓰이는 일이 드물었다고요. 그리고 원고료 없는 원고도 많이 쓰셨다고 들었어요"라고 진술한다.

한용운에게 불교는 그의 삶의 공동을 채워주는 공간이었다. 그가 아무일도 할 수 없을 때 불교계는 기꺼이 이 이단자 한용운의 대승선과 자유분망한 독각의 교학을 받아주었다. 불교는 그의 어머니였고 나이많은 누님이었다. 한용운과 불교 관계는 거의 유일한 용례(무슨 이야기든 불교이야기) 였다. 한용운의 비밀은 그가 승려이기 전에 행동가며 지도자였다. 그가 불교를 대표하기보다 그가 불교를 지배했다고 볼 수 있다. 그곳에서 추앙받기보다는 그 불교 집단을 지배해온 셈이다. 그가 결혼을 한 후 10년동안은 그의 마지막 안식처인 심우장에서 가족이란 테두리 속에서 정원도 가꾸면서 행복하게 살았다. 그런데 그가 친구 김동삼의 옥사소식을 접하자 단숨에 서대문 형무소로 달려가서 인치실 양도교섭을 해서 그의 시체를 심우장으로 옮겨와 3일동안을 식음을 전폐하고 대성통곡을 했다 한다. 그의 슬픔이 얼마나 깊었기에 만가의 의식조차 잃었다고 전해진다.

그가 회갑을 치룬 후 친구들에게 "만일 내가 단두대에 나감으로써 나라가 독립된다면 추호도 주저하지 않겠다고" 라고 말했다 한다. 그는 죽음을 맞이했을 때 부인과 딸에게 말 한 마디 남기지 않고 조용히 숨을 거두었다 하니 얼마나 많은 것이 가슴을 채웠길래 한마디도 할 수 없었을까? 그는 평생동안 가난하게 살다간 예술가, 사상가, 실천가이다. 님의 침묵에서 말한 그 님은 과연 누구였을까? 그는 정녕 비운의 시대가 만들어낸 어떤 꿈도, 행운도 소유하지 못했지만 굳은 절개의 민족의 전위자, 애국자였다는 생각을 해본다.

최 기선 편

대한의 잔 다르크 유관순 열사

독립운동가(1902~1920). 여성으로서 18세 때 이화 학
당 고등과 1년생으로 3·1 운동에 참가한 뒤, 고향인 천
안에 내려가서 아우내 장날을 기하여 만세를 삼창하며
시위하다 왜경에 체포된 후 옥중에서 순국하였다.

"내 손톱이 빠져나가고, 내 귀와 코가 잘리고, 내 손과 다리가 부러져도 그
고통은 이길 수 있사오나, 나라를 잃어버린 그 고통만은 견딜 수가 없습니
다. 나라에 바칠 목숨이 오직 하나밖에 없는 것만이 이 소녀의 유일한 슬픔
입니다."

– 유관순 열사의 유언 중에서

대한의 잔 다르크 **유관순** 열사

영국과 프랑스가 1339년부터 1453년까지 전쟁을 벌였다. 영국의 왕 에드워드 3세가 프랑스 왕위계승권을 주장하며 일으킨 전쟁이었다. 이 전쟁을 백년전쟁이라고 한다. 이 전쟁에서 처음에는 영국이 우세했다. 그런데 오를레앙의 18세 애국소녀 잔 다르크가 출전해서 수세에 몰린 프랑스를 구했다.

프랑스의 구국소녀 잔 다르크가 탄생(1412년)한 지 정확하게 490년 후인 1902년, 우리나라에도 잔 다르크를 빼닮은 유관순이라는 소녀가 탄생했다. 그런데 유관순 열사가 2살 때이던 1904년부터 일본과 러시아가 전쟁을 벌였다. 우리나라와 만주를 서로 지배하기 위한 싸움이었다. 이 전쟁에서 승리한 일본은 1905년 가쓰라-태프트 밀약, 포츠머스 조약을 통해 강한 나라들로부터 한국에 대한 보호권을 보장받았다.

그러자 일본은 우리나라를 빼앗기 위해 여러 가지 술책을 동원하기 시작했다. 1905년 11월 17일 8시, 일본의 이토 히로부미(초대 통감)가 군대를 동원해 우리나라의 궁궐로 쳐들어갔다. 그 때 궁궐에는 대한제국의 정치를 담당하고 있던 8명의 대신들이 있었다.

그 자리에서 이토 히로부미는 "대한제국의 외교를 일본이 대신해 주고, 이를 위해 서울에 통감부를 설치한다."는 조약체결을 강요했다. 이런 강요에 굴복해서 8명의 대신 중에서 이완용 등 4명이 찬성해 조약을 맺고 우리나라(대한제국)의 숨통을 움켜쥐었다. 이 조약을 을사조약 또는 을사늑약이라고 한다.

을사늑약이 일본의 강압 아래 이뤄지자 고종은 "보호조약은 무기로 위협하여 체결한 것이므로 완전히 무효다"라는 내용을 미국 정부에 급히 전달했다. 그러나 미국은 아무런 반응이 없었다. 이어 고종은 서울의 각국 공사들을 상대로 조약의 부당성을 호소했지만, 역시 묵묵부답이었다. 마지막으로 고종은 1907년 6월 헤이그에서 열리는 제2차 만국평화회의에 큰 기대를 걸었다. 그리고 이상설, 이준, 이위종 등 3명의 특사를 평화회의에 급히 밀파하여, 러일전쟁 이후의 일제의 침략상과 을사늑약의 부당성을 폭로하고 열강의 협조를 얻어 대한제국의 국권을 회복하고자 했다. 이들의 노력으로 일본의 만행이 서방 언론에 대대적으로 고발됐지만, 각국 대표들은 이들의 호소를 냉정하게 외면하고 밀사들의 본회의 참석도 허락하지 않았다. 그러자 분을 이기지 못한 이준 열사는 그 곳에서 순국하고 나머지 두 사람은 이완용 내각에 의해 사형과 종신형을 언도받고 귀국하지 못했다.

헤이그 특사사건(헤이그밀사사건)을 빌미로 통감 이토 히로부미는 일본의 체면을 손상시켰다며 고종황제에게 물러나라고 강요했다. 결국 일본은 1907년 정미7조약(3차 한일조약)과 함께 군대를 해산시키고, 7월 20일 강압으로 고종을 퇴위시켰다.

이와 같이 일본은 우리나라를 보호한다는 통감정치를 통해 우리 나라의 주권을 빼앗고 식민지화하기 시작했다. 일본의 이와 같은 탄압에 항거하던 안중근 의사가 1909년 10월 26일 중국 하얼빈에 서 이토 히로부미를 사살한 후부터는 자신들의 욕망을 본격적으로 추진했다. 결국 1910년 8월 29일 한일합방이라는 조약으로 일본은 우리나라의 통치권을 완전히 빼앗아버렸다. 유관순 열사 나이 8세 때였다.

이때 기독교 감리교 신자로 개화인사인 유관순 열사의 부친 유중 권은 집안의 재산을 털어 고향에 흥호학교와 교회를 세우고 민족교 육과 민중계몽운동 전개하고 있었다. 이런 교육과 운동을 통해 우 리민족의 실력을 양성해서 일본에 빼앗긴 우리나라의 국권을 다시 찾으려 했던 것이다.

유관순 열사는 이와 같은 부친을 따라 어려서부터 감리교에 다니 면서 돈독한 신앙심을 키웠다. 아울러 부친의 가르침으로 민족의식 을 키워나갔다. 유관순 열사가 어려서부터 일본의 가혹한 무단정치 를 직접 체험하면서 우리 민족이 처한 불행한 현실을 정확하게 인 식할 수 있었던 것도 부친의 영향이 컸다.

유관순 열사는 어려서부터 일본의 만행을 체험하면서 "난 잔 다 르크처럼 나라를 구하는 소녀가 될 테다, 누구나 노력하면 될 수 있 지 않을까"라면서 "나이팅게일처럼 천사와 같은 마음씨도 가져야 지"라고 마음속으로 다짐하면서 자신의 의지를 하나님께 간절히 기도드렸다. 이와 같은 유관순 열사의 생각과 다짐은 종교적, 민족 적 양심에서 우러나온 것이었다. 그때부터 어떠한 시련과 탄압에도 꿋꿋하게 이겨낼 신념이 굳건하게 자리 잡기 시작한 것이다. 유관순 열사의 이러한 신앙심과 조국애는 3.1운동에서 꽃을 피운다.

1915년 봄, 유관순 열사는 감리교 순회 미국인 선교사 눈에 띄어 이화학당(현 이화여자대학교)에 교비생으로 입학했다. 이화학당의 프라이 교장은 유관순 열사를 극진하게 보살펴주었다. 유관순 열사는 프라이 교장의 보살핌 속에서 선진학문을 공부하는 것이 마냥 행복했다. 그 행복한 학교생활 속에서도 유관순 열사는 무엇보다도 우선적으로 조국과 민족에 대한 사랑을 키워 나갔다. 그런 시기에 제1차 세계대전이 막바지에 이르고, 우리민족은 독립운동의 좋은 기회를 갖게 되었다.

1918년 1월 8일 연합국 측 대표인 미국의 윌슨 대통령이 전후처리지침으로 민족자결주의원칙을 밝힌 것이다. 우리 민족은 이 기회에 한데 뭉쳐서 민족독립을 요구하면 이 원칙이 적용될 수 있다고 생각했다. 이러한 기대감 속에서 국내는 물론 중국과 일본 등지에서 지속적으로 독립운동이 계획되고 있었다. 그러나 일본은 정치성을 띈 모든 사회단체를 강제로 해산시키는 등 조직적인 독립운동의 역량을 제거했다. 그래서 3.1운동 초기에는 종교계와 학생들이 독립운동을 주도하게 되었다.

1919년 1월 21 오전, 고종황제가 68세로 갑자기 서거했다. 일본은 고종이 뇌일혈 혹은 심장마비로 사망했다고 주장했다. 하지만, 아침에 마신 음료에 들어있던 독 때문이라는 설이 파다했다. 시신 상태가 온전하지 않았기 때문이다. 그래서 일본에 의해 독살됐다는 풍설(風說)이 자자해 백성들을 분노하게 만들어, 윌슨 대통령의 민족자결주의 원칙과 함께 3 · 1운동의 기폭제가 되었다.

유관순 열사는 3.1운동 추진계획을 이화학당내 비밀결사단체인 이문회(以文會) 선배들을 통해 알게 되었다. 이런 계획을 알게 된 유관순 열사는 3.1운동이 일어나기 전날, 6명의 학생들과 별도로 결사대를 조직하고 만세시위에 참가하기로 굳게 맹세를 했다.

드디어 3월 1일, 유관순결사대 6명의 학생들이 탑골공원에서 시작된 만세 시위대와 합류하려고 학교 뒷담을 넘으려할 때였다. 이들을 본 프라이 교장이 "내가 있는 동안 너희들을 내보내 고생시킬 수 없다. 나를 밟고 넘어갈 테면 넘어가라."고 만류했다. 그러나 결사대는 교장의 간곡한 만류를 뿌리치고 담을 넘어 만세시위운동에 합류했다. 이어 유관순결사대는 3월 5일 최대의 시위운동인 남대문(서울역)만세운동에도 참여해 목이 터져라 대한독립만세를 불렀다. 마침내 유관순 열사는 마치 프랑스의 잔 다르크처럼 구국의 화신으로 일본치하의 최대의 항일 민족독립운동이자 민족혁명운동인 3.1운동의 한 복판으로 뛰어든 것이다.

이와 같이 많은 학생들이 3.1운동에 참여하고, 학교가 만세운동계획 추진본부가 되어가자 조선총독부는 3월 10일 중등학교 이상의 모든 학교에 휴교명령을 내렸다. 학교가 문을 닫게 되자 유관순 열사는 서울의 독립운동 소식을 고향인 천안에 전하고 그곳에서 만세시위운동을 펼치기로 마음먹었다.

3월 13일, 유관순 열사는 사촌 언니인 유예도와 함께 독립선언서를 몰래 숨겨가지고 고향인 천안으로 내려갔다. 그곳에서 유관순 열사는 우선 동네 어른들을 찾아다니며 서울에서 있었던 3.1운동을 전하면서 "삼천리강산이 들끓고 있는데 우리 동네만 잠잠할 수 있느냐?"고 만세시위운동의 필요성을 설득했다. 또한 부친의 주선으로 감리교 동면속회장인 조인원과 이백하 등 20여명의 동네유지들과 만세시위운동의 구체적인 방법을 논의했다. 그 결과 4월 1일 (음력 3월 1일) 아우내(병천) 장날 정오에 만세시위운동을 벌이기로 결정하고, 총본부와 연락기관을 지령리와 장명리, 그리고 백천리에 두기로 했다. 그 외에 천안장을 보러 다니는 안성, 진천, 청주, 연기, 옥천 등의 각 면과 촌에도 연락기관을 두고 대규모 만세시위운동계획을 추진해 나갔다. 특히 유림의 대표들과 집성촌대표들을 설득해 시위참가인원을 많이 확보하도록 하고, 거사당일에 시위참가자들에게 나누어 줄 태극기를 유관순 열사가 직접 만드는 등 만반의 준비를 갖추었다. 또한 거사 전날인 3월 31일, 유관순 열사는 지령리 매봉에서 다음날 만세시위를 약속하고 다짐하는 봉화를 올렸다. 그러자 이곳저곳에서 봉화로 화답을 보내와 성공적인 거사를 약속했다. 드디어 4월 1일, 그날은 천안군 방천면 아우내(병천) 장날이었다. 유관순 열사는 장터 어귀에서 밤새워 만든 태극기를 만세시위운동에 참가하러 오는 사람들에게 나눠주면서 용기를 북돋아 주었다.

그날 정오, 유관순 열사는 군중 앞으로 나가 "여러분! 우리에겐 반만년의 유구한 역사를 가진 나라가 있었습니다. 그러나 일본 놈들이 우리나라를 강제로 합방하고 온 천지를 활보하며 우리들에게 갖은 학대와 모욕을 다하고 있습니다. 우리는 10년 동안 나라 없는 백성으로 온갖 압재와 설움을 참고 살아왔습니다. 그렇지만, 이제 더는 참을 수 없습니다. 우리는 나라를 찾아야 합니다. 지금 세계의 여러 약소민족들은 자기 나라의 독립을 위하여 일어서고 있습니다. 나라 없는 백성을 어찌 백성이라 하겠습니까? 우리도 독립만세를 불러 나라를 찾읍시다." 라는 등의 열변을 토해냈다.

유관순 열사의 열변으로 군중들의 애국심은 한층 고조되어 아우내 장터는 독립만세의 열기로 뜨겁게 달아올랐다. 유관순 열사의 연설이 끝나고 아우내장터의 독립선언식이 거행되었다. 유관순 열사와 함께 만세시위운동을 주도적으로 추진했던 조인원이 대표로 독립선언서를 낭독하고 이어서 대한독립만세를 큰소리로 외쳤다. 그리고 '대한독립'이라고 쓴 대형기와 나란히 앞장선 유관순 열사를 따라 3천여 명의 군중들이 태극기를 흔들면서 "대한독립만세" 시위운동을 벌여나갔다.

만세시위대의 대한독립만세소리가 아우내장터 곳곳으로 달아오르자 병천 헌병주재소의 일본 헌병들이 달려와 총검을 휘두르며 거칠게 시위운동을 막았다. 그래도 만세시위대는 한 발짝도 물러서지 않았다. 그러자 천안의 일본군 헌병대원들과 수비대원들까지 몰려와 총과 칼로 시위 군중을 학살하기 시작했다. 이때 유관순 열사의 부친 유중권이 "왜 사람을 함부로 죽이느냐?"고 항의하다가 일본 헌병의 총검에 찔려 순국했다. 그 광경을 보고 달려가 항의하던 유관순 열사의 모친도 그들의 총검에 학살당하고 말았다. 이날 일본군은 시위군중 19명을 학살하고 30여명에게 부상을 입혔다. 이런 살벌한 분위기 속에서도 유관순 열사는 만세시위를 멈추지 않고 숙부인 유중무와 조인원, 조병호 부자, 김용이 등과 함께 부친의 시신을 둘러맨 채 군중을 이끌고 병천주재소로 몰려가 항의시위를 계속했다.

주재소로 몰려간 유관순 열사는 주재소 안으로 뛰어 들어가 주재소장 고야마(小山)의 멱살을 쥐고 흔들면서 "나라를 되찾으려고 정당한 일을 했는데 어째서 총기를 사용하여 내 민족을 죽이느냐?"고 독립운동의 정당성을 밝히면서 일제의 만행을 규탄했다. 이에 시위 군중들도 헌병들에게 강탈당했던 태극기를 되빼앗아 흔들면서 "죽은 사람들은 어떻게 할 것이냐? 우리도 함께 죽여라!"고 소리치며 "구금자를 석방하라"면서 주재소를 습격할 태세를 보였다. 그러자 헌병들은 재차 무차별 총격을 가하여 군중들을 무력으로 해산시켰다. 그날 저녁 유관순 열사와 유중무, 조인원, 조병호 부자 등 거사 준비 주동자들 모두가 체포되어 천안헌병대로 압송되었다.

유관순 열사는 천안헌병대에서 총개머리와 몽둥이로 두들겨 맞고, 펜치로 손발톱 뽑기 등 말로 형용할 수 없는 고문을 받았다. 그러면서도 시위주동자는 자신 혼자라면서 죄 없는 다른 사람들은 석방하라고 일본헌병에게 호통을 쳤다.

유관순 열사가 천안 헌병대에서 공주 감옥으로 이송될 때였다. 만세시위로 부모님을 잃고 오빠 유관옥도 잡혀가는 등 집안이 풍지박살이 났는데도 개의치 않고, 유관순 열사는 사람들이 많이 모여 있는 곳을 지날 때마다 큰 소리로 대한독립만세를 부르는 등 독립 의지를 굽히지 않았다. 그 의지는 법정에서 더 확고하게 나타났다.

유관순 열사는 재판정에서 "나는 한국 사람이다. 너희들은 우리 땅에 와서 우리 동포들을 수없이 죽이고, 나의 아버지와 어머니를 죽였으니 죄를 지은 자는 바로 너희들이다. 우리들이 너희들에게 형벌을 줄 권리는 있어도 너희들은 우리를 재판할 그 어떤 권리도 없다"면서 당당하게 일제의 재판을 거부하는 등 민족적 기개를 잃지 않았다.

5월 9일 유관순 열사는 공주지방법원에서 징역 5년형을 받았다.

유관순 열사는 이에 불복, 경성복심법원에 공소를 하였고 서대문감옥으로 이감되었다.

서대문감옥으로 이감된 유관순 열사는 아침과 저녁에 큰 소리로 대한독립만세를 불렀다. 같이 수감되어 있는 동지들에게 항일 독립의지의 용기를 잃지 않게 하기 위해서였다. 그러자 일본인들은 온갖 탄압과 고문으로 유관순의 독립의지를 꺾으려 했다. 그럴수록 유관순의 독립의지는 강철같이 더 단단해져 갔다.

"내 손톱이 빠져나가고, 내 귀와 코가 잘리고, 내 손과 다리가 부러져도 그 고통은 이길 수 있사오나, 나라를 잃어버린 그 고통만은 견딜 수가 없습니다. 나라에 바칠 목숨이 오직 하나밖에 없는 것만이 이 소녀의 유일한 슬픔입니다."

– 유관순 열사의 유언 中

유관순 열사의 유언에서도 나타나듯 일본인들은 수감된 한국인들에게 '관속에 세워놓고 옴짝달싹못하게 하는 벽고문, 쇠못을 박은 상자 안에 넣고 흔드는 상자고문, 바늘로 손톱 밑 찌르기, 펜치로 손발톱 빼기, 굵은 명주실 감은 대나무로 때리기(이것에 맞으면 살점이 뜯김), 거꾸로 매달고 코에 고춧가루 탄 물 넣기, 납이 달린 채찍으로 때리기, 콜타르 바른 머리 벗겨내기, 면도칼로 귀 또는 코 자르기, 모래와 쇳가루 섞은 밥 먹이기 등등의 야만적인 고문폭력을 행사했다. 그러나 말로만 들어도 소름이 돋는 이와 같은 고문에도 유관순 열사의 강철 같은 구국심을 그들은 끝내 꺾지 못했다.

6월 30일, 유관순 열사는 경성복심법원에서 징역 3년형을 받고 상고 했지만, 같은 해 9월 11일 기각되어 형이 3년으로 확정되었다. 유관순 열사는 확정된 형이나 혹독한 고문에는 개의치 않고 옥중만세운동을 계속 전개해 나갔다.

1920년 3월 1일은 3.1운동 1주년을 맞이하는 날이었다. 유관순 열사는 수감 중인 동지들과 함께 3.1운동 1주년 기념 만세운동을 대대적으로 전개했다. 이로 인해 유관순 열사는 지하 감방에 갇혀 더욱 야만적이고 무자비한 고문을 받았다. 결국 유관순 열사는 고문으로 인한 장독(杖毒)으로 1920년 9월 28일, 서대문감옥에서 18살의 꽃다운 나이로 순국하고 말았다.

유관순 열사가 참살된 지 이틀 뒤에 이 사실을 알게 된 이화학당 프라이 교장과 웰터 선생이 서대문형무소를 찾아가 유관순 열사의 시체 인도를 요구했으나 형무소측은 거부했다. 그러자 프라이 교장 등이 유관순 열사의 학살을 국제여론에 호소하겠다면서 강력하게 항의하자 그들은 마지못해 석유상자 속에 든 시체를 내주었다. 그 상자를 열어보니 유관순 열사가 토막으로 참살된 비참한 모습이었다.

장례식은 1920년 10월 14일 정동교회에서 김종우 목사주례로 거행되고 이태원 공동묘지에 안장되었다. 그런데 이태원 공동묘지가 일제의 군용기지로 전환되면서 미아리 공동묘지로 이장하던 중 시신을 잃어버렸다.

어려서부터 "잔 다르크처럼 나라를 구하는 소녀가 될 테다"라고 하나님께 기도드리던 유관순 열사! "어서 가서 프랑스를 구하라"는 천사장 미카엘의 명령을 잔 다르크가 수행 프랑스를 구한 것처럼, 유관순 열사도 "네가 앞장서서 나라를 구하라"는 하나님의 명령을 받고 구국의 의지를 실천에 옮긴 것은 아닌지?

장군이 된 천하의 개구쟁이 이범석

독립운동가 · 정치가(1900~1972). 호는 철기(鐵驥). 1915년 중국으로 망명, 1919년 만주 청산리 전투에 김좌진을 도와 중대장으로 참가하여 일본군과의 싸움에서 큰 승리를 거두었다. 광복 후 귀국하여 초대 국무총리 겸 국방 장관, 국토 통일원 고문, 자유당 부당수 따위를 역임 하였다.

"나의 생애는 언제나 기복중첩의 생애였다. 그 사나운 바람과 눈보라 곁에 서 나는 증오의 철학을 익혔다. 그것은 조국을 괴롭힌 일본 제국주의에 대 한 증오다. 조국 땅에 한 줌 두엄으로 남기 위해 마음을 썩였다."

– 이범석 장군의 유언 중에서

장군이 된 천하의 개구쟁이 이범석

최 기 선

일제 강점시기였던 19세기 초, 못된 짓만 골라서 하던 한 개구쟁이 소년이 있었다. 이 소년은 곡식을 넌 멍석을 끌어다 물에 집어넣고 도망치기 일쑤였다. 어느 날은 말을 타고 마을을 순시하던 일본인 순사를 고무줄 새총으로 쏘아 말에서 떨어뜨리는 사고를 치기도 했다. 화가 머리끝까지 오른 그 순사는 소년의 아버지를 찾아가 거칠게 항의를 했다. 소년의 아버지는 그 순사를 잘 달래서 무마시켰다. 그러나 사고를 친 소년에게는 아무 말로도 나무라지 않았다.

또 다른 날이었다. 이 소년은 맨손으로 뱀을 잡아다가 발정 난 암소에게 밀어 넣었다. 그 암소는 길길이 뛰다가 죽어버렸다. 이에 재미를 붙였는지 소년은 또다시 뱀을 잡아다가 다른 소들의 항문에 집어넣어 모두 죽게 만들었다. 화가 난 소 주인이 소년의 아버지를 찾아가 항의를 했다. 그러자 말에서 떨어진 일본인 순사의 항의에는 눈 하나 깜짝 않던 때와는 달리, 소년의 아버지는 소년을 향해 도끼를 집어 던졌다. 그때 소년의 계모 김해김씨가 재빨리 달려가 소년을 감싸 안았다. 덕분에 소년은 화를 면했지만, 도끼는 소년을 감싼 계모의 무릎을 때리고 말았다. 그 이후 소년의 계모는 평생 동안 다리를 저는 신세가 되었다. 도대체 이 못된 악동이 누구일까? 이 개구쟁이가 바로 김좌진 장군과 함께 청산리 대첩을 빛나는 대승으로 이끈 이범석 장군이다.

이범석 장군은 1900년 10월 20일 경성부 용동에서 이문하와 연안 이씨의 아들로 출생하였다. 그의 가문은 조선 세종대왕의 다섯째 아들 광평대군의 후손으로 왕족이다. 왕족으로서 그의 가문에 대한 예우는 15대조 정안부정에서 끝났다. 하지만, 이후 그의 가문은 줄곧 벼슬을 배출하여 한성 근교에서 계속 거주하였다.

증조부 이목연이 형조판서와 전라도관찰사, 종조부 이인명이 예조판서와 의금부판사, 할아버지 이인천이 부사용을 지냈다. 아버지 이문하는 구한말 농상공부 참의와 궁내부 참사관을 역임했다. 이범석 장군이 태어날 무렵에는 대한제국의 농상공부 비서관을 지냈다.

이와 같이 이범석 장군은 명문의 가문, 풍족한 환경과 개화적 환경 속에서 자랐으나 불행하게도 어머니를 일찍 여의었다. 그러나 계모 김해김씨의 지극한 사랑과 가르침으로 큰 인물로 자랄 수 있었다. 이범석 장군이 만년에 집필한 저서 '우등불'에서 계모는 "인자하고 한문에도 능할 뿐만 아니라 교양이 있던 분"이라면서 "개구쟁이였던 자신을 끝까지 믿고 신뢰했다."고 사모의 정을 구구절절 회고했다. 그만큼 계모는 이범석 장군의 일생에 특별한 존재였다. 그의 고백대로 그는 소년기에 천하에 둘도 없는 개구쟁이었다. 그런 그가 훗날 독립운동가로 변신할 수 있었던 것은 계모의 헌신적인 사랑이 있었기 때문에 가능했다.

또한 이범석 장군에게는 어린 시절 그를 친동생처럼 잘 보살펴주던 정태규라는 사람이 있었다. 이 사람은 원래 이범석 장군 집안의 노비였는데 일찍부터 개화사상을 지닌 이범석 장군의 부친이 집안의 노비들을 모두 해방시켰을 때 자유의 몸이 된 사람이다. 그런데 그는 주인집 아들인 이범석 장군과 정이 들어 집을 떠나지 않고 있었다. 그러나 노비가 아닌데도 그를 계속 집에 머물게 할 수가 없었다. 그럴 경우 세간의 지탄을 받게 되기 때문이다. 그래서 이범석 장군의 아버지 이문하는 정태규를 오씨 성을 쓰는 대한제국 육군참령 대대에 병사로 넣어주었다. 그 이후 정태규는 박승환 대대의 전투병으로 근무하면서 군복차림으로 그의 집을 종종 방문해 소년 이범석과 애틋한 정을 나누곤 했다.

이범석 장군이 7살이던 1907년 7월 24일, 이완용(李完用)과 이토 히로부미[伊藤博文]의 명의로 한일신협약이 체결·조인됐다. 이 조약에 의거 이토 히로부미는 경비를 절약한다는 이유로 그해 8월 1일 대한제국의 군대를 강제로 해산시켰다. 이에 불복하여 정태규의 대대장인 박승환 참령이 "군인으로서 나라를 지키지 못하고 신하로서 충성을 다하지 못했으니 만 번 죽어도 무엇이 아깝겠는가!"라며 해산을 거부하고 권총으로 자결을 했다.

그의 장렬한 순국이 도화선이 되어 부하 장병들이 대대적인 무력 항쟁을 벌였다. 그러나 해산명령이 내려지기 이전부터 일본군은 한국군대의 군 탄약고를 미리 비워놓은 상태였다. 그래서 한국군은 일본군과 싸울 탄약이 없었다. 결국 맨 손으로 벌인 항쟁의 결과는 처참했다. 한국군대 주둔기지를 포위하고 있던 일본군에 의해 한국군장병 70여명이 전사하고 100여명이 부상당하는 등의 피해를 입고 뿔뿔이 흩어질 수밖에 없었다. 일본군은 흩어진 한국 군인들을 찾기 위해 경성의 민가까지 집집마다 무차별 난입하여 한국 군인들을 색출해 사살했다.

그날(8월 1일) 초저녁이었다. "병정이 쓰러졌다."는 마을 주민들의 아우성소리를 듣고 소년 이범석은 누님과 같이 마을 어귀로 나갔다. 그곳에서 그는 검은 바지와 머리에 붉은 동을 맨 군복차림의 정태규의 시신을 발견하였다. 정태규의 처참한 시신을 본 소년 이범석은 강한 배일감정이 불타올랐고 참을 수 없는 복수심을 품게 되었다. 후에 이범석 장군은 그때의 심정을 "신의 계시인지도 모르겠다."고 회상했다.

이범석 장군은 소학교에 입학하기 전까지는 훈장을 초빙하여 한학을 공부했다. 1910년에는 시립경성장훈학교에 입학하여 공부하는 한편 집에서는 외삼촌인 이 필승으로부터 한학을 공부했다. 그해 8월 한일합방으로 대한제국이 멸망하자 1913년 낙향하는 아버지를 따라 강원도 이천공립보통학교로 전학해서, 그해 3월 우수한 성적으로 졸업했다.

이범석 장군은 강원도에서 학교를 다니면서 산골에 은신해 있다가 잡혀가는 의병들을 수없이 목격하게 되었다. 그런데 의병들의 은신처를 밀고하거나 수색에 앞장서는 사람들이 일본사람들이 아니라 한국인 헌병보조원이라는 사실을 알게 되었다. 같은 동포의 은신처를 밀고하고, 수색해서 잡았다고 어깨에 빨간 사람 '人'자 견장을 달고 우쭐대는 그 보조원들을 보고 이범석 장군은 "개만도 못한 인간들"이라고 개탄했다.

1913년, 이범석 장군은 경성제일고등보통학교에 입학했다. 이

학교에서 박헌영, 심훈과 만나 동창이 되었다. 경성고보 1, 2학년 재학 중에는 명랑한 성격으로 8선녀로 뽑히기도 했다. 이때 유도와 스케이트를 배웠고, 글짓기에도 재능을 나타냈다. 3학년 때에는 한시(漢詩)를 발표해서 한문선생으로부터 신동이라는 극진한 칭찬을 듣기도 했다.

경성고보는 일본학생들과 함께 공부하는 학교였다. 그런데 일본학생들은 한국 학생들을 무시하였다. 3학년 초기였다. 사소한 말다툼이 한·일본 학생들 간에 패싸움으로 번진 적이 있었다. 그때 교무실로 끌려간 이범석 장군은 일본 선생으로부터 한국인이라는 이유로 "성질이 야만스러워 남을 존경할 줄 모른다."는 모욕적인 훈계를 들어야 했다.

1915년, 한때 일본 육군사관학교에 진학을 꿈꾸던 이범석 장군은 그해 여름, 한강에서 운명적으로 여운형을 만났다. 당시 여운형은 금릉대학에 다니다가 여름방학이 되자 귀국하여 독립운동에 참여할 청년학생들을 물색 중이었다. 이범석 장군은 여운형으로부터 국제정세와 독립운동계의 소식을 듣고 중국망명을 결심하게 되었다. 같은 해 이범석 장군은 천안 군수인 김승현의 딸 김씨와 결혼을 하고 서울에 집을 마련했다. 그러나 그해 11월 20일 중국으로 망명하면서 부인과 헤어지게 되었다.

1916년, 중국으로 망명한 이범석 장군은 상해에서 신규식, 신석우, 조성환, 신채호 등 여러 민족지도자들을 만났다. 그리고 이들의 영향으로 독립운동에 투신하기로 결심했다. 그리하여 항저우체육학교에서 6개월간 수학하고, 사관학교에 들어가기 위해 신규식의 추천으로 중국 국민당 총통 손문을 만났다. 손문은 이범석 장군에게 "사관학교에서 공부하겠다니, 일본에 대항해 싸울 용기가 있느냐?"고 거듭 물었다. 이에 이범석 장군은 "그렇다"고 자신 있게 대답했다.

손문의 천거로 이범석 장군은 손문이 혁명 간부를 양성하던 중국군정규사관학교인 운남육군강무학교 기병과 12기로 입학하였다. 그곳에서 6개월간 신병교육을 마친 이범석 장군은 기병과에 편입하여 32개월 간 훈련을 받고, 1919년 1월 수석으로 졸업을 하였다. 그때 구대장이었던 서가기(徐家驥)가 자신의 이름 끝 자인 기(驥)에 철(鐵)을 덧붙여 '쇠처럼 강인한 천리마'란 뜻인 '철기(鐵驥)'라는 호를 지어주었다. 그때부터 이범석 장군은 철기(鐵驥)라는 아호를 사용하기 시작했다.

육군강무학교를 졸업한 이범석 장군은 견습사관으로 건해자(乾海子) 기병연대에 배속되었다. 그곳에서 기병장교로 근무 중이던 4월 국내에서 발생한 3.1만세운동소식을 듣게 되었다. 그 소식을 들은 이범석 장군과 4명의 한국인 기병장교는 독립운동에 동참하기 위해 장교직을 사퇴하고 상해 임시정부를 찾아갔다. 그리고 이시영 등 상해임시정부 요인들과 논의 끝에 만주로 가서 독립군을 양성하여 항일 무장투쟁을 전개할 것을 다짐하게 되었다.

1919년 10월, 만주에 도착한 이범석 장군은 만주 신흥무관학교 고등군사반 교관으로 독립군장교 양성에 들어갔다. 이 시기에 만주에는 3.1운동의 영향으로 대한독립단, 서로군정서, 국민회군, 북로군정서 등과 같은 독립군단이 각지에서 항일 무장투쟁을 벌이고 있었다. 그 중 북로군정서는 김좌진 장군이 사령관으로 부임한 뒤 북간도에서 가장 강력한 독립군부대로 성장하고 있던 부대였다.

1920년 3월, 이범석 장군은 이 부대로부터 파견요청을 받고, 4월에 북로군정서의 군사교관으로 부임했다. 이때부터 이범석 장군은 김좌진 장군과 깊은 관계를 맺게 되었다.

같은 해 5월, 이범석 장군은 사관양성소를 창설하고 6백여 명의 생도를 모집 독립군 장교로 교육시켜 부대의 전투역량을 강화했다. 다른 한편으로는 블라디보스토크에서 철수하는 체코군의 무기를 구입하여 부대의 무장을 강화시켰다. 마침내 북로군정서군은 강인한 독립정신으로 뭉치고, 고도의 군사교육으로 훈련된 전투역량과 체코제 최신 무기로 무장한 최정예부대로 성장했다. 이런 요건이 한국 독립군 전사 가운데 가장 찬란한 전과를 올린 청산리대첩 승리의 중요한 요인이 되었던 것이다.

당시 일본은 독립군부대의 빈번한 국내 진격작전으로 큰 피해를 입고 있었다. 그러자 독립군을 탄압하지 않고서는 한국을 안정적으로 지배할 수 없다고 판단했다. 이에 일본은 1920년 8월 소위 '간도지방 불령선인초토계획'을 수립하고 그 첫 단계로 '훈춘사건'을 조작했다.

훈춘사건이란 일본이 중국의 마적단을 매수하여 훈춘의 일본 영사관 분관과 일본인 민가를 습격하여 13명의 일본인과 한국인 순사 1명을 살해하고, 30명에게 중상을 입힌 사건이다. 일본은 이 사건을 적극적으로 선전하면서 중국에 피해보상금을 요구했다. 만일 보상이 이루어지지 않으면 일본이 직접 병력을 투입하여 마적단을 토벌하겠다고 위협했다. 아울러, 마적단은 중국인뿐만 아니라, 한국인 및 러시아인들이 혼합된 국제적 무장단체라고 주장했다. 그러나 사실은 그렇지가 않았다. 일본의 그런 주장은 그들 나름대로 간

사한 계산이 깔려있는 계략이었다.

마적단에 러시아인이 가담했다고 주장한 이유는 일본이 대병력을 간도로 침입시킬 경우, 러시아가 간섭할 것을 우려해서였다. 또한 한국인의 가담했다고 주장한 이유는 그들이 공격해야 할 실질적인 대상이 한국독립군이기 때문이었다. 일본의 이런 계략과 주장은 중국이 어떤 답변이나 보상을 한다고 해도 대병력을 간도에 투입하겠다는 일종의 선전포고였다.

실제로 일본은 중국의 답변이 있기도 전에 2만명이라는 대병력을 간도에 침입시켰다. 이들은 서북간도를 목표로 남쪽에서는 조선군, 서쪽에서는 관동군, 북쪽에서는 북만주 파견군, 그리고 동쪽에서는 블라디보스토크 파견군이 포위해 들어갔다. 청산리대첩은 이 같은 일본군의 간도 무단침입 때문에 벌어진 싸움이었다.

그러나 북로군정서군을 비롯한 독립군측은 일본의 간도 침입을 벌써부터 예상하고 있었다. 그래서 1920년 10월 20일 독립군단은 주둔지에서 백두산기슭의 서쪽 화룡현 2도구와 3도구로 이동 집결했다. 왜냐하면 일본군과 정면 승부할 경우 주둔지는 물론이고 그 지역의 한인들이 큰 피해를 입을 것을 우려했기 때문이다.

일본은 밀정들을 통해 독립군의 이동 위치를 파악하고, 침략군의 일부인 동지대군을 2,3도구 방면으로 진입시켜 독립군을 추격했다. 결과적으로 독립군과 일본군은 피할 수 없는 일전을 벌이게 된 것이다. 그 지대가 바로 한인 마을이 있던 청산리 일대였다.

첫 전투는 10월 21일 3도구 방면에 포진하고 있던 김좌진과 이범석 장군이 지휘하는 북로군정서군과 일본군 동지대 소속의 야마다 토벌대 사이에 벌어진 백운평전투였다.

그날 오전 9시, 북로군정서군은 김좌진 장군이 이끄는 제1대대의 선도로 청산리 계곡과 봉밀구 계곡의 분수령인 노령고개마루에 도착했다. 이때 일본군이 재빠르게 독립군을 추격하고 있었다. 이에 이범석, 김좌진 장군은 더 이상 그들의 추적을 따돌릴 수 없다고 판단, 그들과 일전을 벌이기로 결정했다. 그리고 신속하게 유리한 지형지물을 이용하여 전투준비에 돌입했다.

김좌진 장군의 제1대대는 고개 마루 부근에서 예비대로 대기하고, 이범석 장군의 제2대대 600여 명의 독립군은 철저하게 위장을 한 후 계곡 좌우에 매복하고 먹이를 기다리는 표범처럼 일본군을 기다렸다. 이런 상황을 알 수 없었던 야스가와 소좌가 이끄는 일본군이 백운평에 도착 이범석 장군이 지휘하는 제2대대의 매복지점으로 접근했다. 이범석 장군의 부대는 일본군의 첨병소대가 매복위치에 들어서자마자 일제히 사격을 가하여 단번에 격멸시켰다. 뒤이어 야스가와의 본대가 도착 치열한 교전이 벌어졌다. 그러나 이범석 장군 부대는 유리한 지형지물을 이용 일본군을 섬멸하는 대승리를 거두고 22일 새벽 봉밀구 계곡에 있는 갑산촌으로 이동했다.

갑산촌에 도착한 이범석, 김좌진 장군은 주민들로부터 그곳에서 북방 8Km 지점에 있는 천수평에 일본군 기병대가 머물고 있다는 제보를 받았다. 이에 독립군은 일본군 기병대를 격멸하기 위해 천수평으로 이동했다.

22일 오전 6시, 이범석 장군은 4개 중대 가운데 2개 중대를 천수평 동구 밖에 배치해 일본군이 도망가지 못하게 막도록 하고, 2개 중대를 직접 이끌고 마을 입구에서 숙영중인 일본군 기병대를 급습

했다. 졸지에 공격을 받은 일본 기병대는 당황하여 제대로 저항도 못하고 괴멸돼버렸다. 도망가던 일부 기병대는 동구 밖에서 대기하고 있던 독립군에 의해 완전 섬멸됐다.

이범석 장군은 일본군으로부터 노획한 문서를 통해 그곳에서 멀지 않은 어랑촌에 일본군 본대가 집결해있다는 사실을 알게 되었다. 이범석 장군은 이들이 곧 천수평으로 이동할 것으로 예상하고, 이들과 싸우려면 천수평과 어랑촌 사이의 고지를 확보하는 것이 급선무라고 생각했다. 그래서 이범석, 김좌진 장군은 북로군정서군이 어랑촌을 조망할 수 있는 고지를 신속히 점령하였다.

이범석 장군의 예상은 적중했다. 곧 이어 들이닥친 일본군을 맞아 북로정서군은 22일 하루 종일 고전 끝에 일본군을 격퇴할 수 있었다. 이는 이범석 장군의 부대가 고지를 먼저 차지해 전열을 가다듬었기 때문에 가능했던 승리였다. 또한 같은 시간대에 어랑촌 서북쪽 2.5Km지점인 만리동 부근에서 홍범도 장군의 부대가 일본군 수색대와 교전을 벌여 일본군의 전력을 분산시킨 것이 큰 도움이 됐다. 어랑촌 전투에서 승리한 이범석, 김좌진 부대는 어랑촌 전투 지역을 벗어나 노도구쪽으로 이동하기 시작했다.

이범석 장군의 부대가 노도구로 향하여 북상하던 24일 밤, 천보산에 이르러 그곳 광산촌에 배치돼있던 일본군 제73연대 제2대대 예하 1개 중대를 만나게 됐다. 이범석 장군 부대는 이 중대에 선제 공격을 가해 그들에게 막대한 피해를 입혔다. 그런 뒤 이범석 장군의 부대는 곧 왕정현으로 이동해 김좌진 부대와 합류, 북만주의 밀산을 거쳐 노령 이만으로 북상했다.

이와 같이 이범석, 김좌진 장군이 이끄는 북로군정서군은 청산리

부근의 백운평, 천수평, 어량촌, 고동하곡, 천보산 등에서 1920년 10월 20일부터 23일까지 4일간 일본군과 10여 차례 격전을 치렀다. 이에 대한 전과를 대한민국 임시정부가 조사 발표한 기록에 의하면 독립군은 전사 130여 명, 부상 220여 명이었다. 반면 일본군은 전사 1,200명 부상 2,100여 명이었다.

청산리 대첩에서 참패한 일본군은 이범석 장군을 잡으려고 끈질기게 추적했다. 이범석 장군은 그들의 추적을 피하기 위해 김좌진 장군과 헤어져 북만주와 러시아령 연해주 일대를 떠돌아다니며 잠시 방랑생활을 했다. 그 때 이범석 장군과 그의 애마가 수일간 밥도 굶고 있어서 김좌진 장군이 가죽옷을 팔아 양식을 보내주기도 했다.

1925년 김마리아와 결혼한 이범석 장군은 김좌진 장군과 함께 대일투쟁을 하다가 또다시 일본군의 끈질긴 추적을 받게 되었다. 그래서 그들의 추적을 피하여 1929년 다시 외몽고로 들어가서 2년간 수렵생활을 하면서 방랑생활을 했다. 그러던 중 1930년 1월 김좌진 장군이 공산주의자 박상실의 손에 암살당하고 말았다.

1931년 9월, 중국군은 만주사변(9.18사변) 발생으로 북벌군 총수 장제스(蔣介石=장개석)는 만주를 통째로 관동군에게 내주고 전군에 만리장성 이남으로 후퇴명령을 내렸다. 그런데 유일하게 마잔산(馬占山=마점산) 장군이 명령에 불복하고 무력항일저항을 계속했다. 평소 마잔산은 이범석 장군의 항일투쟁경력을 높이 평가하고 있었다. 그러던 그의 요청으로 이범석 장군은 마장군 부대의 작전과장으로 출전했다. 그러나 마점산 부대도 결국 우세한 무기를 앞세운 일본군에게 패퇴하고 말았다.

1932년, 이범석 장군은 마점산 장군과 함께 중동철도를 건너 러시아령으로 도피해 일본군의 추격을 피했다. 그곳에서 소련 적군에 의해 강제무장해제에 저항하다가 총상을 입고 바이칼호 북쪽 톰스크(Tomsk)에서 8개월간 억류생활을 했다. 이범석 장군은 공산주의에게 암살당한 김좌진 장군과 이때의 경험으로 철저한 반공주의자가 됐다.

1934년 7월, 중국 국민당 정부가 이범석, 마점산 장군에게 군사시찰단의 임무를 요청했다. 이에 그들은 톰스크를 떠나 모스코바를 경유, 폴란드, 독일, 이탈리아, 이집트를 시찰하고 같은 해 10월 중국 상하이로 돌아왔다.

그 때, 평소 한국에 미온적이었던 장개석이 윤봉길 의사의 의거(1932. 4.29) 후 돌변하여 "4억 중국인이 하지 못한 일을 한국의 한 의사가 해냈다."고 극찬하면서 대한민국 임시정부에 물심양면으로 도움을 주고 있었던 때였다. 이때 대한민국 임시정부 김구 주석이 장개석에게 황포군관학교 낙양분교 설립을 요청하자 흔쾌히 승낙했다. 이곳에서 광복군이 국내침투를 목표로 비밀군사훈련을 받기 시작했다. 이 교육훈련은 미군전략정보국(OSS=CIA) 위탁교육이었기 때문에 교관이 모두 미군이었다. 유럽시찰을 마치고 상하이로 돌아온 이범석 장군은 김구 주석의 요청으로 이 학교의 한적군관대대장으로 근무하게 되었다.

1937년, 일본의 야욕으로 '7.7사변'이 발생, 중·일간 전면전이 벌어졌다. 이 사변으로 인해 중국정부는 전시수도 사천성 충칭(중경)에서 웅크린 채 일본의 공습을 버티던 최악의 상황이었다. 이때

대한민국 임시정부도 충칭에서 중국정부의 도움으로 겨우 명맥을
유지하고 있었다.

'7.7사변' 직후 이범석 장군은 중국군 고급장교(소장)로 중국육
군 제3로군 고급 참모 겸 제3집단군 55군단 참모처장으로 여러
전투에 참가하였다. 그러던 중 1940년 9월 17일, 대한민국 임시
정부 광복군 총사령부가 설립되어 초대 참모장으로 취임했다. 그
후 1941년 광복군 중장으로 광복군 사령부 참모장으로 활동했다.
1942년 4월, 광복군 제2지대 대장으로 부임 서안으로 건너가 광복
을 맞이할 때까지 교육훈련과 항일투쟁을 겸하였다. 또한 일본군
포로 중 한국인들을 선별 광복군에 편입시키고, 중국군 중장 문조
적의 도움과 원조를 받아 부대편성을 하고, 일본군 점령지에 밀정
을 파견 정보를 수집하는 한편 지원병을 모집하고, 중국군 집단군
총사령관 이연년의 도움을 받아 일본군에서 탈영하는 한국 병사들
이 황하강을 무사히 건널 수 있도록 조치를 취했다. 1942년 겨울에
광복군 특수요원들의 국내진공을 위한 계획을 수립했으나 실행하
지 못했다. 또 한편으로는 중국의 원조보다 연합군의 원조를 받으
면 유리할 것이라고 판단, 주중 미공군사령관 웨드마이어와 교섭을
시도했다. 이후 임정 김구 주석, 구미위원장 이승만 등의 주선으로
미국과 연결, 미 첩보국 OSS와 합동훈련을 시도하면서 특수훈련에
참여했다.

1945년 성서성 서안 교외 두곡에서 이범석 장군의 지휘로 광복
군 정진대와 미국 전략첩보국 OSS와 연합하여 국내진공을 위한 특
수훈련을 실시했다. 그러던 그해 8월 일본의 패망소식을 듣고 8월

18일 미국 중국전구 총사령관 고문자격으로 입국했다가 일본군에게 입국이 저지당해 다음날 상하이로 되돌아갔다.

그때 이범석 장군은 미군 C-46형 프로펠러 수송기를 타고 귀국했는데, 비행기가 고도를 낮추자 황해바다가 눈앞에 보였다. 그러자 이범석 장군은 기체가 몹시 흔들리는 기내에서 종이에 무엇인가 적고 있었다. 그 내용은 "보았노라 우리 연해의 섬들을 / 왜놈의 포화 빗발친다 해도 / 비행기 부서지고 이 몸 찢기어도 / 찢긴 몸 이 연해에 떨어지리니 / 물고기 밥이 된들 원통치 않으리 / 우리 연해 물마시고 자란고기들 / 그 물고기 살찌게 될테니…."

이때 일본이 비록 항복했지만 아직도 그들은 우리의 적이었다. 그런 적군이 한국을 지키고 있는데, 적절한 입국절차도 없이 날아드는 수송기를 그들은 얼마든지 격추할 수 있는 상황이었다. 이범석 장군이 그런 위급한 상황을 감지하고 즉석에서 지은 시(詩)이다. 애국심이 절절이 배어있는 이 시에서 평소 그가 조국을 얼마나 사랑하고 있는 가를 느낄 수가 있다.

일본군의 저지로 다음날 상하이로 되돌아간 이범석 장군은 광복군의 잔여 사무정리로 바쁜 나날을 보냈다. 또한 일본군과 만주군 패잔병들을 설득, 귀순시켜 광복군에 받아들이는 활동을 지도, 전개했다.

1946년 6월 22일, 이범석 장군은 대한독립촉성국민회 총재인 이승만의 부름으로 여의도 비행장으로 귀국했다. 귀국 당일 돈암장의 이승만 총재를 방문하자 이승만 총재는 그를 각별하게 환대했다. 이후 이승만 총재는 공식, 비공식 행사에 이범석 장군을 대동했고

내외 귀빈을 만날 때마다 빼놓지 않고 이범석 장군을 소개하기도 했다.

귀국 후 이범석 장군은 해방공간에서 '국가지상'을 내세운 민족청년단을 결성하는 등 민족국가 건설에 힘썼다. 대한민국 수립 직후에는 초대 국무총리 겸 국방장관으로서 국가의 기틀을 마련하고 국군창설과 육성에 크게 공헌하였다. 또한 이범석 장군은 정치, 교육을 통해 '민족지상 국가지상주의'를 몸소 실천했다. 대한민국 정부는 그의 공훈을 기리어 1963년 건국훈장 대통령장을 수여했다.

만년에 국토통일원 고문으로 여생을 보내던 이범석 장군은 1972년 5월 11일 지병인 심근경색으로 세상을 떠났다.

최 봉호 편

고려인의 왕이라 불린 **김좌진** 장군

한국의 독립운동가. 1920년 10월 20~23일 청산
리(靑山里) 80리 계곡에서 유인되어 들어온 일본
군을 맞아 백운평·천수평·마록구 등지에서 3회의
격전을 전개, 일본군 3,300명을 섬멸했다.

"할 일이…. 할 일이 너무도 많은 이때에 내가 죽어야 하다니. 그게 한스러
워서…."

                                    – 박상실의 흉탄에 맞고 숨지기 직전에 남긴 유언 중에서

고려인의 왕이라 불린 김좌진 장군

최 봉 호

1930년 1월 24일, 북만주 해림의 산시역 부근에서 난데없는 총소리가 탕! 탕! 탕! 천지를 진동시켰단다. 그 총을 맞고 1)구척장신의 한 남자가 통나무처럼 쓰러졌단다. 그 남자는 "할 일이…. 할 일이 너무도 많은 이때에 내가 죽어야 하다니. 그게 한스러워서…." 라는 말을 남기고, 감기지 않는 눈을 감았단다.

그 사람이 2)흉탄을 맞고 사망했다는 소식이 전해지자 그 지역의 한국 사람들은 물론 중국 사람들까지 '고려인의 왕이 돌아가셨다' 며 매우 슬퍼했어. 그런데 왜 고려의 왕이 우리나라가 아닌 만주벌 판에서 흉탄을 맞고 죽어야만 했을까? 그리고 그가 "할 일"이란 도대체 무슨 일이었을까? 궁금하지?

그 사람은 고려의 왕이 아니었어. 그 사람이 바로 저 유명한 *청산리 3)대첩의 4)영웅 김좌진 장군이란다. 아마 한국 사람이라면 이

---

1) 구척장신- a giant
2) 흉탄- a bullet shot by a villain   *청산리- 만주에 있는 지명
3) 대첩- a great [signal, sweeping] victory

순신 장군과 함께 김좌진 장군을 모르는 사람이 없을 거야. 조선시대에 이순신 장군이 단 12척5)의 배로 6)왜적을 물리쳐 나라를 구했다면, 근대에는 김좌진 장군이 소수의 병력과 7)열악한 무기로 일본 침략군을 크게 무찔러 우리 민족의 8)사기를 드높였어. 그래서 두 장군의 역사적 위치는 실로 9)위대하기 그지없단다. 그럼에도 불구하고 이들은 제대로 대접을 받지 못했단다.

두 장군이 살던 시대에 9)문인들은 10)우대를 받았지만, 장군들과 같은 11)무인들은 12)홀대를 받았단다. 오죽하면 이순신 장군께서 후손들에게 "너희는 절대로 나와 같은 무인은 되지 말라."는 유언까지 남겼겠니.

실제로 우리나라는 이조 5백 년 동안 무인들을 13)소홀하게 대접한 것이 사실이란다. 세상이 그렇다보니 국민들은 군인이 되는 것을 14)수치스럽게까지 생각했어. 그래서 요즘 사람들이 15)고등고시에 일생을 걸듯, 그때 사람들은 너도 나도 16)문과시험에만 매달

---

4) 영웅- a hero
5) 척- ships
6) 왜적- the enemy Japan
7) 열악- poor
8) 사기- morale
9) 문인- a literary man
10) 우대- give prefential treatment 「to」
11) 무인- a soldier
12) 대- treat 「a person」 unkindly
13) 소홀- neglect
14) 수치스럽다- shameful
15) 고등고시- the higher Civil Service Examination
16) 문과- the civil service examination under the dynasty

려 평생을 허비했단다. 이런 나라에 영웅이나 장군이 나올 수 있겠
니? 그런데 이 같은 환경 속에서도 나라를 위해 스스로 무인의 길
을 택한 두 장군의 용기와 17)결단력은 얼마나 자랑스러우니!

그런데 그때 이웃나라인 일본은 어땠는지 아니? 한 마디로 우리
나라와는 정반대였단다. 우리나라가 그렇게 18)문약에 빠져있을 때
일본은 19)상무정신을 길러 나라를 20)무강하게 만들고 있었어. 그
러면서 우리나라를 빼앗기 위한 기회를 21)호시탐탐 노리고 있었단
다. 지금도 22)엄연한 우리나라 땅인 독도를 자기나라 땅이라고 바
락바락 우기고 있는 나라가 일본인데 그때는 어느 정도였을지 짐작
이 가지 않니?

1800년대, 마침내 23)무력강국이 된 일본은 우리나라를 침략해
서 24)주권을 빼앗기 위한 25)마각을 서서히 드러내기 시작했단다.
이럴 때 우리나라가 일본의 그 26)음흉한 속셈을 댕강! 분질러버릴
27)대비책을 빨리 세워야 하지 않겠니? 그런데, 그러질 못했단다.
왜냐하면 그때나 지금이나 정치하는 사람들이 문제란다. 정치가들

---

17) 결단력- decisiveness
18) 문약- effeminacy
19) 상무정신- militarism
20) 무강- militarism power
21) 호시탐탐- watch vigilantly for 「a chance」
22) 엄연하다- a stern reality
23) 무력강국- powerful nation
24) 주권- sovereignty
25) 마각- one's true character
26) 음흉- wicked treacherousness
27) 대비책- preparations

이 나라걱정은 뒷전에 밀어놓고 28)사리사욕에 눈이 멀어 이리저리 29)파가 갈려서 정치 싸움하는 데만 정신이 나갔던 거야. 그래서 일본의 30)음모에는 신경을 쓸 31)겨를이 없었던 거지. 시대가 그렇다고 32)영웅호걸이 없었을 리 33)만무했겠지만, 정치인들의 34)당파싸움 때문에 살아남을 수가 없었던 것이 그 시대였어. 그렇게 하루하루 나라가 망해가던 어느 날, 마침내 구국의 영웅이 탄생했단다. 그가 바로 후에 35)문무를 겸비한 장군이 된 김좌진 장군이야.

용감무쌍한 꼬마 대장

김좌진 장군은 1889년 충남 홍성에서 김형규의 둘째 아들로 태어났단다. 3살 때 아버지를 36)여의었지만 천성이 영민하고 37)호탕해서 누구보다도 더 씩씩하게 자랐어. 그런데 공부보다는 마을 아이들의 대장이 되어 말타기와 활쏘기 같은 전쟁놀이를 더 좋아했단다. 그런 장군을 할머니와 어머니가 엄하게 교육시켰어. 왜냐하면 '아비 없는 자식'이란 손가락질을 받지 않게 하기 위해서였단다. 할머니는 어린 손자에게 집안에 있는 느티나무에 종이를 붙여놓고 하루에 한 번씩 그곳을 주먹으로 치라고 했어. 어린 김좌진 장군은 할

---

28) 사리사욕- self-interest and selfish desire
29) 파- a clique, a party
30) 음모- a plot
31) 겨를- free time
32) 영웅호걸- a great man
33) 만무- cannot be
34) 당파싸움-a party dispute
35) 문무- civil [literary] and military arts
36) 여의다- lose 「a person」
37) 호탕- vigor and valor

머니가 시키는 대로 매일같이 주먹으로 그 느티나무를 쳤단다. 그러나 그때는 할머니가 왜 그 일을 시키는지 그 이유를 몰랐단다. 다자란 후에야 자신의 주먹이 그 누구보다도 강하다는 사실을 알고 할머니의 깊은 뜻을 이해할 수가 있었어. 38)정의를 위해서는 기죽지 말고 아낌없이 주먹을 쓰라는 뜻이 아니었겠니?

1895년. 장군이 여섯 살 때였단다. 일제가 39)강압으로 40)단발령을 선포하자 전국에서 을미 41)의병전쟁이 일어났단다. 이런 시기에 하루는 어린 김좌진이 마을 어린이들과 병정놀이를 하고 있었는데 진짜 의병군이 나타난거야. 의병대장이 꼬마 병정들을 보고 "너희들 가운데 누가 대장이냐"고 물었어. 그러자 장군이 앞으로 나가 "내가 대장이요."라면서 뭐랬는지 아니? "전쟁 놀음하기는 어르신네나 우리나 다 마찬가지인데 우리를 깔보지 마시오" 라고 대답했어. 이 말을 들은 의병대장은 호탕하게 웃으면서 "너희들 대장기나 한번 보자. 무엇이라고 썼나" 하고 대장기를 살펴보았어. 대장기에는 「강자는 누르고 약자는 돕는다.」라고 쓰여 있었어. 이를 본 의병대장은 너무나 기특한 나머지 할 말을 잊고 말았어.

그런데 사건은 그 다음에 발생했단다. 의병들이 꼬마 병정들 가운데서 42)단발한 김석범을 발견한 거야. 그 당시 의병들은 머리 깎

---

38) 정의-
39) 강압- oppression
40) 단발령- the ordinance prohibiting topknots
41) 의병- an army in the cause of justice
42) 단발- short [cropped] hair

은 사람을 보면 모두 43)친일파로 몰아 무조건 처단하던 때였거든. 그런데 김석범은 44)김광호 선생의 조카로서 45)개화정책에 46)동조해서 재빨리 머리를 깎았던 거야. 의병대장은 김석범을 가리키며 부하들에게 "이 아이를 잡아 47)처형하라"고 명령했어. 이를 어쩌니? 그때 꼬마대장 김좌진이 48)대범하게 나서서 "이 사람은 내 형이요"하면서 살려달라고 49)호소했어. 의병대장은 장군의 형이라는 말을 믿고 김석범을 살려줬어. 물론 김석범은 그의 형이 아닌 남이었어. 장군의 50)대장부 기질이 이때부터 나타나기 시작한 거야.

장군이 김석범을 구명한데에는 그 나름의 이유가 있었단다. 어린 마음에도 나라 형편이 51)수구만으로는 안 된다. '개화를 해야 한다.'는 생각을 했던 거야. 그래서 김석범을 살려냈던 거야. 그때 장군의 덕분으로 간신히 목숨을 건진 김석범은 그 뒤 장군이 서울에 가있는 동안 그를 대신하여 호명학교를 관리, 운용하는데 적극 협력했어. 이와 같이 김좌진은 어릴 때부터 어른들도 혀를 내두를 정도로 52)담력이 크고 53)총명했단다.

---

43) 친일파- pro-Japanese group[faction]
44) 김광호- 개화사상가
45) 개화정책- be enlightened
46) 동조- align oneself 「with」
47) 처형- punishment
48) 대범- broad-minded person
49) 호소- an appeal
50) 대장부- a manly [brave] an; a heroic man
51) 수구- adherence to tradi-tional customs
52) 담력- pluck;
53) 총명- brightness

나한상을 내동댕이치고 벌에 쏘여 죽을 번한 소년 김좌진

장군은 4살부터 서당에서 송노암이라는 선생한테 공부를 했단
다. 그런데 선생이 툭 하면 회초리로 학생들에게 매질을 하는 거야.
그래서 학생들은 선생이 무서워서 벌벌 떨었어. 그러나 장군은 그
렇지 않았어. 어느 날, 장군은 선생이 읽고 있는『송자대전宋子大全』
이란 책속에 "선생님은 죽습니다(先生死), 김좌진"이라 쓴 쪽지를 끼
워 넣었지 뭐니! 이글을 본 선생은 깜짝 놀랐지만 아무 말도 못했
어. 그리고 얼마 후 선생은 장군이 쓴 경고대로 그 서당을 그만두게
되었단다.

송선생 다음으로 김광호 선생이 부임했어. 어느 날 김광호 선생
이 학생들을 인솔하고 54)소요암으로 소풍을 갔단다. 55)암자 안에
는 5백 56)나한상이 57)진열되어 있었는데 장군이 그 중 하나를 내
동댕이 쳐버렸지 뭐니. 이런 행동은 아무리 어린아이라 하더라도
용서 못할 일이었어. 그러나 그 절의 58)주지스님은 조금도 화를 내
지 않았단다. 그 대신 장군에게 "나중에 네가 크면 나한 님 하나를
사주어야 하네" 라면서 용서해 줬어. 그러면서 스님은 미안해서 어
쩔 줄 모르는 선생에게 "이 애는 나중에 커서 반드시 영웅이 될 것
입니다. 내 일찍이 이렇게 무서운 아이는 처음 보았습니다."라고
말했어.

---

54) 소요암- name of a Buddhist temple
55) 암자- a small Buddhist temple
56) 나한상- a disciple of Buddha
57) 진열- exhibition
58) 주지스님- chief priest

그날 장군은 집으로 돌아가던 길에 장난 끼가 발동해 벌집을 걷어찼단다. 그랬더니 수많은 벌들이 달려들었지 뭐니. 그 벌들에 쏘여 자칫하면 죽을 번했어. 59)불상을 60)훼손한 대가를 톡톡히 치른 셈이지.

장군은 체력도 61)강인하거니와 놀라운 62)괴력을 갖고 있었단다. 거기다 몸까지 무척 63)날렵해서 동네 사람들은 그를 '비호' 즉, 나르는 호랑이라 부를 정도였어. 장군이 10세 때는 황소의 뿔을 잡으니까 황소가 꼼짝 못하고 그 자리에 주저앉아 버렸어. 또한 칠팔 명의 어른들이 간신이 들 수 있는 빈64)둣두멍에 물을 반쯤 채워 번쩍 들어 올릴 정도로 65)장사였어. 이런 괴력의 소유자가 김좌진 장군이란다.

노비해방과 토지개혁을 단행한 15세 소년 김좌진

장군이 12세 때였단다. 형인 김경진이 서울로 66)양자를 가서 둘째 아들인 그가 가계(household)를 맡게 되었단다. 그러자 사람들은 홍성에서도 이름난 부잣집이라 살림이 큰데 어린 김좌진이 과연 잘 맡아 갈지 걱정스러워 했어. 그러나 그런 걱정은 67)기우에 불과했

---

59) 불상- an image of Buddha;
60) 훼손- damage
61) 강인- strong
62) 괴력- marvelous (phys-ical) strength
63) 날렵- quick
64) 두멍- a large iron pot used to store water; 『동이』 a large water jar
65) 장사- a muscular [strong] man
66) 양자- an adopted son
67) 기우- baseless fears

어. 그는 너무 68)조숙해서 어린이가 아니라 이미 어른이었던 거야.

장군이 15세 되던 해였단다. 어느 날 장군은 모든 가족과 50여명의 69)노비들을 한자리에 모아놓고 푸짐한 잔치를 벌였어. 그 자리에서 장군은 70)노비문서를 모두 불태워버렸단다. 그리고 2천 71)석이나 되는 72)소출의 73)전답을 노비들에게 골고루 74)무상으로 75)분배해 주면서 "당신들은 오늘부터 다 자유인이다"라고 선언을 했어. 그때나 지금이나 어른들도 하기 어려운 76)노비해방과 77)토지개혁을 15세라는 어린 나이의 장군이 한꺼번에 해치운 거야. 장군이 이런 78)결단을 내리게 된 이유는 혼자만 배불리 먹으며 살기보다는 함께 잘사는 세상을 만들고 싶었기 때문이었어. 이렇게 장군은 어렸을 때부터 하는 행동마다 남달랐단다.

장군이 16세 때 부인과 함께 처음으로 서울에 갈 때였단다. 서울을 가려면 대호지라는 큰 호숫가를 지나야 했어. 그런데 그 곳은 도둑이 많기로 유명한 곳이었단다. 아니나 다를까 그곳에 도착하자마자 산적들이 나타난 거야. 산적들은 79)가마에 탄 장군의 부인 오

---

68) 조숙- early maturity
69) 노비- male and female servants
70) 노비문서-
71) 석- a rice bag
72) 소출- produc-tive 「farm」
73) 전답- dry fields and paddy fields
74) 무상- free of charge[cost]
75) 분배- division
76) 노비해방- liberate slaves
77) 토지개혁- land reform
78) 결단- decision
79) 가마- a palanquin; a sedan chair

씨를 강제로 끌어내려고 했어. 가마를 메고 가던 80)교군꾼들은 겁에 질려 저항도 못하고 있었지 뭐니. 그 때 장군이 말을 타고 한 발짝 늦게 도착해서 이 광경을 목격했던 거야. 장군은 말에서 내리자마자 도적 한 놈을 번쩍 들어 땅에 내동댕이쳐버렸단다. 그 산적은 그 자리에서 숨을 거두고 말았어. 장군의 이 괴력에 놀란 다른 산적들은 아무 소리도 못하고 벌벌 떨고만 있었어. 사시나무처럼 떨고 있는 그들에게 장군은 "도대체 너희들은 누구냐. 나라가 망해간다고 하는데 할 일이 없어서 81)불한당 노릇을 한단 말이냐. 내 너희 82)소행으로 보아서는 모조리 83)박살을 낼 것이로되 너희도 나와 한 핏줄을 이어받은 84)배달의 자손이니 용서하기로 한다. 양심이 있거든 지금이라도 늦지 않았으니 마음을 돌려 85)동족을 괴롭히지 말고 옳은 길을 가거라. 그리고 저기 죽은 놈의 장례식이나 치러주라"고 호통을 치면서 돈을 던져 주었어. 그 날 86)감화를 받은 도적 한 사람은 뒷날 87)광복단이라는 88)독립운동 89)비밀결사에서 김좌진과 같이 독립운동을 했어.

1905년, 장군은 서울에 있던 90)육군무관학교에 입학했단다. 그

---

80) 교군꾼- a palanquin bearer, a sedan (chair) carrier
81) 불한당- robbers
82) 소행- a person's doing [work]
83) 박살- break [crush, smash]
84) 배달- the name of Korea in ancient times
85) 동족- the same race [tribe]
86) 감화- influence
87) 광복단- the Association of Independence Fighters
88) 독립운동- an independence movement
89) 비밀결사- a secret society[organization]
90) 육군무관학교- military attache

런데 일본이 ⁹¹⁾을사조약을 강제로 체결한 때라 공부를 제대로 할 수가 없었어. 그때 서울은 이른바 ⁹²⁾애국계몽운동의 ⁹³⁾열풍으로 달아올랐던 때였어. 장군은 서울에서 2년 동안 그런 운동을 지켜보면서 교육이야말로 가장 중요한 국가사업이라는 확신을 갖게 됐어. 그리고 백성이 깨어나야 나라를 지킬 수 있다고 생각하고 학교를 세워 ⁹⁴⁾인재를 키워야 하겠다고 마음을 굳게 다졌어.

가산 털어 애국계몽운동 펼친 김좌진 장군

1907년 무관학교를 졸업하고 고향으로 돌아온 장군은 자진해서 ⁹⁵⁾상투를 자르고 호명학교라는 사립학교를 세웠단다. 학교 이름을 호명이라고 지은 것은 교육을 통해 '호서지방(충청도)을 밝게 만든다. 즉 개화시키겠다'는 뜻이었어. 예로부터 충청도는 ⁹⁶⁾양반의 고장으로 가장 보수적인 지방이야. 그런 충청도를 18세 소년이 개화시키겠다고 나섰으니 이보다 대견한 일이 또 어디 있겠니.

그런데 막상 학교를 짓자니 자금이 없었지 뭐니. 그래서 장군은 자기 집을 학교로 쓰기로 하고 자신은 작은 집으로 이사했어. 다행히 장군의 집은 90⁹⁷⁾칸이나 되는 큰집이었어. 그 때 90칸이라면 일반 민가로서는 굉장히 큰 저택이었어. 장군은 자기 집을 학교로

---

91) 을사조약- 1905 is the year when Japan forced Korea to sign the imperialist Eulsa Treaty that deprived Korea of its diplomatic sovereignty.
92) 애국계몽운동- patriotic enlightenment movement
93) 열풍- fever of education
94) 인재- talent
95) 상투- a topknot (of hair)
96) 양반- a nobleman
97) 칸- the unit of area [floor space]

내놓으면서 "우리 집을 학교 교사로 쓰인다니 얼마나 다행한 일입니까? 인재의 육성에 이 정도의 고생이 따르니 않고서 어찌 큰일을 할 수 있겠습니까. 나라 살리는 길은 오로지 교육입국에 있다고 믿습니다."고 말했어. 그때 호명학교가 있던 자리에 현재는 갈산중고등학교가 있어. 이 학교는 충청남도교육청이 "김좌진 장군 98)얼 계승을 통한 지역사회 봉사정신 99)함양" 시범학교로 지정되어 장군의 정신을 이어오고 있단다. 당연히 그렇게 해야 하지 않겠니?

장군은 1908년 19세 때 다시 상경해서 나라가 망할 때인 1910년까지 약 2년 동안 가회동의 볼품없는 초가삼간에 머물면서 애국지사들과 함께 애국계몽운동에 적극적으로 나섰단다.

먼저 기호흥학회에 가입해서 100)신학문 교육운동을 벌였고, 1909년에는 한성신보 이사로, 대한협회회원으로, 오성학교 교감 등으로 활발한 101)교육운동에 나섰던 거야. 그러나 나라꼴은 점점 더 102)심각한 상태로 기울어지고 있었단다. 나라가 금방이라도 망할 지경, 아니 이미 망한 상태였어. 일제는 우리나라의 산과 들 그리고 식량까지 모두 빼앗아가는 103)만행을 저지르고 있었던 거야. 장군은 이 같은 눈앞의 104)국난을 외면하고 언론이나 교육 같은 소

---

98) 얼- spirit
99) 함양- build (up)
100) 신학문- the new learning; modern sciences.
101) 교육운동- edu-cational work.
102) 심각- a serious problem
103) 만행- barbarity
104) 국난- a national crisis [danger, peril]

극적인 애국계몽운동으로는 아무 소용이 없다는 사실을 알게 되었어. 그래서 보다 적극적이고 행동적인 독립운동을 펼치기로 마음을 다져먹었단다. 즉 나라가 무강해야지 문약하면 강한 나라가 될 수 없다고 판단한 거야. 무력만이 코앞에서 버티고 있는 일제침략자를 몰아낼 수 있다고 결론을 내린 거지. 그래서 그는 비밀결사 신민회에 가입하여 보다 적극적이고 행동적인 독립운동에 참여하게 되었어.

애국계몽운동에서 무력투쟁의 길로

신민회는 1907년 4월초 극비리에 결성된 독립운동단체란다. 주동 인물은 이름난 실력양성론자인 도산 안창호 선생이었어. 한국의 간디라고 불리는 안창호 선생은 먼 훗날을 내다보자는 105)온건파 독립 운동가였단다. 그래서 처음에는 안창호가 주도하는 대로 성격이 단순한 애국계몽운동의 틀을 벗어나지 못하였지. 그러나 '나라가 날로 위태로워지는 시국에 교육이나 산업만 가지고는 아무 도움이 되지 않는다. 군사력을 길러야 한다.'는 생각을 가진 인사들이 많아졌어. 장군의 생각도 이와 같았어. 이들은 '5백 년 동안 조선왕조는 문약에 빠져 나라를 망쳤다는 것을 세상이 다 아는 사실이다. 두 번 다시 지난날의 과오를 되풀이해서는 안 된다. 이제부터라도 군사력을 길러야 한다. 독립군을 길러 빼앗긴 국권을 되찾아야 한다. 그러기 위해서는 무엇보다도 먼저 무관학교를 세워 군사요원을 길러야 한다. 군사 요원을 기르기 위해서는 106)간도에 독립군 107)

---

105) 온건파– the moderate party[faction, wing]
106) 간도– 만주의 길림성(吉林省) 동남부지역
107) 기지– a base

기지를 만들어야 한다.' 이렇게 확신하게 되었던 거야.

1911년 장군은 북간도에 독립군 사관학교를 설립자금을 108)조달하기 위해 조카뻘인 김종근한테 109)군자금을 받으러갔다가 일본 경찰에 잡히고 말았단다. 그래서 징역 2년 6개월의 형을 받고 서대문감옥에 110)투옥되고 말았어. 이 감옥에서 우연히 백범 김구 선생을 만났단다. 그리고 같이 옥살이를 하면서 독립에 대한 많은 이야기를 나눌 수 있었어.

1913년 9월, 감옥에서 풀려난 장군은 "사나이 실수하면 111)용납하기 어렵고 112)지사가 113)구차하게 살려고 하면 다시 때를 기다릴 것이다."라고 휘어지지 않고 굽히지 않겠다는 자신의 마음을 114)시로 표현했어. 이 말은 장군이 우리나라가 독립이 될 때까지 자신의 115)신념을 꺾지 않겠다는 뜻이었어.

장군이 감옥에서 나온 이듬해에 제1차 세계대전이 일어났단다. 이와 때를 같이하여 국내에서는 의병전쟁에 참여했던 116)지식인들이 독립의군부와 대한광복단이라는 두 개의 큰 117)지하단체를 118)

---

108) 조달- supply
109) 군자금- war funds
110) 투옥- imprisonment
111) 용납- toleration
112) 지사- a patriot
113) 구차하게- destitute;
115) 신념- belief; faith
114) 시- poetry
116) 지식인- an intellectual; a highbrow.
117) 지하단체- an underground organization

극비리에 119)조직했어. 이중 장군은 1915년 대한광복단에 가입했어. 왜냐하면 광복단은 "우리는 대한의 독립된 국권을 광복하기 위하여 우리들의 생명을 바친다. 만일 우리가 목적을 달성하지 못하면 120)자자손손에 걸쳐 원수 일본을 완전히 이 땅에서 몰아내기까지 한 마음으로 121)진력할 것을 서약한다." 는 122)서약서에서 나타나듯 다른 단체보다 더 적극적이고 123)실천적이었기 때문이었어.

실제로 대한광복단의 124)투쟁방법은 신민회와 같이 온건하지가 않았단다. 이 단체는 단원들의 125)행동강령 중 「비밀·폭동·암살·명령」 등에서 나타나듯 일제나 친일파에겐 무서운 단체였어. 이들은 '126)포고문'이라는 127)고지서를 발송해 128)후원금을 내지 않거나 일제에 129)고발하는 자들은 130)가차 없이 처단해버렸어. 이같이 적극적으로 활동하다가 131)애석하게도 총사령 박상진, 채기중 등 광복단 132)수뇌부가 일제에 체포되어 형장의 이슬로 사라

118) 극비리– strict secrecy
119) 조직– formation
120) 자자손손– one's chil-dren's children
121) 진력– endeavor(s)
122) 서약서– a written oath [pledge, promise]
123) 실천적– practical(ly)
124) 투쟁방법– a struggle policy.
125) 행동강령– a code of conduct.
126) 포고문– a declaration; a decree.
127) 고지서– a (written) notice; a bulletin
128) 후원금– support
129) 고발– complaint
130) 가차 없이– severely
131) 애석– regret
132) 수뇌부– top-level

지고 말았단다. 이때 부사령이던 장군은 만주에서 독립군을 양성하고 있어서 다행히 화를 면할 수 있었어. 이후 수뇌부를 잃은 광복단은 조직이 무너져버리고 말았단다.

양반집 처녀의 방으로 뛰어든 김좌진 장군

1917년, 장군이 만주로 [133)망명하기 전이었단다. 하루는 [134)일경에 쫓기다가 너무 급한 나머지 어느 집 안방으로 뛰어 들어갔단다. 뛰어 들어가고 보니 한 처녀가 소스라치게 놀라는 것이 아니겠니. 그래서 장군이 그 처녀에게 자신의 신분을 밝혔더니 그 처녀가 장군을 얼른 [135)장롱 속에 숨겨주었어. 그리고 처녀는 곧이어 들이닥친 일경에게 장군이 보이지 않게 몸으로 가리고 태연하게 장롱문을 열어 보여주었어. 그러자 일경은 얌전히 돌아갔단다.

그 처녀가 바로 양반인 박상중의 딸 박주숙이란다. 장군은 그 집에서 도망 다니다가 입은 상처도 치료받으면서 얼마동안 머물게 되었어. 그러던 중 둘 사이에 아이가 생겼지 뭐니. 박재숙이 임신한지 6개월쯤이었어. 장군은 "아들을 낳으면 이름을 두한이라고 짓고, 딸을 낳으면 두옥이라고 지으라."면서 "[136)혁명가는 [137)예고 없이 떠나는 법이네"라는 말을 남기고 그 집을 훌쩍 떠나버렸어. 그 후 장군이 북만주 영안에 있을 때였어. 박재숙이 5살 된 두한이를 데

---

133) 망명- exile
134) 일경- japan police
135) 장롱- a wardrobe; a chest (of drawers); a bureau
136) 혁명가- a revolutionist
137) 예고- without (previous) warning [notice]

리고 장군을 찾아갔어. 장군은 아들과 함께 살려고 했지만, 세상이 어수선하고 여러 가지로 장군의 사정이 여의치 않았어. 그래서 138)모자를 다시 서울로 되돌려 보낼 수밖에 없었단다. 139)부자상면은 그때가 처음이자 마지막이었어. 이렇게 조국의 140)광복을 위해서 자신의 삶마저 철저하게 141)희생한 그의 애국심은 어떻게 142)보상받을 것인지?

현재 국회의원인 김을동이 두한이의 딸이고 배우이자 탤런트인 송일국은 김을동의 아들이야. 장군이 조국을 위해 몸과 마음을 바친 보상으로 이들 가족과 함께 광복된 조국에서 행복하게 살았으면 얼마나 좋았을까? 그렇지 않니?

무오독립선언과 독립군부대 총사령관

1918년 만주로 망명한 장군은 그 해 12월에 3.1독립선언의 143)전주곡인 144)무오독립선언서에 145)민족지도자 39명 중 한사람으로 서명(sign and seal a document)했단다. 1919년에는 146)서일의 대한정의단을 147)기반으로 군정부라는 독립군부대를 조직했어. 부대

---

138) 모자– mother and child
139) 부자– father and son 상면– seeing each other
140) 광복– the restoration of independence 「to a country」
141) 희생– sacrifice
142) 보상– compensation
143) 전주곡– 어떤 일이 본격화하기 전의 그 암시가 되는 일. Preludes
144) 무오독립선언서– 대한독립선언을 말한다.1919년2월1일 중국 동북부 길림성에서 만주와 러시아지역의 항일 독립운동지도자 39명이 제1차 세계대전 종전에 맞춰 조국독립을 요구한 선언에서 발표된 독립선언서
145) 민족지도자– nationalist leaders
146) 서일– 한국의 독립운동가. 만주에서 3·1운동의 전주곡인 독립선언를 발표하여 독립운동의 기세를 올렸고 정의단, 북로군정서, 대한독립군단을 조직해 독립군을 양성하고 독립사상을 고취했다.

본부는 왕칭현에 두고 5분단(分團) 70여 개의 지부로 조직하고 광복운동을 위한 만반의 준비에 들어간 거야. 같은 해 4월 상해 임시정부가 수립되자 군정부라는 이름을 북로군정서로 바꿨어. 왜냐하면 군정부의 '정부'라는 단어로 인해 마치 또 하나의 정부가 있는 것 같은 느낌을 줄 수 있기 때문이었어.

북로군정서의 총사령관이었던 장군은 1,600여 명의 [148]독립군을 훈련시키면서 [149]사관연성소를 설치해 사관훈련과 무기입수에도 힘썼어. 그 결과 1920년 10월 청산리대첩 이전의 북로군정서는 독립군 약 1,100여명, 소총 800정, 대포와 수류탄 약 2,000발, 기관총 7문 등으로 [150]무장한 군대로 성장했단다. 아울러, 만주 일대에서 가장 [151]막강한 전투력을 갖춘 독립군부대가 된 거야. 이 부대는 1920년 이후 10여 년간 본격적인 항일전투에서 큰 [152]전과를 올렸단다.

일본군을 대패시킨 청산리 전투

3·1 운동의 영향으로 1920년대에 만주 지역에만 450여 개의 무장독립군단체가 생겼단다. 일본 군인이나 경찰과 전쟁을 벌일 정도로 독립군도 많아지고 강해진거야. 이 독립군단체들은 서로 힘을 합쳐 [153]소부대를 국내로 보내 일본 군인이나 경찰을 [154]격파시

---

147) 기반- a base
148) 독립군- an army for national independence.
149) 사관학교 the Military Academy
150) 무장- arm oneself with rifle.
151) 막강- great military strength
152) 전과- war results

키고 재빨리 돌아오곤 했어. 그럴 때마다 일본군은 처음에는 소대 병력으로 시작해 중대병력까지 155)출동시켜 독립군을 뒤쫓아 왔지만, 매번 전멸당했단다.

이렇게 매번 156)패배를 거듭하게 되자 일본군이 복수를 하려고 1개 부대와 헌병 경찰부대를 동원해 독립군을 찾았어. 그런데 아무리 찾아도 독립군들이 보이지 않는 거야, 그러자 그 주변마을에 살고 있던 죄 없는 한국민족들을 157)무참하게 죽이는 거야. 이때 숨어있던 독립군이 나타나 무찔렀어. 이렇게 또 패배를 당하자 화가 난 일본군은 더 많은 부대를 이끌고 두만강을 건넜어. 이때 일본부대가 158)봉오동 입구에 접근하고 있다는 보고를 받은 홍범도 장군과 최진동은 그곳의 주민들을 대피시키고 마을주변 곳곳에 독립군을 숨겨두었어. 그리고 일본 부대가 봉오동 골짜기 안으로 들어올 때까지 기다렸어. 드디어 기다리던 일본군이 도착하자 사방에서 사격을 퍼부었어. 3시간 정도 전투를 벌이다 일본군이 후퇴하기 시작했단다. 독립군은 도망치는 일본군을 끝까지 쫓아가서 무찔렀어. 이 전투로 일본군은 전사 157명, 중상 200여 명, 경상 100여 명을 내고 패했으나, 독립군 측의 피해는 159)전사 4명, 중상 2명이었어. 이것이 독립군 사상 첫 승리인 '봉오동 전투'야. 이 승리로 독립군

---

153) 소부대- small unit
154) 격파- crush
155) 출동- mobilization
156) 패배- defeat
157) 무참- cold blood
158) 봉오동- 만주에 있는 지명
159) 전사- death in battle [action]

의 사기는 크게 높아졌단다.

　봉오동 전투에서 크게 패배하고 바짝 약이 오른 일본군은 1920
년 10월, 독립군을 모조리 무찌르겠다며 2만여 명(어떤 기록에는 5만
여 명이라고도 함)의 군대를 만주로 출동시켰어. 김좌진 장군은 일본
군의 그런 의도를 미리 알고 있었어. 그래서 만주지역의 독립군부
대들을 백두산 160)계곡 근처에 있는 청산리로 이동시켰어. 왜냐하
면 독립군이 주둔하고 있던 곳에는 한국인들이 많이 살고 있던 곳
이야. 그곳에서 싸우게 되면 우리 동포들이 위험할 것 아니니? 그
래서 장군은 동포들을 보호하기 위해 그곳에서 피한거야. 그런데
일본군은 그곳에서 독립군이 안보이자 한국인 마을을 불사르고 동
포들을 무참히 죽였어. 이때 장군은 일본군과 맞서 싸우지 않으면
안 되겠다고 단단히 결심을 했어.

　그때 우리 독립군은 김좌진 장군의 북로 군정서 병력과 홍범도
장군의 대한독립군 등 2천 8백 명 정도였어. 독립군부대로서는 가
장 큰 규모였어. 하지만 일본군에 비하면 1/20 수준이었지. 게다가
일본군은 철저하게 훈련받은 161)정규군이었고, 우리 독립군은 162)
주먹구구식으로 훈련받은 민간인 부대인데다가 병력도 무기도 일
본군대와는 비교할 수 없이 163)열세였어. 이렇게 큰 차이가 나는데
과연 독립군이 이길 수 있었을까? 어렵겠지? 그러나 그게 아니었

---

160) 계곡- a valley
161) 정규군- regular force
162) 주먹구구식- rule of thumb
163) 열세

단다.

김좌진 장군은 독립군을 수풀이 무성한 164)백운평 계곡의 나무와 바위 뒤에 숨어서 일본군을 기다리게 해놓았어. 그리고 일본군을 끌어들이기 위해 마을의 노인들에게 "독립군은 무기도 제대로 갖추지 못한 채 사기가 떨어져 허둥지둥 도망갔다."고 거짓말을 퍼뜨리게 했어. 그런 말을 믿고 멍청한 일본군이 독립군이 숨어있는 곳으로 꾸역꾸역 기어들어갔지 뭐니! 정확하게 1920년 10월 21일 오전 10시였단다.

"드드득드드득드드득……." 이들을 기다리고 있던 독립군이 일제히 사격을 퍼부었단다. 갑자기 사방에서 소나기같이 쏟아지는 총알을 맞고 일본 군인들이 비명을 지르며 마른볏단처럼 쓰러졌어. 전투를 시작한지 20분만이었어. 일본군은 200명의 전사자를 남겨놓고 165)줄행랑을 쳐버렸단다. 그랬다가 다음 날 166)보복을 하려고 167)전력을 168)보강해 다시 찾아왔지 뭐니. 그러나 어림도 없는 수작이었어. 또다시 크게 당했어. 하지만, 그들이나 우리 독립군이나 싸움을 서로 169)포기할 수가 없었어. 일본군은 우리나라의 독립을 막기 위해 독립군을 무찔러야 했고, 독립군은 우리나라의 독립을 위해 일본군을 무찌르지 않으면 안 되었기 때문이었어. 그래서

164) 백운평- 만주에 있는 지명
165) 줄행랑- run away
166) 보복- retaliation
167) 전력- military strength
168) 보강- reinforcement
169) 포기- giving up

싸움은 170)필사적일 수밖에 없었단다.

　뒤이어 또다시 일본군 171)주력부대가 기관총부대까지 동원해서 독립군을 공격했지만 소용이 없는 짓이었어. 결국 일본은 또다시 172)막대한 사상자를 내고 허둥지둥 도망쳐 버렸어. 그날 오후에는 홍범도 장군의 독립군부대도 일본군 400여 명을 사살하는 큰 전과를 올렸단다.

　이렇게 10월 20부터 23일까지 계속된 10여 차례의 피비린내 나는 전투가 벌어졌어. 그 결과가 어땠는지 아니? 우리 독립군이 일본군 3천여 명을 173)사살하고 4백여 명을 부상시킨 대승리였어. 이에 비해 우리 독립군은 전사 60명, 부상 90명이었어. 이 전투가 그 유명한 '*청산리 대첩'으로 '봉오동 전투'와 함께 독립전쟁사상 최대의 승리로 기록되고 있어. 병력이나 무기가 일본군에 비해 형편없던 독립군이 일본의 정식군대를 그렇게 대파시킨 원인이 무엇일까? 궁금하지?

　청산리전투의 대승원인은 우리 독립군들이 목숨을 바쳐 조국을 독립시키겠다는 투철한 독립정신, 김좌진 장군과 같이 훌륭한 174)

---

170) 필사적- desperately
171) 주력부대- main-force units, hard-core units
172) 막대한- heavy[serious, great, severe] damage
173) 사살- shoot 「a person」 dead
*청산리-만주에 있는 지명　*대첩- a great [signal, sweeping] victory　*전사- death in battle [action]
174) 지휘관- a commander

지휘관들이 175)지형지물을 적절히 이용한 우수한 176)작전계획, 그리고 만주지역 한국인들의 177)헌신적인 178)성원이 함께 어우러진 결과였어. 실제로 청산리전투에 중대장으로 참전했던 이범석 장군은 '179)우등불'에서 "180)교전은 아침부터 저녁까지 계속되었다. 굶주림! 그러나 이를 의식할 시간도 먹을 시간도 없었다. 마을 아낙네들이 치마폭에 밥을 싸서 가지고 빗발치는 총알 사이로 산에 올라와 한 덩이 두 덩이 181)동지들의 입에 넣어 주었다. 얼마나 성스러운 사랑이며, 182)고귀한 선물이랴! 그 사랑 갚으리! 우리의 뜨거운 피로! 기어코 183)보답하리. 이 목숨 다하도록! 우리는 이 산과 저 산으로 모든 것을 잊은 채 뛰고 또 달렸다."라고 184)회상했어.

청산리전투 직후 그곳에 185)집결했던 10개의 독립군단체가 하나로 186)통합하여 대한독립군단을 결성하고 김좌진 장군이 부총재로 187)부임했어.

---

175) 지형지물- geographic feature; terrain features
176) 작전계획-「map out」 a plan of opera-tions
177) 헌신적- devotedly
178) 성원- support
179) 우등불- 이범석 장군이 쓴 책의 제목. 모닥불을 북한에서 우등불이라고 함=a fire in the open air
180) 교전- a battle
181) 동지- a like= minded person
182) 고귀- valuable
183) 보답- repay 「a person」 requital
184) 회상- recollection
185) 집결- concentration
186) 통합- integration
187) 부임- proceeding to one's new post
*창설- establishment

대한독립군 *창설

청산리 전투에서 대패한 일본군은 이후 188)격렬한 보복작전을 189)전개했단다. 그러자 독립군 내부에서 "이 참에 만주에 190)진출한 일본군을 모조리 쓸어버리자"는 목소리가 높아갔어. 그러나 김좌진 장군의 생각은 달랐어. 장군도 "그러고 싶지만 우리병력은 모두 합쳐봐야 3천명밖에 안되고, 191)장기전을 치르게 되면 독립군을 도왔던 백성들이 큰 피해를 입게 될 것"이라며 반대했어.

1921년, 장군은 백성들과 독립군을 보호하기 위해 독립군을 192)인솔해서 백두산 자락을 거쳐 동쪽으로 이동, 러시아까지 가야만 했단다. 러시아로 간 이유는 소련 공산당이 독립군을 193)원조하겠다는 약속이 있었기 때문이었어. 그러나 장군은 처음부터 그 약속을 믿지 않았어. 그런데 러시아로 가자는 독립군들이 많았고, 여러 가지 상황이 장군의 등을 그쪽으로 밀었던 거야. 예상했던 대로 소련 공산당은 약속을 지키려는 눈치가 전혀 없었어. 그 대신 일본과 짜고 독립군을 194)제압하려는 기미가 엿보였던 거야. 이에 장군은 속았다고 판단하고 그곳에서 195)탈출해버렸어. 이후 장군의 예상대로 소련공산당은 대한독립군단을 강제 해산시키려했어. 그리고

---

188) 격렬- violence
189) 전개- unfolding
190) 진출- debouch-ment
191) 장기전- a long [prolonged, drawn-out] war
192) 인솔- leading; guiding
193) 원조- assistance, support
194) 제압- control
195) 탈출- escape

이에 항의하던 독립군을 196)무작위로 197)포격해서 수많은 독립군이 전사하고 말았단다. 이 198)사태를 199)자유시참변이라고 해.

다행이 장군은 자유시참변 발생 이전에 공산주의가 싫어 다시 북만주로 돌아와서 화를 면할 수 있었단다. 그 이듬해인 1922년 8월, 장군은 이범윤 등과 함께 미산현과 영안형을 중심으로 대한독립군단을 200)재조직하고 총사령관으로 부임했어. 1925년에는 북만주 독립군단을 201)정비해 신민부를 조직하고 중앙집행위원장에 202)선임되었고, 성동사관학교를 설립하고 독립군 간부양성에 힘썼어. 이때 상해에 있는 대한민국임시정부에서 국무위원(국방부장관)을 맡아달라고 했는데, 만주에서 할 일이 너무 많다면서 거절하고 독립군양성에만 203)전념했어. 이처럼 장군은 204)칠전팔기, 쓰러지면 오뚝이처럼 다시 일어났단다. 절대로 굽히지 않는 장군의 정신을 여기서도 확인할 수 있지 않겠니?

---

196) 무작위- uninten-tionally; at random
197) 포격- cannonade
198) 사태- the situation
199) 자유시참변- 1921년 6월 27일 러시아 스보보드니(이만, 알렉세예프스크, 자유시)에서 붉은 군대(Красная Армия)가 대한독립군단 소속 독립군들을 포위, 사살한 사건이다. 다른 말로 자유시사변(自由市事變), 흑하사변(黑河事變)으로도 불린다. 사건이 일어날 당시 조선의 분산된 독립군들이 모두 자유시에 집결하였기 때문에, 이 사건을 계기로 만주, 연해주 지역 조선 독립군 세력은 사실상 모두 궤멸되었다. 이 사건으로 독립군 960명이 전사하였으며, 약 1800여 명이 실종되거나 포로가 되었다. 한국의 독립운동 역사상 최대의 비극이자 불상사라고 일컬어지고 있다.
200) 재조직- reorganization
201) 정비- maintenance
202) 선임- election
203) 전념- undivided attention
204) 칠전팔기- an indomit-able spirit; fortitude of mind

1925년 4월부터는 기관지 '205)신민보'를 발행하여 206)문맹퇴치와 독립정신을 207)고취시켰고, 208)산업진흥에도 힘을 기울였어. 그러나 신민부가 209)군정파와 210)민정파가 *대립하다가 1928년 12월 211)해체되고 말았어.

1929년에는 신민부의 212)후신으로 한국총연합회를 213)결성하고 214)주석에 215)취임했단다. 이 단체는 동포사회의 통일을 다지기 위한 단체로 공산주의의 216)침투를 막고 217)무장투쟁의 218)대중적 기반을 219)확보하기 위해 아나키즘(anarchism)을 220)수용하고 있었어. 장군은 총연합회의 주석으로 221)황무지개간, 222)문화계몽사업을 펼치면서 한인사회에 뿌리박힌 223)항일무장투쟁을 계획하고 있었단다. 또 한편으로 뒷바라지해주는 동포들을 돕기 위해 224)

---

205) 신민보- 1925년 만주에서 창간되었던 한인신문.
206) 문맹퇴치- the eradication of illiteracy
207) 고취- inspiration
208) 산업진흥- industrial development.
209) 군정파- military administration
210) 민정파- civil government *대립- (a) confrontation 「between A and B」
211) 해체- (a) dissolution; disorganization
212) 후신- one's new existence after rebirth
213) 결성- formation
214) 주석- the head; the chief
215) 취임- assumption of office
216) 침투- infiltration
217) 무장투쟁- armed fight
218) 대중적 기반- base of public support
219) 확보- security
220) 수용- expropriation
221) 황무지개간- reclaim [break up] wild land
222) 문화계몽- cultural enlightenment
223) 항일무장투쟁- an anti-Japanese struggle.
224) 방앗간- a mill

방앗간을 직접 운영했어. 그러다가 1930년 1월 24일 오후 2시경, 공산당원인 박상실의 흉탄을 맞게 된 것이란다.

그날 장군은 225)피격소식을 듣고 찾아온 동지들에게 "독립을…."이라고 226)순국하는 순간까지 조국의 독립을 걱정했단다. 장군의 나이 41세, 장군의 227)유언과 같이 조국을 위해 너무나도 많은 할 일을 남겨놓고 장군은 그렇게 세상을 떠나고 말았단다. 이에 만주지역의 동포들은 물론 중국 사람들까지 "고려인의 왕이 돌아가셨다."고 통곡했단다. 장군이나 살아서 그를 떠나보낸 사람들의 마음이나 얼마나 억울하고 분했겠니?

---

225) 피격- suffering [being under] attack
226) 순국- patriotic martyrdom
227) 유언- one's last words.

사그라진 민족혼에 불을 지핀 **나석주** 의사

독립운동가(1892~1926). 3·1 운동 후에 중국으로 망명하여 의열단에 가입하였다. 1926년 12월 28일에 동양척식주식회사와 식산은행에 폭탄을 던지고 자결하였다.

"우리 2천만 민중아~ 나는 그대들의 자유와 행복을 위해 희생한다. 나는 조국의 자유를 위해 투쟁했다. 2천만 민중아~ 분투하여 쉬지 말아라!"

– 나 의사가 자결하기 직전 우리 민족에게 보낸 마지막 부탁

사그라진 민족혼에 불을 지핀
나석주 *의사

최 봉 호

황해도 봉산군 사리원에 최병항이라는 부자가 살았어요. 1920년 1월 4일, 최 부자 집에 1)복면강도 6명이 권총을 들고 침입했어요. 그들을 본 최부자는 겁이 나서 얼굴이 새파랗게 질려버렸어요.

그런데 강도들의 행동이 좀 이상했어요. 그들은 권총을 들이대며 "돈을 내놔라! 안 내놓으면 당장 죽이겠다."라는 등의 협박을 전혀 하지 않았어요. 그 대신 최 부자 앞에 엎드려 2)정중하게 절을 올렸어요. 그리고는 한 청년이 앞으로 나서서 "저희들은 일반 강도가 아니라 조국의 독립을 위해 3)군자금을 마련하러 온 젊은이들입니다."라는 것이었어요.

강도들의 언행을 조심스럽게 지켜보던 최 부자는 지그시 눈을 감은 채 한동안 무엇인가를 골똘하게 생각하는 눈치였어요. 한동안

---

* 의사- a righteous [an upright] person
1)복면강도- a masked burglar
2)정중- courteous
3)군자금- war funds

무거운 침묵이 흐르자 권총강도들이 오히려 불안한 기색을 나타내기 시작했어요.

잠시 후 눈을 뜬 최 부자는 맨 앞의 청년에게 "너, 석주로구나! 그 복면을 쓰고 있을 필요가 없다. 네가 석주인 것을 이미 알았다. 그러니 복면을 벗어버려라. 그래, 4)춘부장께서도 편안하신가?"라며 인자하게 청년의 아버지 안부까지 묻는 것이었어요. 그 말에 깜짝 놀란 나석주는 복면을 얼른 벗어던지고 최 부자 앞에 머리를 5)조아렸어요. 그러자 나머지 다섯 명도 석주를 따라 복면을 벗고 얼굴을 드러냈어요. 그들은 김덕영, 최호준, 최세욱, 박정손, 이시태 등이었어요. 그들은 강도가 아니었어요. 대한독립군의 군자금을 마련하는 6)애국투사들이었어요.

이들을 찬찬히 둘러본 최 부자는 "내가 지금 가지고 있는 돈이 이것밖에 없으니 7)유용하게 쓰도록 하게나!"하면서 630원(圓)이라는 거금을 내놓았어요. 그 당시에 이 금액은 엄청나게 많은 돈이었어요. 그들은 크게 감동하여 최 부자에게 감사하다고 다시 큰 절을 올렸어요. 이어서 "저희들이 떠나고 나면 즉시 8)일경에 연락하여 권총강도를 당했다고 신고하십시오. 왜경이 눈치 채면 봉변을 당하십니다."라고 9)신신당부했어요.

---

4)춘부장- your honored father
5)조아리다- knock (one's forehead) on the floor
6)애국투사- a patriot
7)유용- useful
8)일경- Japanese police
9)신신당부- an explicit entrust-ing

이들은 그 다음 달인 4월에도 황해도 안악군의 김응석, 원형로 등과 같은 부자들로부터도 신출귀몰하게 군자금을 모금했어요. 그때마다 빼놓지 않고 "즉시 일경에 연락하여 권총강도를 당했다고 신고하라."고 당부했어요. 이렇게 매번 "권총강도를 당했다고 일경에 신고하라."고 당부하는 이유가 무엇일까요?

그 부자들은 나 의사의 아버지와 친분이 두터운 분들이었어요. 그래서 강도로 위장하지 않고도 얼마든지 독립운동자금을 지원받을 수 있었어요. 하지만 독립자금을 지원해 준 사실을 일경이 알게 되면, 부자들이 잡혀가 갖은 10)고초를 받을 게 뻔하기 때문이었어요. 그래서 강도를 당해 빼앗긴 것처럼 보이기 위해 일부러 11)위장강도를 벌였던 거예요. 나 의사는 그런 방법으로 부자들로부터 자금을 지원받아 상해 임시정부로 송금했어요.

이들은 군자금만 모금한 것이 아니었어요. 1920년대에 황해도 중부지역에서 일경주재소 습격사건, 친일파들을 혼내주는 사건들이 자주 일어났어요. 이 사건들은 모두 나 의사와 그의 동지들의 활약이었어요. 실제로 나 의사는 우리민족을 못살게 굴었던 황해도 평산군 산월면 주재소의 악명 높던 일본경찰과 악질 친일파인 은율군수 같은 친일세력들은 용서 없이 처단해버렸어요. 이와 같은 일들이 황해도 전역으로 12)확산되었어요. 그러자 일경은 13)주동자

---

10) 고초- hardship(s)
11) 위장강도- camouflage robber
12) 확산- spread
13) 주동자- lead 「a movement」

인 나 의사를 잡으려고 ¹⁴⁾수사망을 좁히기 시작했어요. 그러나 일경은 동작이 날쌔고 변장하는 재주가 뛰어난 나 의사를 쉽게 잡을 수 없었어요. 그러자 그들은 나 의사의 활동을 막기 위해 1만여 명이 넘는 경찰을 동원해 나 의사를 끈질기게 추적했어요. 결국 나 의사는 혼자서 그 많은 일경들의 추적을 도저히 당해낼 수가 없어서 어디론가 피할 수밖에 없게 되었어요.

1920년 9월 22일, 나 의사는 고향근처인 장하리에서 나석기, 이준성 등 친척과 친지 몇 사람과 함께 ¹⁵⁾송별주를 나눈 다음 ¹⁶⁾어부 안씨의 배로 중국으로 피신해 버렸어요. 그의 나이 28세 때였어요. 이튿날 나 의사를 추적하던 일본경찰이 장하리 일대를 샅샅이 뒤졌지만 허탕치고 말았어요. 이렇게 나 의사가 ¹⁷⁾망명하자 일명 '6인조 연쇄강도사건'은 ¹⁷⁾영구미제사건이 돼버렸어요. 그런데 나 의사는 왜 죽음을 무릅쓰고 독립운동에 뛰어들었을까요?

나석주 의사는 1892년 2월 4일 황해도 재령군 북률면 진초리에서 아버지 나병헌과 어머니 김해 김씨 사이의 외아들 태어났어요. 나 의사의 집안은 이곳에서 대대로 농사를 지으며 살았어요. 소년 석주도 서당에서 한문공부를 하다가 16세 되던 1908년, 재령군의 보명학교에서 2년간 공부를 한 뒤 농사를 지었어요. 그런데 일제가 '동양척식'이라는 회사를 통해 나 의사의 땅을 비롯하여 우리나라

---

14) 수사망- the police dragnet
15) 송별주- a farewell party
16) 어부- a fisherman
17) 망명- exile 17)영구미제사건- unfinished event

의 땅을 모조리 **빼앗**아버렸어요. 이에 나 의사는 "천하의 나쁜 놈들, 땅을 다 **빼앗**으면 우린 어떻게 살란 말이야? 내 너희들을 절대로 용서하지 않겠다."면서 슬프고 분한 마음에 가슴을 쳤어요. 일제는 **빼앗**은 땅을 다시 18)소작으로 주고 19)소작료라는 명목으로 소작인들로부터 5할 이상을 뜯어갔어요. 그뿐만이 아니었어요. 20)춘궁기에는 양식을 빌려주고 2할 이상의 이자를 물리는 등 이런저런 명목으로 우리나라의 경제를 목 조르고 있었어요.

나 의사는 1910년 백범 김구 선생이 세운 양산학교에 다녔어요. 그때 김구 선생으로부터 "강탈당한 주권과 땅을 회복하려면 일제와 정면으로 **싸워야 한다**"는 것을 배우게 됐어요. 그리고 우리나라 21)주권회복에 몸과 마음을 바칠 것을 하나님께 맹세했어요. 김구 선생을 만나서, 몸과 마음이 굳센 22)독립투사로 다져지기 시작한 것이지요. 그리고 실천에 옮기기 시작했어요.

나 의사는 비밀리에 남녀 어린아이 8, 9명을 모집했어요. 그들을 중국으로 데리고 가서 공부시키려고 했던 것이었어요. 나라의 주권을 회복하려면 중국 방면으로 나가 배우고 활동해야 된다고 생각했기 때문이었어요. 나 의사는 어느 날 그들을 데리고 장련 오리포에서 배로 출발하려다가 23)왜경에게 발각되고 말았어요. 그래서 여

---

18)소작- tenant farming
19)소작료- rent (paid by a tenant farmer)
20)춘궁기- the farm hardship peri-od; the spring 「food-short age [lean] season.
21)주권회복- regain [restore] sovereignty
22)독립투사- fighter for national independ-ence
23)왜경- Japanese police

러 달 동안 감옥살이를 했어요. 출옥 후 황해도 황주군 겸이포에서 겉으로는 24)미곡상을 경영하면서 동네 청년들에게 독립사상을 교육시켰어요. 그러다가 23때인 1915년, 만주로 건너가 독립군 양성학교인 신흥무관학교에 입학하여 군사훈련을 받았어요. 1917년 군사훈련을 마친 나 의사는 귀국해서 25)항일공작원으로 활동했어요.

1919년, 3.1 독립만세운동이 황해도지방까지 번질 때였어요. 그때 황해도 재령에서는 나 의사가 만세시위를 주도했어요. 그러다가 경찰에 붙잡혀 또다시 26)옥고를 치렀어요. 그러나 나 의사는 독립운동을 멈추지 않았어요. 1920년 물고기가 물을 만난 듯 50여 명의 동지들과 비밀결사대를 조직했어요. 그리고 무기를 구입한 뒤 '6인의 권총단'을 조직 군자금모금활동 등을 벌이다 일제의 수사망을 피해 중국으로 망명하게 된 것이었어요.

중국으로 망명한 나 의사는 상해에서 27)은사인 백범 김구선생을 다시 만났어요. 김구 선생은 옛 제자인 나 의사가 찾아가자 "장한 뜻을 품고 상해에 왔다."고 반갑게 맞아주었어요. 그리고 나 의사를 임시정부 경무국경호원으로 일하게 했어요. 그러다가 1922년 12월, 나 의사는 정식 군사교육을 받기 위해 허난성 한단의 중국육군군관학교에 입학하여 사관교육을 받고 졸업했어요.

---

24)미곡상- a rice dealer
25)항일투쟁- an anti-Japanese struggle
26)옥고- the hardships of prison life
27)은사- one's respected [beloved] teacher

이듬해 중국군 장교로 임명되어 순덕부의 중국군부대에서 근무했어요. 그러다가 독립운동을 하기 위해 중국군을 28)사직하고 1925년 다시 상해 임시정부에서 활동했어요. 1926년에는 좀 더 적극적인 독립투쟁을 하기 위해 천진으로 가 독립운동단체인 의열단에 입단했어요.

나 의사가 입단한 의열단은 1919년 11월 만주 지린성에서 조직된 항일 무력독립운동 단체였어요. 당시 3.1독립운동 이후 국내 대부분의 독립운동단체가 활동을 중지하다시피하고 있었어요. 이에 강력한 일제의 무력에 대항해서 독립을 29)쟁취하려면 30)과격하고 31)급진적인 32)폭력투쟁이 필요했어요. 그래서 조직된 이 단체의 항일투쟁이 민족운동에 끼친 33)공헌은 매우 컸어요. 나 의사는 이곳에서 동지들과 함께 독립투쟁의 길을 찾고 있었어요. 그러던 중 김구 선생의 소개로 유림대표인 심산 김창숙을 만나게 되었어요.

중국에 있던 김창숙은 나 의사를 만나기 전 해인 1925년, 비밀리에 고국에 들어갔었어요. 중국에 독립기지를 건설하여 장기 34)항전태세를 갖추기 위한 35)기금을 36)모금하기 위해서였지요. 그런

---

28)사직- resignation
29)쟁취- win
30)과격- being extreme
31)급진적- radical; ex-treme
32)폭력투쟁- violence fighting
33)공헌- a contribution
34)항전태세- resistance to Japan
35)기금- a fund
36)모금- fund raising

데 막상 고국에서 기금을 모으면서 인심이 3.1운동 때와 전혀 다른 것을 알게 됐어요. 3.1운동 때의 벅찬 감격과 희망은 찾아보기 힘들고, 사람들은 먹고 사는 데만 여념이 없었어요. 그만큼 살기가 힘들어진 것이었어요. 이런 현실이 김창숙에게 큰 37)충격을 주었어요.

김창숙은 그런 환경에서 8개월 동안 어렵게 모금한 돈이 38)경비를 제하고 고작 몇 천 원에 불과했어요. 당초 계획은 20만원을 모금 독립기지를 건설하려 했었어요. 그런데 턱없이 부족한 돈을 가지고 다시 중국으로 돌아갈 수밖에 없었어요.

김창숙이 상해로 돌아간 뒤 한 달도 안 돼 국내에서는 김창숙의 모금활동이 발각돼 6백여 명의 39)유림들이 검거되는 사태가 벌어졌어요. 이를 경북유림단 사건이라고도 하는데, 이 사건으로 논밭을 잡히고 소를 팔아 40)성금을 41)기탁했던 경북 봉화 해저리 바래미라는 마을에서는 주민 8명이 42)징역형을 받았어요. 사정이 이렇게 돌아가자 김창숙은 독립기지를 건설보다 더 급한 일이 43)비상수단을 써서 꺼져가는 44)민족혼에 다시 불을 지펴야한다고 생각했어요.

---

37)충격- a shock
38)경비- expense(s)
39)유림- (the class of) Confucian scholars
40)성금- a donation
41)기탁- trust money
42)징역형- be given a jail sentence
43)비상수단- take [resort to] emergency [extreme] measures
44)민족혼- the racial [national] spirit

중국으로 돌아온 김창숙은 먼저 김구 선생과 이동녕을 만나 "국내인심은 이미 죽었습니다. 만일 비상수단을 써서 국민정신을 45)진작시키지 않으면 우리가 다시 돌아갈 나라도 없어질 지경이 되었습니다. 내가 모금해온 약간의 자금으로 46)결사대를 만들어 일본관청에 폭탄을 47)투척하기를 바랍니다."라는 의견을 제시했어요. 아울러 "지금 무엇인가 48)횃불을 올리지 않으면 잠들고 있는 49)민족혼을 영원히 깨우지 못한다. 이때에 일제기관과 친일부호를 50)박멸하여 동포들의 잠자는 정신을 일깨워야 한다'고 했어요. 이런 김창숙의 의견에 김구 선생도 찬성을 했어요.

이어서 두 거두는 이를 실천에 옮길 인물에 대해 51)신중하게 얘기를 나눴어요. 김구 선생이 먼저 "나와 친한 결사대원으로 나석주라는 용감한 청년이 지금 천진에 있다. 또 그곳에는 의열단원도 많으니 무기를 구입, 천진으로 가서 기회를 보는 것이 좋겠다.고" 제의를 했어요. 이에 김창숙은 김구 선생의 말을 믿고 나 의사를 만나기로 했어요.

1926년 6월, 김창숙은 권총과 폭탄을 구입하여 천진에 있던 나의사를 찾아갔어요. 그리고 '조국의 52)옥토를 53)강탈하고 농민을

---

45)진작- stimulation 「to action」
46)결사대- suicide squad
47)투척- throwing
48)횃불- a torchlight
49)민족혼- the racial [national] spirit
50)박멸- eradication
51)신중- prudence
52)옥토- fertile land [earth]
53)강탈- (a) seizure
54)착취- exploitation; squeezing

54)착취하는 대표적인 일제 침략기관인 동양척식회사와 조선식산
은행을 습격 파괴해야 한다.'는 55)거사계획에 대해 설명했어요. 그
러자 나 의사는 거침없이 "일찍이 한번 죽기로 결심했는데, 어찌
사양하겠습니까?"라고 선뜻 응했어요. 이와 같이 그들의 대화는 간
단했어요. "이미 죽기로 결심한 바 오래됐습니다."라는 나 의사의
말에 "의사의 용기는 후일 우리 독립운동사에 길이 빛나게 될 것입
니다. 힘써주시오."라는 심산 김창숙의 56)격려가 전부였어요. 이
날 김창숙은 나 의사에게 57)의거자금 1천 5백 원과 권총과 폭탄을
건네면서 "백범도 그대의 58)장도를 59)학수고대하고 있소. 민족의
60)고혈을 빨고 있는 식산은행과 동양척식회사가 그대의 손에 폭
파되는 날 일제의 간담이 서늘할 것이며, 잠자고 있는 조선의 민족
혼이 불길처럼 다시 타오를 것이오. 61)대의를 위해 62)무운을 비는
바이오"라고 말했어요. 이와 같이 김창숙과 나 의사의 만남은 63)운
명적이었어요.

1926년 7월, 나 의사는 이승춘(일명 이화익) 동지와 함께 서울로 가
기 위해 위해위라는 곳으로 떠났어요. 그곳에서 64)선편을 이용해

---

55)거사계획- plan (the) D-day
56)격려- encourage 「a person to do」
57)의거- 정의(justice)를 위하여 일으키는 큰일.
58)장도-an important mission
59)학수고대- wait impa-tiently [expectantly] 「for」
60)고혈- squeeze[exploit] the people
61)대의- a great duty
62)무운- pray for 《a person's》 success in war[good fortune in battle]
63)운명적- destiny
64)선편- (a) shipping service

인천을 경유해서 서울로 들어가기로 계획하고 있었기 때문이었어요. 그런데 배편을 쉽게 얻지 못해서 하루 이틀 시간만 낭비하고 있었어요. 아울러 65)거사자금까지 헛되게 쓰는 결과가 됐어요. 이런 소식을 전해들은 김창숙은 위해위로 다시 가서 나 의사 일행을 만났어요. 그리고 거사자금을 지원해준 6백여 명의 국내유림들의 정성을 설명하고, "그들이 모아준 거사자금을 허술하게 쓸 수 없다"면서 하루라도 늦으면 그 책임은 자신에게 있다고 빠른 방법을 66)모색할 것을 67)간청했어요. 아울러 자금을 모아준 그들이 지금 모두 체포되어 옥고를 치르고 있는데, 그들의 68)고초를 생각하면 단 하루도 허술하게 보낼 수 없다는 심정을 전했어요.

1926년 12월 26일, 다른 동지들은 그곳에서 대기하기로 하고 나 의사는 혼자 떠나기로 했어요. 나 의사는 중국인 노동자 마중덕으로 변장하고, 중국선박 이통호를 타고 유창한 중국어를 구사하면서 인천으로 잠입했어요. 인천에 도착한 나 의사는 원화잔이라는 중국여관에서 식사를 한 후 진남포가는 표로 밤기차를 타고 서울역에 도착했어요. 고향에 있는 아내와 자녀들이 보고 싶은 마음이 간절했지만 고향일대에는 일경의 69)삼엄한 70)경계가 펼쳐져있다는 소식에 눈물을 머금고 서울에서 내릴 수밖에 없었어요. 서울역에서 내린 나 의사는 남대문 통에 있는 중국여관 동춘잔에서 하룻밤을

---

65)거사자금- revolt funds
66)모색- groping
67)간청- begging earnestly
68)고초- hardship(s)
69)삼엄한- tightly-guarded
70)경계- watch; vigilance

지냈어요.

그런데 나 의사는 서울 지리를 전혀 몰랐어요. 왜냐하면 나 의사는 황해도 사람으로 서울은 그때가 처음이었기 때문이었어요. 이런 나 의사가 어떻게 의거장소를 찾아갔을까요? 그런 나 의사를 위해 죽음을 무릅쓰고 도와준 사람이 있었어요. 그 사람이 누구인지 아세요? 인사동 19번지 '산파 박자혜' 원장 박자혜 선생이었어요. 이분이 바로 71)풍운아 신채호 선생의 부인이예요. 그래서 박자혜는 일경에 수차례 연행돼서 혹독한 시련을 겪고, 끊임없는 감시를 받고 있는 중이었어요. 당시 산파원에는 손님보다도 박자혜를 감시하기 위한 경찰이 더 많이 드나들던 때였어요. 이렇게 삼엄한 감시 속에서도 박자혜는 죽음을 무릅쓰고 나 의사에게 의거위치 안내와 72)숙식제공 등 모든 편리를 헌신적으로 제공했어요. 보통사람들은 상상도 못할 일이지요.

1926년 12월 28일 오후 2시경이었어요. 나 의사는 박 선생으로부터 안내받아 눈에 익혀둔 73)동양척식회사 앞에서 유심히 건물을 안팎을 살펴보고 있었어요. 중국인 옷차림인 그는 신문지에 싼 폭탄을 옆구리에 끼고 있었어요. 건물의 구석구석을 살펴보던 나 의

---

65)거사자금- revolt funds
66)모색- groping
67)간청- begging earnestly
68)고초- hardship(s)
69)삼엄한- tightly-guarded
70)경계- watch; vigilance
71)풍운아- a hero [an adventurer] of the troubled times
72)숙식제공- provide accommodations
73)동양척식회사- 1908년 일본이 우리나라의 땅과 물자를 강제로 빼앗기 위한 목적으로 만든 착취기관(the sweating sys-tem)

사는 정문을 향해 걸어갔어요. 정문에서 차가운 겨울바람이 휘몰아치고 있었어요. 나 의사는 정문의 74)수위에게 이영우라는 사람을 만나러 왔다고 찾아달라고 했어요. 회사 안팎의 동정을 좀 더 자세히 살펴보기 위해서였어요. 예상한대로 수위가 그런 사람은 없다고 했어요. 그러자 나 의사는 발길을 돌려 남대문 통에 있는 75)식산은행 본점으로 들어갔어요. 연말을 앞두고 은행창구는 일본인들로 붐비고 있었어요. 나 의사는 옆구리에 끼고 있던 신문지를 풀었어요. 이어서 폭탄의 76)안전장치를 뽑아버리고 사무실 남쪽에 있는 대부계를 향해 힘껏 던졌어요. 폭탄은 대부계실 뒤 담벼락 기둥에 맞고 아래로 떨어졌어요. 그런데 폭탄이 터지지 않았어요.

식산은행을 나온 나 의사는 그 길로 한국농민의 피땀과 쌀을 빼앗아가고 있는 동양척식회사로 다시 달려갔어요. 그리고 권총으로 정문에 있던 일본인을 2명을 단발에 쓰러뜨렸어요. 이어서 본관 2층으로 올라가다가 뒤쫓아 오던 일본인 사원 다케를 2발로 쓰러뜨리고, 2층 토지개량부 기술과장 차석 오모리를 쓰러뜨리고, 이어서 문밖으로 도망치던 아야다 과장을 따라 나가서 쓰러뜨린 다음 권총을 난사하며 폭탄을 던지고 내려왔어요. 그런 다음 그 건물 77)구내에 있던 조선철도주식회사 수위 마쓰모토와 시계포 점원 목촌열기를 쏘아 쓰러뜨렸어요. 그러자 감히 나 의사 앞에 나타나는 사람이

---

74)수위- a (security) guard
75)식산은행- 1918년 10월, 일본이 우리나라의 경제를 강제로 빼앗기 위해 만든 착취기관이다. 식산은행은 우리나라에서 생산되는 쌀 60% 이상을 강제로 빼앗아 갔다. 또한 농민의 80% 이상을 소작농으로 만들었다.
76)안전장치- safety (catch)
77)구내- premises

없었어요. 그런데 2층에서 던진 폭탄이 이번에도 터지지 않았어요. 그때 경찰이 호각소리와 사이렌을 울리며 나 의사 쪽으로 몰려오고 있었어요. 이에 나 의사는 78)후문을 박차고 밖으로 나온 뒤 단숨에 전찻길을 건넜어요.

그 때 마침 경기도 경찰부 경무보 다하타라는 일본 경찰이 나 의사에게 "거기 서라! 서지 않으면 쏜다."라고 고함을 쳤어요. 이에 나 의사가 재빨리 몸을 돌려 그놈을 한 방에 쓰러뜨렸어요.

그가 전찻길 한 가운데 큰 대자(大)로 나가떨어지자마자 일경들이 사방에서 나 의사를 포위하고 간격을 좁혀오고 있었어요. 포위망 뒤로는 수많은 군중들이 겹겹이 모여들고 있었어요. 나 의사는 좁혀 들어오는 일경의 79)포위망을 벗어날 수 없다고 판단하고 일경에게 권총을 난사하면서 군중들을 향해 "우리 2천만 민중아~ 나는 그대들의 자유와 행복을 위해 희생한다. 나는 조국의 자유를 위해 투쟁했다. 2천만 민중아~ 80)분투하여 쉬지 말아라!"고 목청껏 외치고 자신의 가슴을 향해 탕! 텅! 탕! 방아쇠를 당겼어요.

자기가 쏜 총에 중상을 입고 쓰러진 나 의사. 일경은 그를 신속하게 총독부병원으로 81)이송했어요. 그리고 캠플 주사를 놓아 정신을 회복시키고, 종로경찰서 미와라는 일인 경부가 "너 조선 놈이지? 이름이 뭔가?"라고 물었어요. 그러자 나 의사는 "이런 왜놈의

---

78)후문- a back [rear] gate [door]
79)포위망- an encircling net
80)분투- hard fighting
81)이송- transfer

XXX⋯. 이름은 나-석-주. 황해도 재령군 복율면 진초리다."라고 대답했어요. 미와 경부는 "82)공범의 이름을 대라"고 83)간청하듯 84)재촉했어요. 나 의사는 아무 말 없이 둘러싸고 있는 그들을 쏘아보다가 85)순국하고 말았어요. 그때 그는 35세라는 젊은 나이였어요.

나 의사가 86)대낮에 서울 도심에서 벌인 총격전은 일본인들을 87)혼비백산하게 만들었어요. 아울러 언론보도를 일체 금지시킬 만큼 일본경찰의 간담을 서늘케 만든 88)쾌거였어요. 또한 나 의사가 던진 폭탄이 소련제 강력폭탄이고, 권총과 66발의 총알이 스페인제로 밝혀지자 일본경찰은 큰 충격에 빠지고 말았어요. 그러나 89)혈안이 된 일본경찰은 국내외의 수사망을 총동원해 정보를 수집한 결과, 나 의사의 뒤에 중국으로 망명한 심산 김창숙과 90)의열단이 있다는 사실을 알아내고 말았어요.

나 의사가 순국한 후 부친의 시신을 찾으러 간, 나 의사의 큰 아들 응섭을 일본경찰은 8일 동안이나 가두고 고문을 했어요. 그리

---

82)공범- complicity 「in a crime」
83)간청- entreaty
84)재촉- pressing
85)순국- patriotic martyrdom
86)대낮- the daytime, broad daylight
87)혼비백산- get frightened out of one's senses
88)쾌거- a brilliant [remarkable, spec-tacular] achievement [feat, deed
89)혈안- feel mad
90)의열단- 1919년 11월에 만주에서 조직한 항일 무장 독립운동 단체. 김원봉 외 12명이 주동이 되어 과격하고 급진적인 폭력 투쟁을 벌였다. 일정한 본거지가 없이 각지에 흩어져 일본의 관청을 폭파하고 관리를 암살하여 일본인들의 공포의 대상이 되었다.

고 나 의사의 시신을 끝내 내주지 않고, 자기들 마음대로 미아리 공동묘지에 묻었어요. 얼마 후에 장남 응섭(應燮)은 백운학(白雲鶴)으로 개명하여 중국으로 탈출, 이 같은 사실을 임시정부에 보고했어요.

한편 강제로 매장된 나 의사의 유해는 그 후 아들이 나 의사의 고향인 황해도 재령으로 모셨어요. 남북분단 후에는 소식을 알 수가 없었어요. 그래서 동작동 국립현충원에는 묘소 대신 91)위패만 모셔져 있어요.

나 의사의 순국소식을 듣고 가장 눈물겨워한 사람은 심산 김창숙이었어요. 그러나 그도 일부 제자들의 배신으로 1927년 6월 27일, 일본 총영사관 형사 6명에게 체포되고 말았어요.

일경에 잡혀간 김창숙은 갖은 고문으로 앉은뱅이라는 불구의 몸이 되었어요. 그런데도 그는 나 의사의 92)장렬한 죽음만을 슬퍼했어요. 후에 김창숙은 나 의사의 의거를 "장하고도 열혈하도다. 단신에 총 한 자루를 가지고 많은 적을 쏘아 죽이고 자신도 태연히 죽음으로 돌아간 것이다. 3.1 운동이래, 결사대로 순국한 이가 퍽 많았지만 나군처럼 장한 사람은 일찍이 없었다. 아마도 김창숙의 일생에서 가장 잊을 수 없는 사건임에 틀림이 없다."고 그의 93)자서전에서 자신의 심정을 밝혔어요.

---

91)위패- mortuary [memorial] tab-let
92)장렬- heroism
93)자서전- one's life story

이와 같이 나 의사의 의거는 비록 그가 목표한대로 성공을 못했지만, 일본제국주의의 심장부에 폭탄을 던져 식민통치자들의 간담을 서늘케 하였고, 우리나라를 통째로 삼키려던 일본의 94)음모를 95)말살시킨 쾌거였어요. 나 의사의 이 의거를 계기로 우리민족은 독립에 대한 새로운 희망과 의지를 갖게 되었어요.

대한민국정부는 나 의사의 공훈을 기려 1962년 건국훈장 대통령장을 추서했어요.

---

94)음모- a plot
95)말살- annihilate

3.1 독립선언의 대들보 손병희 선생

동학교도들은 성사(聖師), 천도교 제3세 교주, 교종(敎宗) 의암성사 또는 후천황씨(後天皇氏)라고도 불렀다. 충청북도 청원 출신. 손두흥(孫斗興)의 둘째 아들로 어머니는 둘째부인 최씨이며, 방정환(方定煥)은 사위이다.

"자기 자신에게 솔직한 것이야말로 진정한 정직이다."

– 손명희 선생의 좌우명, 선생은 평생 이 좌우명을 지키며 살았다.

3·1독립선언의 대들보 의암 **손병희** 선생

최 봉 호

1861년 4월 8일, 충북 청원군 북이면에서 1)세금징수를 담당했던 2)아전 손의조의 둘째부인 최씨가 아들을 3)순산했다. 이 아기는 태어나면서 주위로부터 갖은 4)천대와 수모를 받으면서 자라야만했다. 왜냐하면 5)서자로 태어났다는 6)신분 때문이었다. 그러나 7)천성이 8)강직했던 그는 주위의 그런 시선에는 조금도 신경 쓰지 않고 꿋꿋하게 자신의 삶을 개척해 나갔다. 아울러 그와 같은 환경은 그로 하여금 어린 시절부터 약하고 불우한 이웃을 돕고 싶은 마음을 강하게 만들었다. 또한 남달리 9)의리가 뛰어났던 그는 10)불의 앞에서는 한 치도 물러서지 않는 11)기개가 거리낌 없는 사나이로 성

---

1)세금징수tax collection를 담당charge했던
2)아전- a petty town official
3)순산- an easy delivery [child-birth]
4)천대와 수모- treat with contempt [inhospitably] and scorn
5)서자- a child born of a concubine
6)신분- one's social position [standing
7)천성- one's natural [innate] disposition [character]
8)강직- a man of integrity
9)의리- justice
10)불의- immorality
11)기개spirit가 거리낌 없다unreserved

장했다. 이 사나이가 후에 12)동학의 3대 13)교주이며, 14)3.1독립 운동을 15)주도적으로 이끈 의암 손병희 선생이다. 소파 방정환의 16)장인이기도 하다.

선생이 12세 때인 겨울이었다. 아버지의 심부름으로 17)관청에 18)공금을 19)납부하러 가던 눈길에서 얼어 죽어가는 사람을 발견했다. 선생은 관청에 납부해야할 공금으로 거리낌 없이 그 사람을 구해냈다. 또한 20)옥에 갇힌 친구 아버지의 21)석방을 위해 친구에게 자기 집의 돈 있는 곳을 알려주고, 그 돈으로 친구 아버지를 풀려나게 한 적도 있었다. 선생의 22)의협심은 여기서 그치지 않았다.

1877년, 선생이 16세 때였다. 충북 괴산에 23)수신사가 살고 있었는데, 그 수신사가 24)하인을 짐승같이 학대하고 있다는 25)소문이 파다했다. 그 소문을 들은 선생은 26)배짱 좋게 그 수신사를 찾아가 그를 흠씬 두드려 팼다는 일화도 있다.

20살 청년시절에는 27)장터에 갔다가 돈이 두둑하게 든 지갑을 발견했다. 사람들로 28)붐비는 장터에서 누가 잃어버렸는지 알 길

---

12)동학(Donghak)- 19세기 중엽에 수운 최제우가 탐관오리a corrupt official의 수탈 plundering과 외세foreign power의 침입invasion에 저항resistance하여 세상과 백성을 구제relief하려는 뜻으로 창시origination한 민족종교the religion of a people
13)교주- the founder of a religion
14)3.1독립운동- March 1 Independence Movement Day: 1919년 3월 1일, 일본의 식민지 지배에 저항하여 전 민족이 일어난 항일독립운동이다. 일제 강점기에 나타난 최대 규모의 민족운동이자, 제1차 세계대전 이후 전승국의 식민지에서 최초로 일어난 대규모 독립운동이기도 하다.
15)주도적- a leader 「of a movement」

이 없었다. 그래서 생각 끝에 그 지갑을 들고 그 자리에서 계속 서 있었다. 지갑의 임자가 분명 그곳을 다시 올 것이라고 생각했던 것이다.

시간이 한참이나 흐른 뒤였다. 한 노인이 29)나귀를 끌고 땅바닥을 두리번거리면서 청년 손병희를 지나쳐갔다. 그런 노인을 발견한 손병희는 얼른 뛰어가 무엇을 찾느냐? 고 물었다. 그러자 노인은 3백 30)냥이 든 돈 지갑을 잃어버렸다며 한숨을 길게 내쉬었다. 이 사람이 지갑의 주인이 틀림없다고 생각한 선생이 주운 지갑을 내밀자 노인은 깜짝 놀라서 할 말을 잊어버리고 말았다. 잠시 후 정신을 차린 노인은 너무나 고마운 나머지 "어차피 잃어버린 돈이었으니 절반인 1백 오십 냥을 31)사례비로 주겠다."고 했다. 그러자 청년 손병희는 "돈 욕심이 났다면 지갑을 통째로 가졌을 것"이라며 32)정중히 사양했다. 이와 같이 33)의협심이 강했던 선생은 "자기 자신에게 솔직한 것이야말로 34)진정한 정직"이라고 믿었고 그렇게 평생을 살았다.

또 어떤 날은 35)광천수로 유명한 36)초정약수터에 간 적이 있었다. 그런데 37)양반들이 약수터를 38)독차지하고는 자기들만 약수

---

30)냥_ an old Kore-an dime
31)사례비- Honorarium
32)정중히-politely
33)의협심- a chivalrous spirit
34)진정true한 정직honesty
35)광천수- mineral water
36)초정약수터- Chojeong Mineral Spring: 충청북도 청원군에 있음.
37)양반(yangban)- a nobleman: (동반. 서반) the two upper classes of old Korea
38)독차지- have [keep] all to one-self

를 마시고 있는 것이었다. 양반들이 자리를 비켜주지 않고 계속 버티자 39)평민들은 멀찍이서 양반들이 약수마시는 것을 구경하면서 목이 타올랐다. 이런 풍경을 목격하게 된 선생은 40)다짜고짜로 약수터로 가서 "나도 약수 좀 마셔야겠다."고 양반들을 밀쳐 내버렸다. 그러고는 약수터 주변에서 물러나 있던 평민들에게 41)물바가지를 차례로 돌렸다. 이 광경을 본 양반들은 손병희의 행실이 42)괘씸하고 분하였으니 그의 강직함에 대한 43)칭송이 자자했던지라 어찌지 못하고 그냥 돌아갔다고 한다. 이와 같이 선생은 양반들의 44)행패로 인해 평등하지 못한 당시의 45)사회현실에 불만을 품고 있던 차였다. 그때 큰 조카인 손천민이 '46)모든 사람이 평등하다'는 동학의 47)교리를 설명하며 선생에게 동학에 48)입도할 것을 권했다. 이 같은 동학의 교리는 선생의 마음을 49)사로잡기에 충분했다. 평소 선생도 50)불평등한 이 세상을 모든 사람이 51)평등하게 살 수 있는 새 세상으로 바꿀 수 있는 길을 찾고 있었기 때문이었다.

선생이 21세 때이던 1882년 10월 5일이었다. 선생은 조카인 손

---

39)평민- commoner
40)다짜고짜- without (the slightest) notice [warning]
41)물바가지- a gourd for dipping water
42)괘씸- hateful
43)칭송praise이 자자하다.- Win wide admiration.
44)행패- misbehavior
45)사회현실- a social phenomenon [phase]
46)All men were created equal by God.
47)교리- a doctrine
48)입도- becoming a Taoist,
49)사로잡기captivate에 충분enough했다.
50)불평등- inequality
51)평등- equal [one] footing

천민의 소개로 서우순 52)접주를 만났다. 이 자리에서 서접주가 "동학은 양반과 상놈, 53)적자와 서자, 54)빈부의 차별이 없는 새 세상을 만들자는 것이 목적이오. 이처럼 동학은 55)보국안민, 56)포덕천하, 57)광제창생, 58)지상천국건설의 59)도(道)이니 같이 믿어봅시다."라고 60)입도를 권했다. 이에 선생은 무릎을 탁! 치면서 "동학이 그런 도라면 믿고 말고 할 여부가 있겠소."하며 즉석에서 61)입교식을 치르고 62)수도에 들어갔다.

그날부터 선생은 평소 지니고 있던 63)사회적 모순과 부조리, 불평등에 대한 절망과 울분을 말끔히 씻어버리고 새 사람이 되어 매일같이 착실하게 주문을 독송했다. 그러던 어느 날 선생은 64)동경대전 논문학을 읽다가 책을 덮고 65)주문만 정독하였다. 왜냐하면 주문을 정독해서 마음을 바로잡기 위해서였다. 그렇게 하루하루 66)독실한 신앙생활을 이어갔다.

---

52)접주- 한 지역의 leader
53)적자sons by one's legal wife와 서자a child born of a concubine
54)빈부의 차별-the gulf between rich and poor
55)보국안민- promote the national interests and provide for the welfare of the people
56)포덕천하- 덕을 천하에 편다는 뜻
57)광제창생- 널리 백성을 구제함
58)지상천국건설- a heaven [paradise] on earth
59)도(道)- morality
60)입도- become a Taoist
61)입교식- entering a faith
62)수도-practice asceticism
63)사회적모순Social dilemma과 부조리irrationality
64)동경대전논문학- 천도교(동학)의 the scripture
65)주문a magic formula만 정독a careful [close] reading
66)독실- sincerity

그러다가 22세 때인 1883년 3월 동학의 제2대 교주인 해월 최시형을 만나게 되었다. 그들은 50대와 20대라는 세대 차이가 있었지만, 첫눈에 무언가 서로 통하는 눈빛을 나누었다. 특히 최 교주는 선생의 탄생 신분에 대한 이야기를 듣고 매우 기뻐했다. 왜냐하면 동학을 67)창도한 시조이며 자신의 아버지인 최제우와 출생신분이 같았기 때문이었을 것이다.

다음 해 10월, 최시형은 선생과 68)교도 춘암상사 박인호, 손천민 등을 공주 69)가엽사로 인솔해 49일 동안 70)수련을 시켰다. 이때 교주 최시형은 유독 선생에게만 여러 가지로 고된 훈련과 시험을 부과했다. 그런 수련을 무사히 마친 선생은 마침내 최시형의 71)수제자가 되어 동학의 72)포교사업의 선봉에 서게 됐다.

1890년경, 선생은 가는 곳마다 '보국안민과 광제창생'이란 73)설법으로 농민대중을 감동시켜 74)교세를 여주, 이천, 충주 등까지 넓혔다. 2년 뒤인 1892년경에는 충청, 전라, 경기, 강원, 경상도 지방까지 교세가 75)확장됐다. 그러자 당국으로부터 갖은 76)탄압이 이뤄졌다. 그럼에도 불구하고 선생은 "수운 최제우의 억울한 77)순도

---

67)창도advocate한 시조(originator)
68)교도- a believer 「in」
69)가엽사 - name of a Buddhist temple
70)수련- practice
71)수제자- the best pupil [dis-ciple] 「of」
72)포교사업-missionary work의 선봉vanguard
73)설법-preaching으로 농민대중farmers
74)교세- religion power
75)확장- extension
76)탄압- oppression

를 풀어달라."고 교조 78)신원운동을 펴기 시작했다. 이 신원의 내용의 발단은 이렇다.

동학의 교조 최제우는 1860년 4월 79)유 · 불 · 선은 물론 80)민간신앙과 천주교를 81)포용한 민족종교인 동학을 창시한 인물이다. 그는 동학의 82)교리에 개벽과 평등의 83)반봉건사상과 서학에 반대하고 척외척양을 주장하는 반외세사상을 포함시켰다. 그래서 84)위정자들이나 외세로부터 85)사교로 몰려 모진 압력을 받았다. 위정자들은 백성을 86)현혹시켜 나라의 정치를 문란케 했다는 죄목으로 교주 최재우를 처형했다. 이 원통함을 풀어달라는 것이었다. 이 같은 선생의 운동은 세 번에 걸쳐 실패로 돌아갔다. 그러나 사회적 모순을 87)타개하려는 88)동학혁명운동으로 발전되었다.

제1차 동학혁명운동은 1894년 2월 전라도 고부에서 일어났다. 당시 고부군수였던 조병갑은 농민들에게 89)혹독한 세금을 물리거

---

77)순도-정의나 도의를 위하여 목숨을 바침.
78)신원운동- redressing a grievance
79)유·불·선- 유교와 불교와 선교
80)민간신앙-a popular[folk] belief
81)포용-inclusion한 민족종교-the religion of a people
82)교리-a doctrine에 개벽- the Creation
83)반봉건사상- a semi-feudalistic idea[society]과 서학- Western Learning
84)위정자-an administrator들이나 외세- power of a for-eign country
85)사교- heresy
86)현혹- dazzlement
87)타개- a breakthrough
88)동학혁명운동- 동학 농민 운동(조선 고종 31년(1894)에 전라도 고부의 동학 접주(接主)이라고도 함. 전봉준 등을 지도자로 동학도와 농민들이 합세하여 일으킨 농민운동)
89)혹독- severity

나 강제로 빼앗았다. 이에 접주 전봉준을 대표로하는 동학혁명군이 백산, 황토현을 점령하고 전주까지 입성하는 등 90)승승장구했다. 그러자 당황한 집권층은 청나라 군대를 불러들였다. 동학군은 일본군과 91)관군에 패하여 수만 명의 희생자를 내고 흩어졌다. 이때 손병희 선생은 해월과 진안 · 장수 · 무주 · 충주 등지에서 92)항전하다가 해산당하고 강원도 인제로 피신했다.

1896년 12월 24일 37세인 손병희 선생은 70세인 해월 최시형으로부터 동학의 93)대통을 물려받고 교세확장에 힘썼다. 1898년 4월 5일 해월 최시형이 체포되어 두 달 만인 6월 2일 순도하고 말았다. 또한 자신에게 포교했던 조카 손천민도 체포되어 처형당하자 선생도 신변의 위협을 받게 되었다. 그래서 각지로 숨어 다니지 않으면 안 되었다.

선생은 "교회제도는 변하는 것이므로 늘 새로운 94)개혁을 해야한다."고 말했다. 아울러 현 시국에 95)능동적으로 대처하고 위기에 처한 조국을 구하려면 미국에서 신문물을 접해야 한다고 생각했다. 이를 실천에 옮기려고 1901년, 동생 병흠과 이용구를 대동하고 부산으로 가서 96)선편을 주선했으나 여의치가 않았다. 그 대신 일본

---

89)혹독- severity
90)승승장구- make a long drive taking advantage of victory
91)관군- government army
92)항전- fighting 「against
93)대통- the Royal [Imperial] line
94)개혁reform
95)능동적 an active [a positive] manner
96)선편(a) shipping service

나가사키로 갔다가 오사카로 갔다. 그곳에서 다시 안경장수로 변장 상해로 망명하여 이상현이라는 가명을 사용했다. 그러나 그곳에서도 조선 정부의 압력으로 살 수가 없었다. 그래서 1902년 3월 다시 일본으로 건너갔다. 그때 "97)낙후된 조국을 구하는 지름길은 청년들에게 신문화고취와 교육을 시키는 일이 있을 뿐이다."라고 판단 98)인재양성의 시급함을 깨닫고, 1903년부터 두 차례에 걸쳐 64명의 청년들을 선발하여 일본에 유학시켰다. 또한 1904년에는 권동진 · 오세창 · 양한묵 · 조희연 · 이진호 등 99)망명객들과 100)개혁운동을 목표로 진보회를 조직했다. 그리고 그해 10월 8일을 기해 전국 360여 개소에서 30만 명에 달하는 회원이 개회하고 동시에 16만 회원에게 검은 옷을 입히고 101)단발령을 단행하는 등 102)신생활운동을 전개했다.

이때 진보회원들은 단발과 검은 옷을 입어 개화의지를 나타내고 103)근검절약신생활을 104)표방했다. 이것을 흔히 105)갑진 개화혁신운동이라 한다. 나중에 진보회원들이 동학도라는 사실을 알게 된 관군과 일본군에게 큰 106)희생을 당하기도 했다. 1905년 10월 13

---

97)낙후falling behind
98)인재양성cultivate men of talent
99)망명객a political exile
100)개혁운동 reform movemen
101)단발령 the ordinance prohibit-ing topknots.
102)신생활운동 a new-life [life= reform] movement
103)근검thrift and industry절약economy
104)표방profess 「oneself to be」
105)갑진개화혁신운동- 1904년에 동학신도에 의해 전국적으로 추진된 근대화운동
106)희생a sacrifice

일, 진보회장이던 이용구가 스승인 선생을 배신하고 친일단체인 유신회와 일진회를 통합하고 을사조약에 찬동하는 성명을 냈다. 그러자 선생은 즉시 귀국하여 이용구 등 친일분자 62명을 107)출교시켰다. 이어 12월 1일 동학을 천도교로 108)개명선포하고 일진회회와의 관계를 아주 끊어버렸다.

1906년, 동학교도 즉, 천도교신도라면 무조건 잡아다가 탄압하던 대한제국이었다. 그러던 대한제국이 외세의 간섭으로 108)무기력해진 상태가 되었다. 이에 1월 5일 선생은 권동진·오세창·양한묵 등과 같이 일본에서 귀국시 대대적인 환영을 받았다. 귀국 후인 2월 5일부터 선생은 109)종령을 발표하여 110)성미제도를 창제하고 천도교대헌을 선포했다. 그 후 중앙총부를 조직하고 원직과 75명의 111)주직을 임명했다. 그런 다음 이용구와 송병준의 112)매국행위를 따르던 113)대두목 60여 명을 출교 처분하여 교(敎)와 정(政)을 완전히 분리하는 114)용단을 내렸다. 재정적으로도 큰 타격을 받은 선생은 115)재정수습에 착수 1907년 내부를 재정비한 후 다음 해 2월부터 권동진 등과 서북지방을 순회했다.

---

107)출교excommunication
108)개명changing one's name 선포proclamation
108)무기력languor
109)종령 a decree
110)성미제도-신에게 바치는 쌀
112)매국행위 an act of treachery (against one's country)
113)대두목 line boss
114)용단a courageous decision
115)재정수습(re)adjustment of the finances에 착수a start

교세가 안정된 뒤 선생은 각 116)교구에 강습소를 설치하고 청년들을 천도교 교리로 훈련시켰다. 또한 보성출판사를 창립하고, 보성학교와 동덕여학교를 인수하여 교육, 문화 사업에도 힘썼다. 이어 "교육을 통한 개혁운동이야말로 가장 효과적이고 조직적일 수 있다."면서 수십여 학교에 117)보조금을 지원 인재육성과 교육진흥운동을 펼쳤다. 1910년 초에는 중앙교당 안에 창신사를 설립하고 천도교 월보 1호를 발행한 후 보성사와 합병하여 시설을 확충했다. 이때 일제의 탄압은 강도가 더 심해가던 때였다. 그런 탄압 속에서도 선생은 포교와 교당건립에 전력을 다하는 한편 118)민족의식 고취에도 열성을 다했다.

1914년 8월 31일, 보성사 내에서 이종일 등이 비밀결사 천도구국단을 조직했다. 선생은 이 단체의 119)고문으로서 단원들에게 '120)삼전론(三戰論)'이란 저술 등을 통해 121)실학적인 개화와 독립사상을 교육시켰다. 또한 1910년대의 독립운동 동지들과 긴밀하게 실학의 계승과 개혁사상을 협의하여 신도는 물론 일반 민중에게까지 전파하였다. 나아가서 1912년 우이동에 봉황각을 건립하고 3년 동안 480명을 7차례에 걸쳐 49일 간씩 수련시켜 독립운동의 122)기간요원으로 삼았다. 선생이 이들에게 가르친 주요 내용은 육신

---

116)교구parish에 강습소a training school
117)보조금a subsidy
118)민족의식national [ethnic, racial] conscious-ness 고취inspiration
119)고문an adviser [advisor] 「to the Foreign Office」
120)삼전론 = 동학의 3대 교주 손병희(孫秉熙)가 1903년 일본에 머무르면서 지은 글. 내용은 도전(道戰)·재전(財戰)·언전(言戰)을 말한다.
121)실학적practical science
122)기간요원key members[personnel]

의 123)안락을 위한 삶을 성령의 참된 삶으로 바꾸라는 뜻의 124)이 신환성(以身換性)이었다. 이어 1918년에는 서울 경운동에 천도교중 앙교단 신축을 위한 모금운동을 벌여 독립자금화하고 특별기도와 125)심고 때 보국안민할 것을 126)염원했다. 이 같은 선생의 가르침 은 1919년 3.1독립운동으로 구체화 됐다.

1919년 2월 27일 밤 천도교 직영의 보성사에서 최남선이 127)기 초한 독립선언문 2만 1천장을 인쇄해 전국으로 배포했다. 이튿날 선생의 가회동 자택에서 민족대표 23명이 모여 거사계획plan revolt 을 전반적으로generally 재확인reaffirmation했다. 독립선언서에는 손 병희 선생을 중심으로 천도교 15명, 기독교 16명, 불교 2명 등 33 인 민족대표들이 서명했다. 이날 민족대표들은 128)대중화, 일원화, 비폭력화 등 거사 3대 원칙에 합의하고, 고종의 장례일인 3월 3일 에 맞춰 그 전날인 3월 2일에 거사를 진행하려던 계획을 하루 앞당 기기로 했다. 왜냐하면 3월 2일은 일요일이라 기독교 측의 입장을 고려했던 것이다. 또한 파고다공원으로 정했던 거사장소를 태화관 으로 변경하기로 의결했다. 그 이유는 청년. 학생들의 폭력시위에 대한 불상사가 발생할 수 있다는 우려 때문이었다. 그 외에 또 다른 129)상징적인 이유도 있었다.

---

123)안락ease
124)이신환성(以身換性)이란 저술 writing = 육신의 안락을 위한 삶을 성령의 참된 삶으로 바꾸라는 천도교의 가르침
125)심고=모든 일을 할 때마다 먼저 한울님에게 마음으로 고하는 일
126)염원one's heart's desire
127)기초drafting
128)대중화 popu-larization, 일원화unification, 비폭력화nonviolent
129)상징적a symbolic mean-ing

당시 태화관의 130)실소유주는 이완용이었다. 친일파 거두인 이완용은 1911년부터 그 집에서 살았다. 그런데 사람들이 "나라 팔아먹은 놈"이라며 돌을 던지고 욕설을 퍼붓는 바람에 1913년 옥인동에 서양식 저택을 짓고 이사했다. 그 이후 한 동안 비어있던 그 집을 명월관 주인 안순환이 세를 내어 명월관 지점으로 사용했다.

민족대표들이 거사 하루 전에 장소를 탑골공원에서 이완용의 소유인 태화관으로 갑자기 바꾼 이유중의 하나는 또 다른 의미의 복수를 하기 위해서였다. 즉 친일매국노 이완용의 집에서 독립선언식 거행은 우리민족이 일제와 친일세력에게 보내는 엄중한 경고였다. 실제로 3.1운동 이후 입장이 난처해진 이완용은 이후 그 집을 남감리교회 여선교부에 팔지 않으면 안 되었다.

3월 1일 아침, 선생은 자신의 단골인 태화관으로 전화를 걸어 점심손님 30여 명이 간다고 예약을 했다. 주인 안순환씨는 태화관의 후원 깊숙한 언덕에 위치한 별유천지 6호실을 깨끗하게 치워놓고 손님들을 기다렸다.

오후 1시경부터 손님들이 모여들기 시작했다. 그런데 이상한 것은 천도교 교주인 손병희 선생이 예약한 자리에 불교대표 한용운 스님, 기독교 대표 오화영 목사, 오세창, 최란, 권동진씨 등 다른 종교계 인사들이 모여들기 시작한 것이다. 당시 명월관 131)기생이 었던 이난향이 목격한 3.1운동은 "불교 승려와 교회 목사들이 대낮에 술파는 요릿집으로 몰려드는 이상한 장면이었다."고 132)회고했

---

130)실소유주(the) real owner's
131)기생 Korean geisha
132)회고 recollection

다.

　오후 2시, 어느 틈엔가 태화관 동쪽 133)처마 끝에 태극기가 힘차게 나부끼고 있었다. 같은 시각, 태화관 별천지 6호실에서는 손병희 선생을 중심으로 역사적인 독립선언식이 거행되고 있었다. 선생이 독립선언서를 134)낭독하고 한용운 스님이 선언식의 135)취지를 재확인하고 136)만세삼창을 하려는 순간이었다. 일경들이 들이닥친 것이다. 그래서 독립선언식은 중단되고 참석자 전원이 137)경무총감부로 138)압송됐다. 이날 참석치 못했던 길선주, 정춘수 목사는 경무청에 자진 139)출두했다. 또한 유여대 목사는 의주에서 독립선언식을 주도하고 현장에서 체포돼 서울로 압송됐다. 이로서 서명자 가운데 김병조 목사를 제외한 32명이 경무청에 140)구금됐다.

　민족대표 중의 대표인 손병희 선생, 선생은 1920년 경성복심법원에서 소위 141) 보안법과 출판법위반혐의로 3년형을 선고받고 142)복역하다가 10월 143)병보석으로 144)출감했다. 1년 8개월 만에

---

133)처마 끝 the edge of the eaves
134)낭독(a) reading aloud
135)취지the purport를 재확인reconfirm
136)만세삼창give three cheers for 「a per-son」
137)경무총감부-일제강점기 시대의 일본 경찰서
138)압송transfer 「a convict」 to 「a different」 prison; send 「a per-son」 in custody
139)출두appearance
140)구금detention
141) 보안법security law violation과 출판법위반publication law violation
142)복역penal servitude
143)병보석 「be released on a」 sick bail
144)출감release from prison

병보석으로 풀려난 선생은 상춘원에서 치료를 받다가 1922년 5월 19일 사망했다. 사망원인은 형무소에서 받은 145)고문 후유증이었다.

3.1독립선언의 146)대들보였던 손병희 선생. 선생은 어떤 고난에도 굴하지 않고 오로지 민족과 나라를 위한 독립운동가로, 종교의 지도자로, 한 평생을 바쳤다. 이와 같은 선생의 죽음을 헛되지 않게 하기 위해서 지금 우리가 할 수 있는 일은 무엇일까? 우리 모두가 가슴에 손을 얹고 반드시 풀지 않으면 안 될 숙제로 남아있는 것이다.

---

145)고문torture 후유증an aftereffect 「of a dis-ease, of an injury
146)대들보a mainstay

파란만장한 대쪽인생을 살다간 신재호 선생

사학자 · 독립운동가 · 언론인(1880~1936). 호는 단재(丹齋) · 단생(丹生) · 일편단생(一片丹生). 성균관 박사를 거쳐, 《황성신문》과 《대한매일신보》 등에 강직한 논설을 실어 독립정신을 북돋우고, 국권 강탈 후에는 중국에 망명하여 독립운동과 국사 연구에 힘쓰다가 일본경찰에 체포되어 옥사하였다. 저서에 《조선 상고사》, 《조선사 연구초(朝鮮史研究草)》 등이 있다.

"역사를 잊은 민족에게 미래는 없다"고 주장했던 선생. 선생은 또한 "독립이란 주어지는 것이 아니라 쟁취하는 것"이라고 했다. 이와 같은 신념은 조국을 외세에 의존하려 했던 이승만에게 상해임시정부가 제6회 의정원회의에서 대통령으로 당선시키자 "이완용은 있는 나라를 팔아먹었지만, 이승만은 없는 나라를 팔아먹으려 한다."고 말하고 임시정부를 박차고 나갔다."

– 본문 중에서

파란만장한 대쪽인생을 살다간
신채호 선생

최봉호

우리나라의 반만년 역사를 돌이켜보면 위대한 선조들이 참으로 많았다는 사실을 발견하게 된다. 그분들은 나라가 어려웠을 때 나라와 민족을 위해 하나같이 몸과 마음을 아낌없이 바쳤다. 이렇게 헌신적인 애국애족심을 발휘한 분들의 출현은 일제강점기 시절이라고 다르지 않았다. 맨손으로 또는 무력투쟁으로 독립운동을 한 분들이 있었는가 하면, 사상가로, 학자로 혹은 예술가 등 여러 분야에서 조국의 독립을 쟁취하기 위해 활동한 분들이 많았다. 이런 분들 중에서 사학자로서 "역사를 잊은 민족에게 미래는 없다"며 우리나라의 역사를 연구하여 민족의식을 고취시킨 한편, 언론인으로 사상가로 문인으로서 독립운동의 최전선에서 조국광복을 위해 투쟁하다가 순국한 분이 있다. 이분이 바로 실천적인 사상가이며 역사가인 단재 신채호 선생이다.

출생과 어린 시절

선생은 우리나라가 국가 민족적으로 위급한 시기였던 1880년 12월 8일, 충남 대덕군에서 태어났다. 아버지는 조선 초기의 문신인

신숙주의 후손으로 신광식이다. 그런데 선생이 7살 때 아버지가 세상을 떠나고 말았다. 그래서 할아버지 신성우가 살고 있는 충북 청원군 낭성면 귀래리에서 자랐다. 당시 할아버지는 구한말 문과에 급제해 정언(正言)을 지내다가 서당을 운영하고 있었다.

선생은 할아버지의 서당에서 9세에 자치통감을 통달하고, 14세 때는 사서삼경을 모두 마치고 한시에 능통해 신동이라는 소리를 들었다. 나아가서 삼국지와 수호지를 애독하고 한시를 읊을 정도로 한문 실력이 뛰어났다. 9살 때 선생은 바람에 휘날리는 연을 보고 "높게 낮게 날림은 바람의 세고 약함에 있고/ 멀리 혹은 가까이 날림은 실의 길고 짧음에 있구나"라는 시를 지어 주위사람들을 놀라게 했다. 이 무렵 선생은 고려 말 충신 정몽주의 지조와 일관된 의지의 삶에 깊은 감동을 받았다. 그래서 포은 정몽주의 '단심가'에 나오는 "님향한 일편단심이야 가실 줄이야 있으랴"라는 구절에서 '일편단생'이란 호를 따왔다. 후에 '단생' 혹은 '단재'라고 짧게 줄였다. 도대체 단심가가 어떤 시이기에 선생께서 호를 따올 만큼 감동스러웠을까?

고려 말, 무장 세력인 이성계의 위력이 날로 커지자 조준, 정도전 등이 역성혁명을 일으켜 그를 왕으로 앉히려는 음모를 꾸몄다. 이에 정몽주는 그들을 제거해서라도 끝까지 고려왕조를 지키려 했다. 그러기 위해서 우선 조준부터 제거하기로 했다. 그러나 이런 계획을 이성계의 아들 이방원(후에 태종)이 알게 됐다.

이에 이방원은 정몽주를 자신의 편으로 끌어들이려고 〈이런들 어떠하리 저런들 어떠하리 / 만수산 드렁칡이 얽어진들 어떠하리 /

우리도 이같이 얽어져 백년까지 누리리라. -「하여가」라는 시로 '고려 왕조를 포기하고, 자신과 같은 뜻을 가진 사람들과 칡덩굴처럼 얽혀서, 즉 힘을 합쳐서 조선왕조를 세우자'고 했다.

이에 정몽주는 〈이 몸이 죽고 죽어 일백 번 고쳐 죽어 / 백골이 진토 되어 넋이라도 있고 없고 / 임 향한 일편단심이야 가실 줄이 있으랴.-「단심가」라는 시로 화답했다. 즉 '자신의 몸이 백 번 죽는 한이 있더라도, 뼈가 썩어 흙이 되더라도, 고려왕조에 대한 충성심에는 변함이 없다.'고 거절했다.

결국 정몽주는 "정의를 위해 죽으라."는 모친 이씨의 말에 따라 선죽교에서 이방원의 심복 조영규에게 피살당했다. 맞아 죽으면서도 정몽주는 당당하게 "방원이한테 전하거라. 내가 고려의 충신으로 죽게 해주어서 고맙다고….".라는 말을 남겼다.

이와 같이 현실과 타협하지 않고 자신의 굳은 절개를 올곧게 지킨 정몽주. 신채호 선생께서도 이 같은 삶을 본받아 조국과 민족을 위해 신념을 굳게 지키겠다고 다짐했던 것은 아닐까? 그리고 그 다짐으로 정몽주의 시로부터 '일편단생'이란 호를 따온 것은 아닌지? 여하튼, 이때부터 선생의 범상치 않은 면모가 드러나기 시작한 것은 분명하다.

---

* 순국(殉國)- 나라를 위하여 목숨을 바침.
* 지조(志操)- 옳은 원칙과 신념을 지켜 끝까지 굽히지 않는 꿋꿋한 의지. 또는 그러한 기개.
~ 높은 선비/ 학자로서의 ~를 지키다.
* 의지(意志)- 어떤 일을 이루려는 굳은 마음.
* 결의(決意)- 뜻을 정하여 굳게 먹음. 또는 그 뜻. 결심. ~를 다지다.
* 충신불사이군(忠臣不仕二君)- 충신은 두 임금을 섬기지 않는다.
* 역성혁명(易姓革命)- 왕조가 바뀌는 일

청·장년 시절

선생은 18세 때 할아버지의 소개로 구한말 학부대신을 지낸 유학자 신기선을 만났다. 그리고 그의 사저에 드나들며 그가 소장하고 있는 신·구 서적을 *섭렵하고 새로운 학문과 개화에 대해 눈을 뜨기 시작했다.

19세 때인 1898년 가을에는 신기선의 추천으로 성균관에 입학했다. 성균관에서 관장 이종원의 *총애를 받으며 당시 유학자로 유명한 이남규 교수로부터 학문을 닦았다. 아울러 개화파인 김연성, 변영만, 이장식, 유인식 등과 친하게 사귀었다. 이들과 실천을 중시하는 진보적인 학문을 가까이 하면서 유교적인 학문의 한계를 깨달았다. 아울러, 선생은 봉건유생의 틀에서 벗어나 점차 민족주의적 세계관을 갖게 되었다.

이 무렵 서울에선 독립협회가 자주, 민권, 자강운동을 본격적으로 전개했고, 만민공동회의가 서울 한복판에서 날마다 열리고 있었다. 또한, 러시아의 경제 군사적 간섭에 반대하는 *격문이 나붙고, 일본의 월미도 석탄고기지 철수운동이 활발히 전개되고 있었다. 이때 선생은 독립협회와 만민공동회의 문서부 간부로 활약하고 있었다. 그런데 그 해 12월 25일 일제는 두 단체를 강제로 해산시키고 주동자 4백여 명을 체포했다. 선생 또한 구속되었다가 얼마 뒤 신기선의 도움으로 석방되었다.

이후 22세 때인 1901년, 선생은 고향 근처인 청원군 낭성면 인차리의 문동학원에서 신규식과 함께 신교육을 통한 계몽운동을 시작했다. 이 운동으로 개화된 사상가로서 선생 자신의 자기혁신의 모습을 드러내기 시작했다. 25세 때는 신규식. 신백우 등과 함께 고향부근에 산동학원을 설립하고 신교육운동을 확산시켰다. 26세이던 1905년 2월에는 성균관 박사에 임명됐다. 그러나 을사보호조약이 체결되자 관직을 포기하고 그 다음 날 박사직을 사임했다. 왜냐하면 관직에 있을 경우 주권을 빼앗은 일제의 간섭을 피하기가 어려웠기 때문이다. 그래서 고향으로 돌아가 국민계몽운동을 계속하기로 했다. 이 무렵 황성신문 사장 장지연이 선생을 신문사 논설위원으로 위촉해 다시 상경했다.

황성신문에서 선생은 예리한 필봉으로 일제를 비판하는 한편 국민계몽운동으로 문명을 떨치기 시작했다. 그러던 그해 11월 장지연이 '시일야방성대곡'이라는 논설로 을사늑약을 반대 규탄했다. 그러자 일제는 장지연을 체포 투옥시키고 황성신문을 압수했다. 장지연이 투옥되자 선생은 그를 대신해서 신문사를 이끌었다. 이후 황성신문이 일제에 의해 무기 정간되자 1907년 양기탁의 천거로 대한매일신보 논설기자로 초빙됐다. 당시 대한매일신보의 사주는 영국인 베델(E. T. Bethell)이었다. 그래서 일제 통감부의 보안규칙이나 신문지법 등 일제의 규칙을 따르지 않아도 무방했다. 그래서 선생은 그 어느 때보다도 더 자유롭게 글을 쓸 수 있었다.

선생은 신문지면을 통해 일제의 침략과 친일파의 매국행위를 예리한 필봉으로 날카롭고 매섭게 비판했다. 한편으로는 "중하도다. 국민의 혼이여. 강하도다. 국민의 혼이여. 국민의 혼이 어찌 중치 아니하며 강치 아니하리오. 〈1909. 11. 1. 대한매일〉"라는 등의 글로 국권회복을 위해 온 국민이 일치단결하여 있는 힘을 다해야한다는 국민계몽운동을 펼쳤다. 아울러, 우리나라 역사와 관련된 많은 논설과 영웅들의 전기를 써서 애국애족정신을 북돋았다. 옛날 나라를 구했던 영웅들, 이순신, 을지문덕, 최도통 등을 글로 다시 살려내 나라 잃은 비통에 빠진 민족에게 민족의식을 고취시켜 나갔다. 선생이 재조명한 영웅들은 당시 풍전등화와 같았던 나라의 운명을 건져내려는 선생의 간절한 소망이 함축된 명문들이었다. 이 같은 글을 통해 선생은 사학가로, 문학가로, 계몽가로서의 명성을 얻기 시작했다.

이 같이 선생은 언론인으로서, 사학가로서, 문인으로서, 또한 실천지식인으로 각종 활동에 가담해서 활발하게 활동했다. 특히, 1907년에는 안창호. 양기탁 등과 항일비밀결사인 신민회에 창립위원으로 참가하여 '대한신민회취지문'을 작성했다. 이 당시 선생은 신민회의 평북책이었던 이승훈이 건립한 정주의 오산학교에 들른 적이 있었다. 이때 선생의 모습을 당시 그 학교의 교사였던 춘원 이광수는 1936년 4월 조광지에 이렇게 발표했다.

"〈대한매일신보〉 주필이나 되는 단재는 풍채가 초라한 샌님이나 이상한 눈빛을 갖고 있었다. 세수할 때 고개를 빳빳이 든 채로 물을 찍어다 바르는 버릇 때문에 마룻바닥, 저고리 소매와 바짓가랑이가 온통 물투성이가 됐다. 누가 핀잔을 주려 하면 '그러면 어때요'라고 하였다. 남의 말을 듣고 소신을 고치는 인물은 아니었다. 그러면서도 웃고 얘기할 땐 다정스러웠다."

이와 같이 자신의 소신을 굽히지 않는 선생은 전국적으로 일어난 민족경제수호운동인 국채보상운동에도 적극 참여했다. 선생은 논설을 통해 그 필요성을 역설하고 본인 자신은 금연을 결행하기도 하였다. 금연한 돈을 국채보상운동에 성금으로 기탁하는 모범을 보이기도 했다.

1908년에 기호흥학회가 발기되자 이에 가담하고 학회 월보에 애국계몽논설을 발표하였다. 이어 1909년에는 윤치호, 안창호, 최남선 등과 신민회의 합법단체인 청년학우회 발기취지서를 작성했다. 이와 같이 선생은 구국운동단체에 가입하여 실천적으로 애국계몽운동을 추진했다. 또한 주시경과 함께 국문전용의 여성잡지인 〈가영잡지〉의 편집인이 되어 여성들의 계몽에도 노력했다. 그러나 선생의 이러한 끊임없는 실천과 노력에도 불구하고 나라의 운명은 완전히 기울어버리고 말았다.

망명지에서 펼친 독립운동

일본은 1905년 우리나라를 보호한다는 명목으로 강압적으로 을사조약을 맺고 통감정치를 실시했다. 1909년 안중근 의사가 만주 하얼빈에서 침략의 원흉 이토 히로부미를 사살하자 일제는 본격적으로 우리나라의 주권을 완전히 빼앗으려는 계획을 추진하기 시작했다. 이에 선생과 신민회 간부들은 비밀회의를 통해 국내에서의 독립활동을 중지하고 국외로 나가기로 했다. 왜냐하면, 나날이 심해가는 일제의 감시와 책동 때문에 국내에서 국권회복운동이 불가

능할 것으로 판단했던 것이다. 그래서 국외로 나가 독립운동기지를 구축하고 이를 근거로 일제와 독립전쟁을 벌이기로 작정했다. 구체적인 사업계획으로 우선 서만주를 비롯한 시베리아, 미주 등 국외에 무관학교를 설립하고, 이들 지역으로 동포들을 이주시켜 항일운동의 근거지로 만든다는 것이었다. 이 같은 계획에 따라 선생은 1910년 4월 안창호, 이갑, 이종호 등과 중국으로 망명길에 올랐다. 이때 선생은 압록강을 건너다가 나라를 빼앗긴 설움에 피눈물을 흘리면서 다음과 같은 내용의 "한(韓)나라 생각"이라는 시를 남겼다.

〈나는 네사랑 너는 내 사랑 / 두 사람 사이 칼로 썩 베면 / 고우니 고운 핏덩이가 / 줄 줄 줄 흘러내려 오리니 / 한 주먹 덥석 그 피를 쥐어 / 한(韓)나라 땅에 골고루 뿌리리. / 떨어지는 곳마다 꽃이 피어서 봄맞이 하리.〉

선생이 망명을 떠난 두 달 후인 6월, 일제는 합병 후의 '대한통치방침'을 결정하고, 이어 우리나라의 경찰권을 빼앗고, 통감부에서는 경무통감부를 신설하고 헌병경찰제를 실시했다. 그해 8월 29일에는 강제로 한일합방조약을 맺고 우리나라의 통치권을 완전히 빼앗아버렸다.

한편, 중국 산동반도의 청도에 도착한 선생은 신민회 동지들과 청도회의를 열고 독립운동의 방법에 대해 논의했다. 회의는 독립운동방법론에 대해서 급진론과 점진론이 대두되고, 여러 대안이 치열하게 맞섰다. 마침내 일주일만에 이종호의 출자금과 성금으로 〈길림성에 농토를 마련하고, 사관학교를 설립하고 독립운동의 모든 기지는 청도에 둔다.〉는 결론으로 합의가 됐다. 그러나 이 같은 계획은 무산되고 말았다. 왜냐하면, 이종호가 출자금출연을 포기했기 때문이다. 결국 망명인사들은 각지로 뿔뿔이 흩어질 수밖에 없었다.

선생은 러시아의 블라디보스토크로 갔다. 그곳에서 윤세복, 이동휘, 이갑 등과 광복회를 조직하여 부회장으로 활동하였다. 1912년 4월, 김하구 등과 같이 권업회의 기관지인 〈권업신문〉을 창간, 러시아와 중국에 거주하는 우리민족을 계몽하는 등 한국 혼을 되살리는데 주력했다. 주필은 신채호, 발행인은 러시아인 주코프(Jukov)가 맡았다. 그리고 러시아어 번역은 한동권이 담당했다. 발행인을 러시아인으로 앉힌 것은 일제의 압력을 피하기 위해서였다. 그러나 1914년 9월, 일제의 압력과 간교한 계략으로 러시아정부가 신문발행을 금지시켰다. 아울러, 몸을 돌보지 않고 활발하게 활동하던 선생은 몸이 말이 아니었다. 그런 선생을 보다 못한 신규식이 선생을 상해로 불렀다.

상해에서 몸을 어느 정도 회복한 선생은 1912년 7월 독립지사들과 교포들이 중국 상해에서 최초로 조직한 독립운동단체인 동제사에 주요 멤버로 참여했다. 또한 박달학원을 세우고 중국에 살고 있는 한국청년들에게 민족교육을 시켰다. 박달학원은 단군의 얼을 살려 민족의 살길을 찾아보려는 선생의 의식으로부터 출발한 교육기관이었다. 이 학원에서 선생은 문일평, 홍명희, 박은식, 신규식 등과 함께 학생들을 가르쳤다.

1914년, 선생은 동창학교를 창설한 윤세용·윤세복 형제의 초청으로 서만주 환인현 홍도천에 있는 동창학교로 가서 청소년들에게 국사를 가르쳤다. 이 시기에 윤세복, 신백우, 김사, 이길룡 등과 함께 백두산을 거쳐 만주 일대의 고구려와 발해의 유적을 답사하는 기회가 있었다. 이때 경험으로 인해 선생이 구상하던 민족사학의 실증적 토대를 더욱 구체화, 발전시키는 계기가 되었다.

다음 해인 1915년, 다시 북경으로 옮긴 선생은 1919년까지 4년 동안 그곳에 체류하면서 중화보와 북경일보에 글을 기고해서 생계를 꾸렸다. 그러면서 우리나라 역사의 새로운 체계화를 구상했다. 또한, 1916년 한국민족이 당면한 현실적, 역사적 과제와 독립운동의 길을 상징적 수법으로 극화한 중편소설 '꿈하늘'을 집필했다. 이 작품에서 선생은 한 놈의 입과 손을 빌려 나라의 독립운동전개를 상징적 수법으로 극화했다. 이 소설은 1928년 발표한 소설 '용(龍)과 용(龍)의 대격전'과 함께 강렬한 항일무장투쟁의 의지를 표명하는 내용으로 선생의 대표적인 문학작품으로 평가되고 있다. 이즈음 선생은 대종교운동에도 적극 참여했다. 그런데 대종교의 제1대 교주인 나철이 구월산에서 일제에 보내는 장문의 글을 남기고 자살해 버렸다. 선생은 그 비통한 심사를 '도제사언문'을 지어 바치며 그를 달랬다. 그 후 선생은 제2대 교주 김교헌, 유근, 박은식 등과 함께 대종교교육에 참여했다. 후에 선생의 저서 『조선상고사』가 대종교의 교본이 되기도 했다.

1918년경, 선생은 아끼던 제자 김기수의 사망과 조카딸인 향란이의 혼인문제로 국내에 잠시 잠입했다가 북경으로 돌아왔다. 그리고 북경대학 이석증 교수의 주선으로 보타암에 자리를 잡고 한국사 연구에 몰두했다. 또한 대학에 소장돼 있는 중국의 역사대사료와 문집 사고전서(四庫全書) 등을 섭렵했다. 그러면서 틈틈이 〈북경일보〉 등에 논설을 썼다. 그런데 선생의 대쪽 같은 성격은 이곳에서도 부러지지 않았다.

학식이 많고 견문이 넓어서 아는 것이 많은 선생이었지만, 선생의 필체는 보통사람이 알아보기 어려운 정도로 난필이었다. 국내에 있을 때였다. 출판사에서 선생의 책을 출판하려고 선생의 원고를 보니 도통 알아 볼 수 없는 글자들이 많았다. 그래서 출판사 측에서 적당히 글자를 꿰어 맞추어 조판을 했다. 나중에 그 사실을 알게 된 선생은 즉시 출판계약을 취소하고 책 발간을 중지시켜버렸다. 이와 같은 사건이 중국의 중화일보에서도 발생했다.

중화일보에서도 선생의 난필을 적당히 꿰어 맞추었던 것이다. 이에 선생은 자신이 쓴 원고대로 글이 신문에 나오지 않아서 더 이상 글을 쓰지 않겠다고 했다. 그랬더니 중화일보 사장이 직접 선생을 찾아와서 허리를 굽히고 사죄했다. 그래도 선생은 끝내 그 신문에 더 이상 글을 안 썼다. 선생의 이 같은 성격은 혁명가다운 기개와 성격이 가감없이 드러난 것이다.

선생은 보타암에서 자리 잡게 해준 이석증 교수와 북경대학 채원

배 총장과 친밀하게 교제를 나눴다. 그런데 그들은 중국에서 최초로 무정부주의를 주장한 인물들로 5.4운동의 정신적 지주였다. 이들과 친교를 가지면서 선생도 무정부주의에 대한 사상적 기반을 다지게 되었다. 이때 벽초 홍명희가 남양군도에서 3년 동안의 방랑생활을 마치고 선생의 숙소를 자주 드나들며 선생과 남다른 우정을 나누기도 했다.

제1차 세계대전이 끝나갈 무렵이었다. 국외로 망명한 지도자들은 국제정세의 변동에 능동적으로 대처하기 위해 발 빠르게 대처했다. 1917년 대동단결선언을, 1919년 대한독립선언서를 발표하는 등 독립운동의 새로운 방향을 모색하였고 선생도 이 두 선언서에 서명했다. 무오독립선언이라고도 불리는 이 대한독립선언은 1918년 12월 만주 동삼성에서 활동하던 중광단이 중심이 되어 국내외 지도자 39명의 명의로 발표한 선언서이다. 이 선언서는 무력투쟁이 유일한 독립운동임을 선언해서 2.8독립선언이나 3.1독립선언과는 운동노선이 달랐다.

1919년 3.1운동이 일어나자 북경, 천진 등에 유학하던 대학생들을 중심으로 대한독립청년단이 조직되어 그 단장에 추대되어 활동하였다. 이어 1919년 4월 11일 상해의 대한민국 임시정부 수립을 위한 최초의 29인의 모임인 임시정부 발기회의에 참석했다. 이 자리에서 이승만을 국무총리로 추대하자, 선생은 이승만이 미국 대통령 윌슨에게 한국에 대한 위임통치청원서를 제출한 일이 있다는 사실을 들어 반대했다. 같은 해 8월, 제6회 의정원회의에서 이승만이 대통령에 당선되자 선생은 "이완용은 있는 나라를 팔아먹었지만, 이승만은 없는 나라를 팔아먹으려 한다."고 성토한 후 회의장을 박차고 나간 후 임시정부와 결별했다.

그 후 10월, 〈신대한〉이라는 주간지를 창간하고 임시정부의 잘못된 노선을 맹비난하는 기사를 썼다. 즉 이승만의 위임통치 청원과 독립운동의 외교우선론, 노선의 전투성의 미흡, 임시정부의 무능과 파쟁, 여운형의 도일 등이 비판의 대상이 됐다. 또한 일제의 한국인 무차별 살상과 경제침탈을 강하게 비판하면서 무장투쟁노선을 지지하는 기사를 썼다. 이 시기에 선생은 이승만에게 위임통치청원을 취소하라는 편지를 두 번이나 보냈다. 하지만 이승만으로부터 회답을 받지 못했다.

1920년 〈신대한〉 발행이 중단되자 북경으로 이주하여 박용만 등 동지 50여 명과 함께 제2회 보합단을 조직하고 내임장을 담당했다. 이 단체는 독립군단체 보합단을 계승한 단체로서 무장군사활동을 유일한 독립운동방향으로 채택한 독립운동단체였다. 같은 해 9월에는 박용만, 신숙 등과 함께 군사통일촉성회(軍事統一促成會)를 조직하여 분산된 독립군 부대들의 지휘계통과 독립운동 노선의 무장투쟁 노선의 통일을 추구하였다. 이 시기에 이회영의 부인 이은숙의 중매로 유학중이던 28세의 박자혜와 결혼했다. 그러나 1922년 생활고 때문에 아들 수범과 함께 귀국시켜야만 했다. 수범이 태어난 지 일 년도 채 안 될 때였다. 군벌들의 난립으로 인해 복잡한 그곳에서 안정적인 가정을 꾸릴 여력이 없었기 때문이었다.

가족을 떠나보낸 후, 선생의 삶은 더욱 곤궁해져 그곳에서 가장 작고 초라한 집으로 이사했다. 이 집으로 하루는 벽초 홍명희가 찾아갔다가 질겁하고 나와 버렸다. 왜냐하면 말로 표현할 수 없을 정도로 더러운 이불 때문이었다. 그러자 선생은 이불이 더럽다고 사람까지 더럽게 보는 그를 크게 나무랐다. 사실 그 이불은 원래 선생의 것이 아니었다. 홍명희가 찾아오기 며칠 전의 일이었다. 선생은 한 노인 집을 방문했다가 그 노인의 이불이 너무나 초라해서 선생의 이불과 바꾼 것이다. 이 같이 따듯한 선생의 마음을 홍명희가 미처 알아보지 못했던 것이다.

1921년 1월 김창숙 등의 지원으로 독립운동 잡지 〈천고〉를 창간하고 격렬한 필치로 언론독립운동을 전개하였고, 1921년 4월에 54명의 동지들과 함께 이승만의 위임통치청원을 규탄하는 '성토문'을 공표했다.

1922년, 선생은 김원봉이 이끌던 의열단의 고문으로 추대됐다. 추대를 받아들인 이유는 일제에 비타협적인 폭력투쟁으로 일관하는 의열단이 활동이 선생의 운동정신과 부합했기 때문이었다. 이듬해 1월, 의열단장 김원봉이 선생을 만나기 위해 북경을 방문했다. 선생을 만난 김원봉은 "의열단의 정신을 문서화 해달라."고 요청했다. 이에 선생은 상해로 가서 폭탄 만드는 시설을 살펴보고, 약 한 달 동안 여관에 머무르며 의열단의 독립운동노선과 투쟁방법을 천명하는 6천 4백여 자에 이르는 '조선혁명선언'을 집필했다.

이 선언문의 서두는 〈강도 일본이 우리의 국호를 없이 하며, 우리의 정권을 빼앗으며, 우리의 생존적 필요조건을 다 박탈하여 온갖 만행을 거침없이 자행하는 강도정치가 조선민족 생존의 적임을 선언함과 동시에 혁명으로 우리의 생존의 적인 강도 일본을 살벌하는 것이 조선민족의 정당한 수단이다.〉이라고 시작하고 있다. 이 선언문은 의열단원들이 일제의 요인과 기관을 암살 파괴할 때 폭탄, 단총과 함께 반드시 휴대하던 필수품의 하나였다. 이 선언문은 국내, 중국, 일본 등 의열단원들이 활동하는 각 지역에 골고루 뿌려졌다. 이 선언문은 국내외 동포들에게 일제에 대한 적개심과 독립사상을 한층 드높이는 계기가 되었고, 일제에게는 큰 전율과 공포에 사로잡히게 했다. 이 같은 선생의 조선혁명선언문은 만해 한용운의 「조선독립의 서」와 함께 일제강점시대 2대 명문장으로 꼽히고 있다.

1923년 1월, 상해에서 국민대표회의가 개최되었다. 이 회의에서 '민중의 강력한 폭력혁명으로 독립을 쟁취해야 한다. 무기력한 임시정부를 해체하고 새로운 조직을 만들자'는 창조파의 주동역할을 했다. 그러나 안창호. 이동휘가 중심인 임시정부 개조파와 대립하여 임시정부의 존폐를 논의했으나 결렬되고 말았다.

국민대표회의가 실패로 끝나자 선생은 크게 실망하여 북경으로 다시 건너가 항일비밀단체인 '다물단' 조직에 가담하고 지도하면서, 본국의 동아일보와 조선일보에 역사논문을 발표했다. 이 시기에 [조선상고문화사], [조선상고사], [조선사연구초] 등을 집필하여 근대민족사학을 확립하는데 전력을 기울였다. 선생이 1924년에 집필한 [조선상고사]는 우리나라 최초로 본격적인 근대 역사방법론이다. 이 책에서 선생은 역사를 '아(我)와 비아(非我)의 투쟁'이라고 정의하였다. 즉 우리민족을 아(我)의 단위로 설정한 전제에서 출발, 한국사의 범위와 그 서술방법을 역사적으로 밝히고 있다. 이러한 우리민족중심의 역사인식을 [낭객의 신년만필]이란 글로 나타냈다.

> 〈우리 조선은 석가가 들어오면 / 조선의 석가가 되지 않고 / 석가의 조선이 되며, / 공자가 들어오면 / 조선의 공자가 되지 않고 / 공자의 조선이 되며, / 주의가 들어와도 / 조선의 주의가 되지 않고 / 주의의 조선이 되려 한다. / 그리하여 도덕과 주의를 위하는 조선은 있고 / 조선을 위하는 도덕과 주의는 없다. / 아! 이것이 조선의 특색이냐? / 특색이라면 노예의 특색이다. / 나는 조선의 도덕과 / 조선의 주의를 위해 통곡하려 한다.〉

이와 같이 무분별한 외래문화의 수입에 대한 선생의 경고는 오늘날 우리에게도 엄중한 교훈으로 살아있다.

"독립이란 주어지는 것이 아니라 쟁취하는 것이다."라는 확고한 신념으로 평생을 일제와 타협하지 않고 오로지 독립투쟁의 길만 걸어온 단재 신채호 선생. 선생은 조국통일의 결실은 민중혁명으로써 이룰 수 있다고 판단했다. 그래서 1924년, 북경에서 결성된 재중국 조선무정부주의자연맹의 기관지인 '정의공보'에 무정부주의 관련 논설을 발표했다. 1925년부터 무정부주의를 신봉하기 시작, 1927년 통일전선체인 신간회 발기인으로 참여했으나 활동이 무산됐다. 그러자 선생은 더욱 무정부운동쪽으로 기울게 된다. 1927년 무정부주의 동방동맹에 가입하고 무정부주의 기관지인 잡지 '탈환'과 '동방'에 많은 글을 발표했다. 이어 1928년 4월, 북경에서 열렸던 한국인 무정부주의자들의 동방연맹대회부터 무정부주의혁명에 주동적으로 참여했다. 또한 이 연맹의 선전기관을 설립하고 일제의 관공서를 폭파하기 위해 폭탄제조소를 설립하기로 결의했다. 아울러, 본격적인 활동을 위해 공작금 마련에 나섰다.

그러나 당시 선생이 선택할 수 있는 방법은 위조지폐를 만들어 폭탄제조설비자금을 마련하는 길밖에 없었다. 이에 선생은 그해 5월 8일, 중국인 유병택이라는 가명으로 위폐를 교환하려고 일본으로 가던 길에 대만의 기륭항에서 일경에 체포되고 말았다. 법정에서 선생은 "나라를 찾고자 하는 수단은 모두가 정당한 것이다. 일본의 강도세력 앞에서 어떤 일을 하든, 그건 사기도 위법도 아니다. 독립운동으로 무슨 짓을 하더라도 조금도 부끄럽거나 거리낄 것이 없다."라고 당당하게 자신의 행위를 정당화시켰다. 그러나 2년 동안의 재판 끝에 일제는 선생에게 10년형을 선고하고 뤼순 감옥에 수감시켰다.

수감된 선생은 우리가 상상조차 할 수 없는 고통스런 옥고를 치러야만 했다. "자유가 없는 것 참으로 고통스럽네. / 변소 가는 일조차 제재 받다니 / 배 아프기 전에는 감방 문 열리더니 / 배 아플

때 감방 문 열리지 않네./"라는 시에서도 나타나듯, 당시 선생께서 당한 고통이 어느 정도인지 짐작하고도 남는다. 그런 고통 속에서도 연구와 독서를 그치지 않았던 단재 신채호 선생, 자신의 죽음을 예견했던 것일까? "꼭 써서 남겨야 할 원고를 머릿속에 넣어 둔 채 죽는 것이 유감천만이네"라는 내용의 편지를 동지에게 보냈다.

1935년, 선생의 건강이 고문 후유증 등으로 매우 악화되어 수감 생활이 어렵게 되자 일제는 "보증인이 있으면 가석방시키겠다."고 했다. 이에 보증인이 나타났으나 선생은 보증인이 친일파라는 이유로 끝내 가석방을 거부했다. 그리고 다음 해인 1936년 2월 21일 뇌일혈로 삼일간 옥중에 방치되었다가 향년 57세로 운명했다. 사망 원인은 뇌일혈 및 동상, 영양실조, 고문 후유증 등의 합병증이었다.

백두산 등반 때, 식당에서 맛있게 먹었던 고기가 일본에서 가져 왔다는 말을 듣고, "왜놈이 잡은 고기!"라고 분개해서 화장실에 가서 다 토해버릴 정도로 일본이라면 치를 떨었던 단재 신채호 선생. 선생답게 "내가 죽거든 왜놈들 발에 시체가 채이지 않게 화장해 재를 바다에 뿌려 달라."는 유언을 남겼다. 그러나 시신을 국내로 모셔야 한다는 의견이 지배적이었다. 이에 선생의 부인 박자혜 열사와 두 아들이 선생의 시신을 화장한 다음 유골을 고국으로 모셨다. 그런데 매장허가를 얻을 수가 없었다. 왜냐하면, 나라가 패망하자 선생이 "왜놈이 만든 호적에 이름을 올릴 수 없다."고 스스로 무국 적자가 됐기 때문이다. 또한 장장 27년간의 오랜 망명생활로 인해 민적이 없어졌기 때문이었다. 그래서 암장을 할 수밖에 없었다.

1986년 대법원 판결과 2009년에야 사망한 독립유공자에 대해 가족관계기록부를 만들 수 있도록 법이 개정되었다. 이때 비로소 97년만에 대한민국 국적자로 인정받게 된 단재 신채호 선생. 일제의 모진 핍박보다 목숨을 바쳐 구한 조국으로부터 홀대를 받아야만 했던 단재 신채호 선생. 그는 자신이나 가정은 돌보지 않고 국가와 민족을 위해 몸을 바친 애국자이다. 그러나 선생의 유족들은 조국으로부터 홀대를 뛰어넘어 박해를 당했다.

　선생의 부인 박자혜도 독립운동가였다. 하지만 선생의 부인이라는 이유로 일제보다도 더 혹독한 감시와 통제를 받아야만 했다. 선생의 아들도 예외는 아니었다. 선생의 아들 수범은 일제 강점기시절에 은행원이었다. 그런데 광복 후에 직업을 잃었다. 선생께서 임시정부 초기, 이승만이 위임정치를 청원한 것을 두고 이승만에게 "매국노"라고 격하게 비판했기 때문이다. 그래서 수범은 자유당 정권시절 신변에 위협을 받으며 죽을 고비도 여러 번 넘겼다. 생계를 위해 넝마주이. 부두 노동자 등 떠돌이로 살아야 했다. 그러다가 이승만이 3.15부정선거와 4.19혁명으로 하야한 후에 다시 은행에 취업할 수 있었다.

　이와 같이 광복된 조국은 선생과 그의 가족들에게 일제보다도 더 가혹하게 학대했다. 그래서 선생께서 감옥에서 순국할 때까지 무정부주의(anarchism)에 깊은 관심을 두었는지도 모른다.

한국광복군 총사령관의 대명사 이청천 장군

독립운동가 · 정치가(1888~1957). 본명은 대형(大亨). 호는 백산(白山). 중국 망명 때의 이름은 이청천(李靑天)이었다. 일본 육군사관학교를 졸업한 후 만주로 망명하여 1938년 광복군을 조직하고 1940년 광복군 총사령관을 지냈다. 광복 후 귀국하여 대동청년단을 창단하여 청년 운동에 힘쓰다가, 제헌(制憲) · 제2대 국회 의원을 지냈다.

"조국광복을 위해서 싸웁시다. 싸우다 싸우다 힘이 부족할 때에는 이 넓은 만주벌판을 베개 삼아 죽을 것을 맹세합시다."

- 신흥무관학교 개교식 연설 중

"제군은 잊어버렸다와 잃어버렸다의 구분도 제대로 못하는가? 모름지기 조국의 독립을 위해 싸우는 군인은 생각이 바로 되어야 하고, 바른 생각은 바른 언어에서 온다. 조국의 말도 제대로 모르는 군인이 어떻게 조국을 찾겠는가?"라고 호되게 꾸짖고 나서 "당장 학교를 자퇴하라"고 명령했다.

-본문 중에서

한국광복군 총사령관의 대명사
이청천 장군

최 봉 호

18세기 우리나라의 운명은 바람 앞의 촛불과 같았다. 1882년, 청나라 군사들이 반 외세 운동의 지도자였던 흥선대원군을 납치해서 보정부라는 지역에 가둔 사건이 발생했다. 또한 부패한 군대가 임오군란을 일으켜 나약해진 국방력의 몰골을 그대로 드러냈다. 사회적으로는 1884년 갑신정변의 주동세력인 개화파와 수구파인 반 외세세력의 대립이 팽팽했다. 이 같은 상황은 1885년 영국이 거문도를 불법으로 점령하는 사태로 이어졌다. 나아가서 18세기 후반에는 일본과 청조, 미국, 영국, 러시아 등 세계열강들이 침략의 손길을 노골적으로 드러냈다. 이렇게 국운에 검은 안개가 짙어갈 무렵이었다. 이후 빼앗긴 나라를 되찾기 위해 몸과 마음을 다 바친 영웅이 탄생했다. 그가 바로 이청천이라는 이름으로 널리 알려진 지청천 장군이다.

삼육교육으로 다져진 국가관

지청천은 1888년 2월 15일 서울 삼청동에서 아버지 지재선과 어머니 경주이씨 사이의 외아들로 태어났다. 본관은 충주이고 관명은 석규이며 호는 백산(白山)이다. 지청천은 5살 때 아버지가 장중풍으로 별세해서 편모슬하에서 자랐다. 그의 어머니는 가장이 없는 어려운 경제적 여건 속에서도 지청천을 지(智)·덕(德)·체(體)의 삼육(三育)에 골고루 정성을 기울여 교육시켰다. 또한 외아들이지만 어머니의 극진한 모성애로만 키우지 않았다. 때로는 엄한 아버지의 역할을 겸하여 키웠다. 어머니로부터 그렇게 교육을 받으며 자랐기 때문에 지청천은 어려서부터 다른 아이들과는 달랐다.

지청천이 3살 때 서울에서 활쏘기대회가 있었다. 어머니를 따라 그 대회에 구경 다녀온 지청천은 활을 만들기 시작했다. 활이 완성되자 산으로 들로 새 사냥에 열중하였다. 그렇게 하다 보니 활솜씨도 자연히 능숙해졌다. 이에 사람들이 '지씨 가문에 또 장군이 나왔다'고 입을 모았다. 실제로 지청천의 가문은 대대로 무장의 집안이었다. 그의 가문은 왜구토벌에 수훈이 컸던 지용기 장군, 조선의 충신 충장공 지여해 장군, 청나라 군사들과 싸우다가 장렬하게 전사한 조선의 충성군 지계최 장군 등을 배출한 집안이었다. 이런 가문의 후손인 지청천이 후에 명장이 될 수 있었던 것은 결코 우연이 아니라고 생각할 수 있다. 그러나 가문의 내력보다는 어머니의 삼육교육이 더 큰 영향을 주었다.

지청천이 8살 때였다. 일본인으로부터 30전짜리 동전을 받은 적이 있었다. 이를 본 그의 어머니가 "자기 힘으로 벌지 않고 얻은 돈은 떳떳치 못하다."면서 "더욱이 나라를 침노하는 천한 일본인의 돈은 받는 것이 아니다."라면서 "당장 버리라"고 호되게 꾸짖었다.

이같이 올곧고 강인한 어머니로부터 교육을 받았기 때문에 지청천이 나라의 동량으로 성장할 수 있었던 것이다.

그와 같은 어머니로부터 어렸을 때 천자문을 배운 지청천은 서당에서 명심보감, 사자소학, 대학, 논어, 맹자 등 기초경서를 공부했다. 이어 고등학교에 입학하여 신식교육을 받고 졸업한 뒤 배재학당에 입학했다. 이곳에서 동창이 된 서재필, 이승만, 주시경 등과 함께 영어를 비롯해 여러 가지 신학문을 공부했다. 이 무렵 황성기독청년회(YMCA의 전신) 등에 관련하면서 점차 민족의식에 눈을 뜨기 시작했다. 기독청년회 비밀청년단 시국토론회에서였다. 지청천은 "우리 청년에게 총을 달라"면서 "총이 없으면 두 주먹으로라도 한 놈 한 놈 때려눕히는 것이 조선청년의 길이다."라고 말할 정도로 민족의식이 뚜렷해갔다. 이같은 지청천의 남다른 민족의식 발로는 1904년 한국무관학교에 입학하는 등 실천에 옮기는 행동으로 이어졌다.

그러나 일제는 1907년 여름, 한국군대를 강제로 해산시켰다. 아울러 지청천이 2학년 때인 1908년 8월, 일제는 무관학교를 축소시켰다가 군부를 폐지시키면서 아예 폐교처분을 내렸다. 그리고 선심 쓰듯 재학 중인 1,2학년생도 50여 명을 일본의 동경에 있던 육군중앙유년학교로 관비유학을 보내기로 했다. 이같은 일제의 일방적인 정책에 지청천은 조국의 힘이 형편없이 부족하다는 것을 절실하게 느꼈다. 그래서 훗날 효과적인 항일투쟁을 하기 위해 일본을 탐색키로 결심하고 일본 유학길에 올랐다.

당시 우리나라는 갑오개혁으로 신분제가 타파되고 개화가 되었다고 하지만, 외국의 선진문물을 쉽게 받아들이지 않았다. 이런 분위기 속에서도 지청천이 일본 유학을 결정한 것은 더 발전된 신식 문물을 익히기 위함이었다. 그리하여 본인 자신과 국가발전에 기여하고자 함이었다.

유학도중 한일합방이 되자 일본육군사관학교 보병과로 편입되어 1914년에 26기생으로 졸업하였다. 졸업 후 제1차 세계대전 때에는 일본군 중위로 중국 청도전투에 참가하여 실전경험을 쌓았다. 이런 경력 때문에 혹자는 지청천을 친일파로 몰아붙일지도 모른다. 그러나 속단하지 말라. 지청천은 이때 쌓은 실전경험을 바탕으로 후에 항일 독립전쟁에서 일본군에게 치명타를 입혔다는 사실을 기억해야 한다.

일본군에서 탈출한 일본군 중위 지청천

1919년 일제에 억눌렸던 우리민족의 울분이 마침내 3.1독립운동으로 폭발했다. 같은 해 6월 6일 지청천은 일본군의 전술교범인 병서와 군용지도를 가지고 일본군에서 탈출했다. 지청천은 우리나라가 독립을 달성하기 위해서는 만주와 러시아 지역을 중심으로 무장투쟁을 전개해야 한다고 생각했다. 그리고 이를 실천에 옮기기 위해 수원, 남대문, 신의주를 거쳐 만주로 망명하는데 성공했다.

지청천의 망명은 큰 의미를 지니는 거사였다. 현역 일본 군인이었던 그가 체포되었다면 군법회의를 통해 사형에 처해졌을 것이다. 그럼에도 불구하고 그는 조국독립을 위해 목숨을 걸고 망명을 단행했던 것이다. 그의 망명은 3·1운동 후 많은 한인청년들이 만주로 망명하는 도화선이 되었다. 한편 일본군은 현상금 5만 엔을 내걸

만큼 큰 충격을 받고 그의 체포에 혈안이 되었지만 끝내 성공하지
못했다.

일본군에서 탈출한 지청천은 그때까지 사용하던 지석규라는 관
명을 버리고 이름을 이청천으로 바꿨다. 개명과 관련해서 지청천
이 "죽는 것은 두렵지 않으나 뜻한 바를 이루지 못하고 죽는 것은
너무 헛된 것이니 잡히지 않기 위해서라도 이름을 고쳐야겠다."고
결심했다는 설과 열차로 만주를 건너다가 일본경찰에게 걸렸을 때
얼떨결에 이청천이라고 말했다는 설 등 두 가지가 있다.

1919년 5월, 이청천 장군은 신흥무관학교 교성대장으로 취임했
다. 마침내 조국독립을 위해 본격적으로 독립운동대열에 합류했던
것이다. 당시 무관학교에서는 독립군양성을 위해 근대적 군사지식
을 갖춘 인재가 필요하던 때였다. 이런 시기에 일본육사에서 정규
교육을 받은 장군의 합류는 독립군에게 큰 용기와 힘이 되고도 남
았다. 당시 이청천 장군이 일본군에서 탈출하면서 가지고 나온 병
서와 지도는 독립군양성과 항일전투에서 매우 유용하게 사용됐다.

장군은 무관학교 개교식에서 학생들에게 "조국광복을 위해서 싸
웁시다. 싸우다 싸우다 힘이 부족할 때에는 이 넓은 만주벌판을 베
개 삼아 죽을 것을 맹세합시다."라고 연설을 했다. 이 연설은 당시
독립군 모두의 의지를 대변했던 것이다.

어느 날 장군은 학생들의 군장을 점검하다가 군복단추를 잠그지
않은 학생을 발견했다. 이에 장군은 "왜 단추를 잠그지 않았나?"라
고 물었다. 당황한 그 학생이 "단추를 잊어버렸습니다."라고 대답
했다. 그러자 장군은 "잊은 것이 아니고 잃어버렸군."하며 "제군은

잊어버렸다와 잃어버렸다의 구분도 제대로 못하는가? 모름지기 조국의 독립을 위해 싸우는 군인은 생각이 바로 되어야 하고, 바른 생각은 바른 언어에서 온다. 조국의 말도 제대로 모르는 군인이 어떻게 조국을 찾겠는가?"라고 호되게 꾸짖고 나서 "당장 학교를 자퇴하라"고 명령했다. 이에 그 학생은 "조국독립을 위해 헌신할 기회를 달라."고 여러 차례 간청한 끝에 간신히 그 위기를 모면할 수 있었다. 장군의 이와 같은 조국에 대한 충정은 결혼 첫날밤에도 잘 나타나 있다.

장군은 어머니의 명에 따라 파평윤씨 집안의 윤용자와 결혼했다. 결혼 첫날밤, 장군은 신부에게 "나는 어머니의 명에 따라 그대를 아내로 맞았지만, 이미 세운 뜻이 있어 아내와 더불어 안락한 생활을 누릴 수 있는 몸이 아니오. 나는 이미 군인의 길로 들어서서 나라와 겨레를 위망에서 튼튼히 지키려고 결심하였은즉, 언제 죽을지도 모르는 몸이오. 그러니 내가 그대에게 바라는 바는 나와 뜻을 같이하겠다면 고생을 마다않고 늙으신 어머니를 나 대신 잘 모셔주며, 만약에 혈육이 생긴다면 잘 교육시켜주는 일이오. 만일 이것이 나의 무리한 요구라고 생각한다면 나를 따라 시집오지 않아도 좋소. 당신의 생각은 어떻소? 뜻을 분명히 해주시오."라고 물었다.

꽃다운 18세의 신부가 자신의 일생이 걸린 이같은 질문을 감당하기에 얼마나 난감했을까! 그러나 신부 윤용자는 수줍게 고개를 끄덕여 장군을 안심시켰다. 과연 이 첫날밤의 언약은 지켜질 수 있을까? 라는 의문이 생길 것이다. 그러나 걱정하지 말라. 어린 신부는 후에 두 아들과 딸을 독립운동가로 훌륭하게 키웠다. 두 아들은 귀국 후 국방경비대를 거쳐 국군으로 복무했다. 지정계는 1946년 여순반란사건 때 토벌대로 교전 중 육군소위로 전사했다.

생사를 넘나들던 항일 투쟁

1920년 일제는 삼둔자전투·봉오동전투·청산리전투 등에서 독립군한테 대패를 거듭했다. 그러자 만주에 있는 한국독립군을 완전히 소탕하기 위해 대규모의 병력을 출동시켜 대대적인 독립군토벌작전을 폈다. 이를 위해 중국마적 두목을 매수해서 고의로 훈춘의 일본영사관을 공격하도록 했다. 마적 두목은 10월 2일 약속대로 400여 명의 마적을 동원해 살인과 약탈을 자행 중국인 700명, 한국인 7명과 수명의 일본인을 살해했다. 아울러 일본군이 미리 비워둔 일본영사관을 불태웠다. 그리고 이 사건을 우리 독립군들의 행위라고 진실을 조작했다. 나아가서 일본군 3개 사단을 출동시켜 3개월간 한국인 3만여 명을 무차별 학살했다. 이 사건을 훈춘사건이라고 한다. 이런 만행이 장군의 서로군정서에도 미치게 되자 장군은 전략상 신흥무관학교를 폐쇄시키고 병력을 이끌고 만주의 안도현 밀림으로 이동했다. 이동 중 밀산에서 장군의 서로군정서군과 김좌진 장군의 북로정서군, 그리고 홍범도 장군의 대한독립군 등과 통합 대한독립군단을 결성하고 여단장을 맡았다. 이렇게 재편성을 마친 대한독립군단은 일본군으로부터 안전지대인 연해주의 이만에 집결했다. 그런 와중에 1921년 소련공산당 정부가 한국 독립군에게 공동으로 항일전선을 결성하자고 제의했다. 우리 독립군 측은 이 제의를 순수하게 받아들이고 그들의 제의대로 자유시로 이동했다.

한 편 같은 시기, 일본과 소련은 캄차카반도의 어업조약을 체결했다. 이때 일본이 소련영토 내에 있는 한국독립군의 육성은 양국의 우호관계에 큰 지장이라면서 독립군에게 무장을 해제시킬 것을 강요했다. 이에 소련은 쇄약해진 국력으로 일본에게 잘못보이면 좋을 것이 없다고 판단하고 일본의 제의를 수락했다.

결국 1921년 6월 22일 소련공산당은 독립군에게 무조건 무장해제를 명령했다. 이에 독립군은 약속을 지키라면서 완강히 반대했다. 그러자 6월 28일 소련군은 2대의 장갑차와 30여문의 기관총을 앞세우고 독립군을 포위한 후 무차별사격을 가했다. 이 사건으로 독립군 960명이 전사하고 약 1800여 명이 실종되거니 포로가 되었다. 항일독립운동사상 최대의 비극이자 불상사였다. 이를 두고 '자유시참변' 또는 흑하사변이라고 한다. 이때 장군은 소련군에 체포되어 사형선고까지 받았으나 동지들과 탈출하는데 성공했다.

1923년 1월, 구사일생으로 살아서 북만주로 돌아온 장군의 굽힐 줄 모르는 투지는 고려혁명군을 조직한 것을 비롯하여 신민부·대한국민단·대한의용군 등의 단체에 주동적인 역할을 담당했다. 또한 1922년에는 서로군정서와 한족회. 대한독립단을 기반으로 대한통군부를 조직했다. 이후 통군부는 통의부·참의부·정의부로 개편되어 내려오다가 1928년 5월 말에 남북 만주의 독립군 단체가 합쳐서 국민부를 만들었다. 1930년 김좌진 장군이 공산주의자에게 암살당하자 그해 7월 한국독립당을 창당하고 산하에 한국독립군을 편성하고, 총사령관으로 독립전쟁을 계속 펼쳤다.

1931년 한국독립군 총사령관 지청천 장군은 중국군과 한중연합군을 편성했다. 그리고 1932년 일본군과 만주군을 상대로 전투를 벌여 쌍성보 · 사도하자 · 동경성 · 대전자령 등의 전투에서 대승을 거뒀다. 특히 쌍성보와 대전자령전투에서 혁혁한 전과를 올렸다.

1차 쌍성보전투는 1932년 9월 20일 밤 8시부터 약 2시간에 걸쳐 진행되었다. 당시 쌍성보에는 약 3,000여 명의 만주군과 일본군이 주둔해 있었다. 반면 한국독립군은 500여 명 내외였다. 이 전투에서 치열한 공방전 끝에 한중연합군이 쌍성보성을 점령했다. 그리고 많은 군수물자를 노획하고 약 2,000여 명의 만주군을 생포하는 큰 큰 승리를 거두었다. 이후 한중연합군은 일본군의 역습에 대비해 소수의 중국의용군만 그곳에 주둔시켜 놓고 부근으로 일단 철수했다. 그러자 예상대로 일 · 만군 연합군이 반격으로 쌍성보는 다시 적의 수중에 들어갔다.

2차 쌍성보전투는 11월 17일부터 22일까지 5일간이나 계속되었다. 한중연합군은 17일 밤 쌍성보를 공격해 다시 점령하는데 성공했다. 이 때 성안에 있던 일본군 1개 중대가 거의 전멸하였고 만주국군 일부는 투항하였다.

쌍성보가 한중연합군에 점령된 뒤 하얼빈에 주둔하고 있던 일 · 만군은 쌍성보를 다시 탈환하기 위해 그 달 20일 폭격기까지 동원해 대규모 병력으로 반격했다. 연합군은 완강히 저항했으나, 적의 우세한 군사력에 밀려 쌍성보에서 물러나고 말았다. 그 뒤 한중연합군은 4일간이나 계속해서 추격을 당했다. 이 전투 직후 많은 어려움을 겪고 있던 중국군 부대장이 겨울을 견디기 어렵다는 이유를 내세워 투항하려 하였다. 그래서 한국독립군은 동요하기 시작한 중국군과 결별하고 독자적인 항전을 계속했다.

한국독립군이 2차 쌍성보전투 후반에 비록 고전은 했지만, 중국군과 협동작전으로 1차 쌍성보 전투에서 대승하는 등 일제에 상당한 타격을 입혔다. 이 전투는 이후 한중 양민족의 공동전선 형성에 큰 영향을 미쳤다는 점에서 중요한 의의가 있다. 특히 대전자령전투는 김좌진 장군의 청산리 전투와 함께 우리 독립운동사에서 절대로 잊어서는 안 될 호쾌한 대첩이었다.

사도하자, 동경성 전투에서 승리한 한중연합군은 동경성을 확보하기 위해 영안을 점령할 필요가 있었다. 그러나 연합군은 전투에서는 이겼지만 병력과 장비에 문제가 생겼다. 이 문제를 충족시키기 위해 1933년 6월 28일 노송령으로 이동하고 있었다. 이때 대전자에 주둔하던 일본군 이즈카(飯塚) 부대는 이동하는 연합군을 전멸시킬 계획을 세워놓고 공격 시기를 노리고 있었다. 그러나 7월 1일 이러한 정보를 입수한 연합군은 일본군의 공격에 대비하여 한국독립군 2,500명, 중국군 2,000명을 대전자령에 잠복시켰다. 공격의 주동은 지청천 장군의 한국독립군이 담당했다. 일본군은 연합군이 매복하고 있는 줄 모르고 대전자령을 넘었다. 연합군은 일본군 후미가 산중턱에 이르렀을 무렵 일제히 사격을 퍼부었다. 불의의 기습을 받은 일본군은 4시간의 격전 끝에 대패했다. 이 전투에서 연합군은 군복 3천 벌, 군수품 20여 마차, 대포 3문, 박격포 10문, 소총 1천5백 정, 담요 3백 장 등 막대한 전리품을 노획했다.

이 전투는 독립군의 항일전에서 특기할 만한 대승리였다. 그러나 전리품의 분배문제로 한·중 간에 대립이 생겨 그 후 한·중 연합에 큰 지장이 되었다. 같은 해 9월 1일에 한국독립군은 동녕현에서 전투를 벌였을 때였다. 지원병을 보내주기로 약속한 중국군 군단장

오의성이 약속을 지키지 않았다. 그래서 독립군은 많은 타격과 부상자를 냈다. 나아가서 중국군은 독립군의 총사령 이하 수십 명의 고급간부를 구금했다가 풀어주기도 했다. 이런 관계로 한중 연합은 아쉽게도 깨지고 말았다. 이후 중국 관내(關內)로 이동한 장군은 낙양군관학교 교관으로 독립전쟁의 선봉에 나설 독립군양성에 전념했다.

1937년 일제가 다시 중일전쟁을 도발하자 무장군대의 필요성은 더욱 절실해졌다. 이에 장군은 임시정부를 독립전쟁의 구심체로 엮어내는데 힘썼다. 1940년 9월 17일 임시정부 산하에 한국광복군창설하고 총사령관을 맡아 명실공히 한국군을 대표하는 장군이 되었다. 이후 광복군은 중국을 비롯한 연합군과 협력하여 일본군과 직접적인 전투를 벌이는 외에도 대적선전, 포로 심문, 선전전단 작성, 암호문 해독 등 다방면에 걸쳐 눈부신 활약을 벌였다. 또한 1945년 장군은 광복군을 국내에 진입시켜서 일제와 우리나라의 존폐를 결판내는 전투 계획을 실행하려던 참이었다. 그러나 일제의 무조건 항복으로 이 계획은 무산되고 말았다.

이와 같이 우리나라가 8·15광복으로 주권을 되찾은 것은 결코 우연도 행운도 아니었다. 좌절과 고난 속에서도 끊임없이 독립의 열망을 실천했던 수많은 선열들로 인해 이룩된 당연한 결과였다. 특히 지청천 장군과 같이 항일투쟁의 최전선에서 목숨을 바쳐 싸운 애국지사들이 있었기 때문에 가능했던 것이다.

장군이 광복된 조국으로 돌아오는 길도 평탄지 않았다. 남한에 진주한 미군의 반대로 광복군은 개인자격으로 귀국해야만 했다. 장군도 개인자격으로 1946년 4월 28일, 풍찬노숙의 세월을 뒤로하고 피와 땀과 고난의 힘으로 이룩한 독립조국으로 돌아왔다. 귀국 직후 장군은 광복군 재건을 위해 다방면으로 노력했으나 정치적인 악재로 인해 실현하지 못했다. 또한 장군은 혼란한 국내정세를 바로할 원동력이 청년에게 있다고 믿고 26개 청년단체를 통합한 대동청년단을 결성하고 단장이 되었다.

이와 같이 장군은 일제강점기에는 항일투쟁의 최전선에서 싸웠고, 광복된 조국에서는 조국재건에 힘쓰다가 1957년 1월 15일 향년 70세를 일기로 서거했다. 장군은 생전에 바로 서지 못한 조국의 현실을 안타까워하면서 독립을 위해 산화해간 동지들에게 면목이 없다는 말을 자주 했다.

정부에서는 장군의 공훈을 기리어 1962년에 건국훈장 대통령장을 추서하였다.

일제 강점기 시대에 일본 육사를 나오고도 친일은커녕 평생 국가와 민족에 대한 사랑과 충정으로 일관, 항일독립운동에 투신한 지청천 장군. 장군처럼 투철한 국가관과 올바른 역사의식을 가진 인재가 지금도 절실하게 필요한 이유는 무엇일까? 분단된 조국이 남북통일을 애타게 기다리고 있기 때문일까? 아니면?

머슴 출신 의병대장 **홍범도** 장군

독립운동가(1868~1943). 1907년에 함경북도 북청 후치령에서 의병을 일으켜 여러 차례의 항일전에서 적군을 격파하였다. 만주로 건너가 청산리 대첩에 참여하였으며, 대한독립군단을 조직하여 부총재가 되었다. 1921년에 시베리아로 옮겨 고려혁명군관학교를 설립하였다.

"내가 어디 좌익을 택했나요? 조선을 떠나 만주에서 처음 찾아간 곳이 그런 사람들이 모인 곳이어서 그렇게 된 것뿐이오. 나는 좌도 우도 모르오. 그냥 일본놈이 꼴 보기 싫어서 원수 갚겠다고 싸웠을 뿐이오."

– 생전에 홍범도 장군께서 남긴 말

머슴 출신 의병대장 홍범도 장군

최 봉 호

일제강점시대에 수많은 독립운동가가 등장했었다. 그들 대부분 문무와 부를 겸했던 사람들이었다. 그런데 그렇지 않은 사람도 있었다. 머슴의 아들로 태어나 자신도 머슴이었던 사람, 그래서 가난했고, 더구나 글도 몰랐기 때문에 사냥꾼이나 막벌이 노동자로 살아야만 했던 사람. 그런 사람이 일본군 앞에 나타나기만 하면 일본 군인들이 꼼짝 못하고 벌벌 떨었다. 그 사람이 바로 백두산 호랑이라고 불렸던 홍범도 장군이다.

장군은 1868년 10월 12일 평양의 외성에서 가난한 머슴이었던 홍윤식의 아들로 태어났다. 그런데 장군은 태어난 지 7일만에 어머니를 잃고 말았다. 가난 때문에 어머니가 제대로 먹지도 못하고, 산후조리도 제대로 못했기 때문이었다. 그래서 장군의 아버지가 동네 아주머니들로부터 얻어온 유즙과 암죽을 끓여 먹여서 키웠다. 그러다가 장군이 아홉 살 때 아버지마저 힘든 머슴살이로 인해 세상을 떠나고 말았다. 졸지에 고아가 된 장군은 이집 저집으로 옮겨 다니며 꼴머슴을 살았다. 머슴밥 3년이라고, 주인집을 비롯해 이웃들의 갖은 천시로 인해 느는 것은 눈치밖에 없었다. 그래서 지주와 소작인과의 관계, 양반과 상놈의 차이에 대해 일찍 눈을 뜨게 되었다. 아울러 부모도 없고 재산도 없어서 머슴살이를 하지 않을 수 없는 자신의 신세를 한탄해 보기도 했다. 그렇게 하루하루를 보내던 중 평양의 감영에서 병정을 모집한다는 소식을 듣게 되었다. 열다섯 살 때였다. 이리저리 생각 끝에 머슴으로 천대받으며 사는 것보다는 군인이 되어 앞날을 개척해 나가는 편이 훨씬 좋을 것 같다고 생각했다.

1883년 장군은 나이를 두 살 늘여 보병부대에 입대해 평안 감영의 나팔수가 됐다. 그러나 부정부패에 찌든 장교들과 사병들로부터 모진 학대를 받아야만 했다. 선천적으로 성품이 강직한 그였지만, 그런 고통을 참고 견딜 수는 없었다. 그래서 그 부대에서 자신에게 가장 학대를 심하게 했던 한 사람을 폭행하고 1887년 탈영해버렸다.

군대를 떠난 장군은 1887년부터 1890년까지 황해도 수안지방 부근의 제지공장에서 일했다. 그런데 친일파인 공장 주인이 7개월 동안 월급을 주지 않는 것이었다. 이에 장군이 밀린 월급을 달라고 하자 주인은 오히려 "그동안 먹고 입고 잠잔 값을 내 놓으라."고 했다. 이런 문제가 싸움으로 번져 우발적으로 공장 주인을 살해하고 금강산에 있는 신계사로 들어갔다. 이곳에서 1892년까지 이순신 장군의 후손인 지당 대사의 상좌로 수행했다. 그러면서 지당대사로부터 간단한 한자나 한글을 깨우치게 됐고, 항일의식도 전수받게 되었다. 그 후 장군은 건설현장 노동자로 전전하다가 함남 단천으로 가서 금광의 노동자로 2년 동안 일했다. 그곳에서 삼수출신의 부인을 만나 결혼하고 1893년 부인의 고향인 삼수로 이주했다.

삼수에서 군대에서 익힌 사격술을 인정받아 산포수대에 들어가게 되어 직업적인 산포수가 됐다. 얼마 뒤 다시 북청으로 이주, 산포수조직인 안산사포계에 가입 포연대장에 뽑혔다. 포연대장이란, 사냥해서 잡은 짐승들 중 일부를 세금으로 납부해야하는데, 관리들과 교섭해서 세금의 일정량을 정하는 일을 담당하는 직책이다. 장군은 1907년 의병항전을 개시할 때까지 14년 동안 삼수, 갑산, 풍산, 북청 일대에서 이같은 생활로 비교적 안정된 생활을 했다.

1907년 9월 7일 일제는 '총포 및 화약류를 판매하는 자는 관찰사의 허가를 얻어야 한다.'는 '총포화약류단속법'을 공포했다. 민간인의 화승총(화약심지)까지 압수하겠다는 것이었다. 이는 일제가 한국 군대해산에 이어 한국인들을 완전히 무장 해제시켜 무력저항을 방지하려는 간계였다. 이에 장군은 안산사포계 동료들과 함께 일제의 요구를 거부하고 즉각 항일의병을 일으키기로 의결했다. 이 의병들이 의병사상 유명한 산포대의 출연이었다. 극악무도한 일제의 군경도 이들이 가는 곳마다 맥을 쓰지 못하고 도주해버렸다.

1907년 11월 15일, 70여 명의 산포수들은 장군의 인솔 아래 머리에 혁관을 쓰고 북청군 안평사 엄방동에서 집합해서 항일의병전에 나설 것을 천명했다. 그 이튿날, 거사의 성공을 비는 혈제를 지낸 다음, 일진회 회원이고 친일파인 안산면장 주도익을 총살했다. 이어서 부일배들을 소탕했다. 이렇게 항일독립운동대열에 나서기시작한 장군은 이후 일생을 항일무력전선에서 보내게 되었다.

70여 명의 산포수를 근간으로 봉기한 장군의 의병부대에 광산노동자, 해산당한 군인, 화전민, 토막민 등이 지원해 왔다. 이들을 받아들이자 이듬해에는 1천여 명이 넘는 대부대가 되었다. 그래서 처음에는 7지대로 나뉘어 십장제로 편성했던 부대를 구한국군의 편제를 모방해서 개편했다. 이때부터 홍범도 장군의 의병부대는 본격적으로 무력항일투쟁에 돌입하기 시작했다.

1907년 11월 22일, 일제가 삼수, 갑산지방 포수들의 총기를 회수하려고 군대를 파견했다. 홍범도 장군의 의병부대는 북청 후치령에 매복했다가 그들과 불꽃 튀는 접전 끝에 일본군을 전멸시켜버렸다. 이어서 같은 날 같은 장소에서 갑산에서 북청으로 가는 우편마차를 호위하고 가던 일본군 북청수비대를 공격해 전멸시켰다. 다음 날에도 의병부대는 후치령에 잠복해 있다가 북청에서 혜산진으로 향하던 일본군을 전멸시키고 무기를 노획했다.

이와 같이 의병들에게 잇따라 크게 피해를 입게 되자 일본군 북청수비대는 11월 25일 궁부 대위와 중대급 병력을 후치령으로 급히 출동시켜 홍범도 장군의 의병부대를 공격했다. 그러나 이를 미리 눈치 챈 홍범도 장군의 의병부대는 유리한 지형에서 잠복하고 있다가 일본군에게 많은 손실을 입힌 뒤 일단 후퇴했다. 우세한 장비를 갖춘 일본군과의 전투를 오래 끄는 것은 전세가 불리해 질 수 있기 때문이었다. 그러나 일단 퇴각한 홍범도 의병부대는 대오를 정비하고 갑산, 혜산진. 삼수, 풍산을 연결하는 도로변에 출몰해 일본군을 종횡으로 타격해 그들이 혼비백산하여 도망가게 만들었다. 또한 12월 15일에는 갑산과 북청 간의 도로에서 일본군의 군용화물차를 습격해 많은 군용물자를 노획했다.

이와 같이 후치령 전투를 시발로 홍범도 장군의 의병부대는 삼수, 갑산, 북청 등지에서 험산준령을 타고 돌며 일본군에게 유격전을 펼쳐 연전연승을 거두었다. 그러자 홍범도 장군의 명성이 날로 높아만 갔다. 반면 일제의 간사하고 교활한 술책도 날이 갈수록 심해졌다.

1908년 3월 27일, 홍범도 장군 의병부대의 수뇌부의 한 사람인 차도선이 일본군의 공작에 속아 귀순해버렸다. 설상가상으로 홍범도 장군과 가장 뜻이 잘 맞던 태양욱이 일본군의 함정에 빠져 체포당하고 말았다. 태양욱은 일본군이 귀순형식으로 자수하라는 강요를 끝내 거부하다가 처형당하고 말았다. 이와 같은 일련의 사태는 홍범도 장군의 의병부대의 무력항쟁에 시련을 가져왔다. 일본군은 이제 홍범도만 귀순하면 그 지방의 의병은 완전히 해체될 것이라고 생각하고 홍범도 장군에게도 귀순공작을 벌였다. 그러나 이 같은 공작은 홍범도 장군의 분노만 키웠을 뿐이었다. 그는 "나는 이 생명이 살아있을 때까지 투쟁하겠다."면서 더욱 강한 의지를 내보였다. 그러자 일제는 홍범도 장군의 아내와 아들 용범 등 가족을 인질로 잡아 가두는 비열한 수단을 동원했다. 홍범도 장군을 위협, 유인하기 위한 수단이었다. 그러나 홍범도 장군은 그러한 일제의 꼼수에 조금도 흔들리지 않고 전열을 가다듬기에 바빴다. 그러자 일제는 홍범도 장군의 가족을 몰살시키는 잔인함을 단행했다.

홍범도 장군은 가족을 잃은 슬픔을 달랠 시간도 없이 의병부대의 재편성에 착수했다. 1908년 4월부터 5월 중순까지 삼수, 갑산, 무산, 북청 일대를 몸소 돌아다니면서 산포수들과 청년들을 의병에 입대시켰다. 그 결과 1908년 4월 말에 5백여 명이었던 의병이, 5월 중순에는 650여 명으로 증가했다. 이에 홍범도 장군은 의병항전을 재개했다.

홍범도 장군의 의병부대는 삼수, 갑산, 장진(長津), 북청 등지를 넘나들며 일본군과 일진회 회원을 비롯 친일파들을 닥치는 데로 처단해 민족반역자들에게 경종을 울렸다. 이에 홍범도 장군은 한반도 북부지방의 무력항일전을 주도하는 핵심인물로 부상하였다. 이 일대의 주민들로부터 열렬한 추앙을 받는 인물이 된 것이다. 이때 함경도 북부지방에서는 홍범도 장군의 항일전을 응원, 칭송하는 노래 "날으는 홍범도가"가 다음과 같은 내용으로 불릴 정도였다.

〈홍대장 가는 길에는 일월이 명랑한데 / 왜 적군 가는 길에는 눈비가 쏟아진다 / 엥헤야 엥헤야 엥헤야 엥헤야 / 왜 적 군대가 막 쓰러진다 /(중략) 왜적 놈이 게다짝 물에 던지고 / 동해 부산 건너가는 날은 언제나 될까 / 엥헤야 엥헤야 엥헤야 엥헤야 / 왜적 군대가 막 쓰러진다.〉

이처럼 홍범도 장군 의병부대의 명성이 날로 높아가자 일제는 6월과 7월, 2개월 동안을 홍범도 의병부대 '대토벌' 기간으로 정했다. 그리고 일본군 북청수대와 함흥수비대가 합동으로 토벌대를 조직해 홍범도 장군의 의병부대를 공격했다. 그러나 홍범도 장군의 의병부대는 유리한 지형지물을 이용 응전해 일본 토벌군을 참패시켰다. 이 토벌군은 그날 밤을 이용해 혜산진으로 도주해 버렸다. 이 패전으로 인해 동북지방에 주둔한 일본군의 위신은 땅에 떨어지고 말았다. 그러나 일본군 사령관은 북청에 주둔하고 있는 제50연대 병력을 주축으로 강력한 토벌대를 조직하여 다시 출동시켰다. 이에 홍범도 장군은 작전상 주력부대를 삼수에서 빼돌린 다음 중평장에 일부 병력만 남아 지연작전을 위해 저항하도록 했다. 이런 작전을 알지 못한 일본군 토벌대는 중평장을 힘들이지 않고 점령한 다음 삼수에 이르러 포위공격을 시도했다. 그러나 그곳에는 의병의 그림자도 안보였다. 나중에야 의병들이 철수한 것을 알게 된 일본군 토벌대가 통분해 있을 때, 삼수를 빠져나갔던 의병부대가 불시에 출동 토벌대를 기습 공격했다. 장장 9시간이나 걸린 이 전투에서 의병부대는 토벌대를 섬멸시키고 우편국 등 일제기관을 전부 파괴하는 전과를 올렸다. 이 전투에서 일본군 토벌대는 겨우 12명만이 살아남아서 도망쳤다. 이 전투에서 대승을 거둔 홍범도 장군의 의병부대는 이리사 방면으로 종적을 감추어 버렸다.

이 참패를 회복하려는 일본군 지휘관 미키 소좌는 부하 장교에게 삼수지방에 주둔시키고 11일 군대를 이끌고 서둘러 갑산에 도착했다. 그리고 1개 중대를 이리사 방면으로 추격하도록 명령을 내리고, 다른 중대는 신풍리 동쪽에서 압축 포위해 들어가도록 했다. 그러나 추적한 지 1주일이 지나도 의병부대의 종적은 찾아볼 수가 없었다. 결국 시간과 병력만 소모하고 갑산으로 귀대했다. 시간이 경과할수록 홍범도 의병부대의 전력도 점차로 소모되어 갔다.

홍범도장군의 의병부대는 1907년 11월 15일 봉기 이후 삼수전투에서 일본군 함흥, 북청, 갑산수비대를 궤멸시키는 등 약 37회의 대소전투에서 승리를 거두었다. 그러나 홍범도 장군은 국내에서의 무력투쟁에 한계를 느낀 나머지 블라디보스토크로 건너갔다. 그곳에서 무기와 탄약을 구입해 전력을 보강하고, 연해주 일대의 의병부대와 연합하여 대규모 의병항전을 펼칠 계획이었다. 그러나 그의 계획은 실천에 옮기가 어려운 상황이었다. 왜냐하면 안중근과 엄인섭의 의병이 국내 진입작전에서 일본군에 패한 뒤 연해주의 의병들의 항전분위기가 침체되어 있었기 때문이었다. 결국 홍범도 장군은 1910년 3월 일단의 부하들과 서간도의 장백현 왕개둔으로 망명해 버렸다.

연해주로 망명한 홍범도 일행은 블라디보스톡 등지에서 '노동회'를 조직하고 시베리아 철도부설공사 등 각종 노동현장에서 일했다. 그러면서 무장 항일투쟁의 적당한 기회를 기다리고 있었다. 그러던 중 1919년 국내에서 거족적인 3.1운동이 일어나자 홍범도 장군은 즉각 독립군조직에 착수했다. 그리고 같은 해 3월부터 6월 사이에 대한독립군을 창설하고, 8월에는 근거지를 간도의 백두산 부근으로 옮겼다. 그 직후, 홍범도 장군의 대한독립군은 독립 운동가들의 숙원이던 국내진입작전을 펼쳤다. 먼저 두만강을 건너 혜산진의 일본수비대를 습격 섬멸시켰다. 이 작전은 3.1운동 이후 최초의 국내진입작전으로 독립군항전의 도화선이 되었다.

이어 10월에는 강계, 안포진에 진입하여 점령한 다음 자성에서 일본군과 격전을 벌여 70여 명의 일본군을 살상시킨 전과를 올렸다. 이듬해인 1920년 봄, 홍범도 장군의 대한독립군은 대규모 국내진입작전을 계획하고 있었다. 이 작전을 수행하기 위해서는 무엇보다도 분산된 독립군을 하나로 통합하여 군력을 집중시키는 일이 절실하게 요구되고 있었다. 이에 홍범도 장군은 우선 대한국민회의 국민군과 대한독립군을 통합하는 등 군단통합을 착수했다.

대한국민회는 간민회의 자치와 전통을 계승해서 결성된 단체로 3·1운동 이후 간도지방에서 가장 세력이 큰 항일단체로 부상했다. 이 단체가 군무위원 안무를 지휘관으로 하는 국민군을 편성한 것이다. 이 국민군이 홍범도 장군의 의견을 수용 대한독립군과 통합하게 된 것이다. 통합된 군단의 행정과 재정은 국민회가 관장하고, 군무는 대한독립군은 홍범도 장군이, 국민군은 안무가 담당 지휘하기로 했다. 군사작전 전개 시에는 홍범도 장군이 '정일제일군 사령관'이란 이름으로 두 군단을 통수케 했다. 이어 정일제일군은 최진동의 군무도독부와도 통합했다.

1920년 5월 28일, 대한독립군, 대한국민회의 국민군, 군무도독부가 연합하여 하나의 독립군단인 대한군북로독군부로 통합하고 화룡현 봉오동에 병력을 집결시키면서 강력한 국내진입작전 계획 수립을 완료했다. 이때 대한군의 병력은 군무도독부계 약 6백 70명, 홍범도장군과 안무계 약 5백 50명, 도합 1천 2백여 명이었다.

통합된 독립군단은 1920년 6월 7일, 청산리승첩과 더불어 독립군항전사에 영원히 기록될 봉오동 승첩을 거두게 된다. 봉오동승첩은 그 전단이 독립군이 수행하던 통상적 국내진입작전에서 비롯되었다.

1920년, 6월 4일 새벽 30여 명의 독립군 소부대가 종성 북방 5리 지점의 강양동으로 진입해 일제헌병순찰소대를 격파했다. 이 패배를 설욕하려고 일본군은 남양수비대 소속의 1개 중대와 헌병경찰중대가 독립군을 추격했다. 그러나 이들은 삼둔자에서 독립군의 반격으로 전멸되고 말았다. 이것이 봉오동 전투의 발단이 된 삼둔자전투이다.

삼둔자전투에서 완패한 일제는 두만강 수비대인 19사단에서 즉시 월강추격대대를 편성 출동시켰다. 일본군 안천 소좌는 이 추격대대를 이끌고 두만강을 건너 북간도의 봉오동 입구로 진입했다. 이때 홍범도 장군의 독립군은 봉오동의 주민을 모두 대피시키고 유리한 지형지물을 이용 매복하고 그들을 기다리고 있던 참이었다. 즉 일군 추격대의 진로를 예측하고 만반의 요격계획과 포위망을 쳐 놓고 이들의 진입을 기다리고 있던 중이었다. 이런 상황을 알 길이 없는 일본군 추격대는, 이화일이 이끄는 독립군 유인부대와 접전을 벌인 뒤, 7일 오후 1시경 독립군의 포위망 속으로 들어왔다.

그때 홍범도 장군이 일제사격의 신호탄을 발사했다. 삼면고지에 서 신호를 기다리고 있던 독립군은 일군을 향해 일제히 집중사격을 가했다. 이에 일본군은 신곡중대와 중서중대를 전방에 내세워 결사 적으로 응전을 하는 한편 기관총으로 대항했다. 그러나 유리한 지 형지물을 이용해 소나기처럼 퍼붓는 독립군의 총알을 막아내기에 는 역부족이었다. 독안에 든 쥐처럼 3시간 동안이나 필사적인 저항 을 하던 일본군 추격대는 버틸수록 사상자만 늘어나자 응전을 포기 하고 퇴각하기 시작했다. 그러나 그들은 퇴로도 용이하지가 않았 다. 독립군 제2중대가 그들의 퇴로를 추격해 타격을 가중시켰기 때 문이다. 결국 독립군 본영을 일거에 분탕하려던 일제의 월강추격대 대는 봉오골에다 엄청난 전사자만 남겨 놓은 채 유원진으로 도주했 다. 상해 임시정부 군무부는 이 전투에서 독립군은 일군 사살 1백 57명, 중상 2백여 명, 1백여 명에게 경상을 입혔다고 발표했다.

홍범도 장군이 지휘한 봉오동승첩은 독립군들뿐만 아니라 독립 운동가들의 사기를 크게 진작시켰다. 또한 독립군들은 10년 이래 의 숙원인 '독립전쟁의 제1회전'이라 했다. 그러면서 이 전투를 통 해 지속적인 독립전쟁을 수행하기 위한 준비를 갖추기 시작했다.

독립군의 활동이 활발해지자 일제는 간도지역에 정치적, 군사적 압박을 가했다. 이에 한국독립군단은 1920년 8월, 새로운 항전기지로 떠나지 않으면 안 되었다. 홍범도 장군의 대한독립군단이 제일 먼저 안도현 방면의 백두산 기슭을 이동했다. 이어 국민회군, 의군부 독립군단도 이도구 방면으로 옮겼다. 김좌진의 북로군정서군은 왕청현 서대파를 떠나 삼도구로 향했다. 이곳에서 그는 국민회의 지원을 받아가며 군사통일에 주력하는 한편, 간도 일대에서 독립군의 전력을 강화해 독립전쟁에 대비했다.

한편, 일본은 봉오동전투의 참패를 설욕하려고 '간도지방 불령선인초토계획'이라는 대규모 독립군 '토벌' 계획을 세웠다. 그리고 1920년 10월 2일 소위 혼춘사건을 조작, 일본군의 간도 출병 구실을 만들었다. 마침내 일본은 5개 사단에서 차출한 2만 5천여 명의 병력을 동원해 10월 7일부터 간도에 침입시켜, 독립군 '섬멸'작전을 펴기 시작했다. 그 가운데 19사단의 동지대 5천여 명의 일본군이 홍범도 장군의 대한독립군이 주둔한 이도구와 김좌진 장군의 북로군정서군이 주둔한 삼도구로 진격했다. 결국 독립군과 일본군은 청산리 일대에서 일대 격전을 벌이게 되었다. 이 전투가 바로 청산리전투였다.

한국독립운동사에서 가장 빛나는 대첩을 기록한 청산리전투는 김좌진 장군의 북로군정서군과 홍범도 장군의 대한독립군, 국민회의 국민군 등의 연합독립군이 1920년 10월, 두만강 상류의 북쪽으로 40~50km 지점에서 위치한 화룡현 삼도구와 이도구 서북방의 청산리, 어랑촌, 봉밀구 등지에서 간도를 침입한 일제의 독립군 '토벌군'과 대회전을 벌인 전투였다.

청산리전투는 백운평전투를 시작으로 완루구, 천수평, 어랑촌, 맹개골, 만기구, 쉬구, 천보산, 고동하곡 전투 등 1920년 10월 21

일부터 10월 26일까지 6일 동안 벌어졌던 일련의 독립군항전을 통칭하는 전투이다. 이 전투는 홍범도 장군의 연합독립군과 김좌진 장군의 북로군정서군이 단독, 혹은 연합작전으로 수행했던 전투였다. 이들 전투에서 독립군은 막대한 전과를 냈다. 연대장 1명 대대장 2명을 포함, 일군 장병 1천 2백여 명을 사살했고, 200여명을 전상시켰고, 많은 전리품을 노획했다. 일본군은 독립군을 '초토'하려던 계획이 실패로 돌아가게 되었고, 이후 무고한 한인양민들을 대상으로 경신참변이라는 잔인한 보복살육행위를 자행했다.

　봉오동, 청산리승첩을 이룩한 뒤 홍범도 장군의 대한독립군부대는 밀산을 거쳐 1921년 1월초에는 우수리강을 건너 노령 이만으로 들어갔다. 대한독립군 외에 북로군정서, 국민회군, 군무도독부군 등 만주에서 활동하던 모든 독립군단들도 이곳으로 집결했다. 이들 대표는 이곳에서 독립군 대회를 열고 대한독립군단을 결성했다. 그리고 총재에는 서일, 홍범도장군은 부총재로 군사작전을 총지휘하는 임무를 맡겼다. 이만으로 들어간 이 대한독립군단은 이후 알렉세호스크 자유시로 이동했다.

　1921년 6월 22일 한국무장독립투쟁사상 최대의 비극적인 사건인 자유시사변이 발생했다. 소련 당국이 조선독립군에게 무장해제를 통고했기 때문이다. 이는 일본과 소련에게 2중으로 포위당한 형국이었다. 28일 독립군은 '최후의 1인까지'라는 각오로 항전했지만, 많은 희생자를 내고, 잔여부대가 소련 국경을 넘어 북만주로 이동할 수박에 없었다. 이것이 바로 흑하사변이다. 이 사변 이후 홍병도 장군은 군사적으로 뚜렷한 행동을 하지 않았으니 독립운동의 지도자로서 후진을 양성했다.

이후 홍범도 장군은 이르크츠크에 있던 코민테른 동양비서부의 독립군 집단이주 정책으로 인해 8월 5일 이르크츠크로 이송되었다. 그 후 민족해방유격대의 원로로서 예우만 받게 되었다. 1922년 1월 22일에는 모스크바에서 개최된 극동인민대표자대회에 참석, 상당기간 동안 그곳에 머물다가 1922년 전반기에 다시 이만으로 돌아갔다. 이후 브라고웨시첸스크(자유시, 흑하)에서 이동휘, 문창범 등과 함께 고려중앙정청을 조직하고 9월 1일 치타에서 대표자회의를 여는 등 한인사회의 자치활동에 참가하기도 했다.

1937년에 홍범도 장군은 그의 부하들과 함께 스탈린의 한인 강제이주 정책에 따라 다시 중앙아시아로 이주하게 되었다. 그는 최후의 귀착지가 된 현재의 카자크공화국의 크즐-오르다 지방에 정착, 집단농장에서 만년을 외롭게 보내다가 1943년 75세로 작고해 그곳 공동묘지에 묻혔다.

이후 한국 정부가 홍 장군 유해를 반환하려고 했으나 카자흐스탄 동포들의 적극적인 반대로 무산되었다 한다. 만에 하나 장군의 유해를 가져가면 한국을 폭파해버리겠다며 반대했을 정도로 홍범도 장군은 카자흐스탄 동포들의 우상이자 힘이었기 때문이다.

부하들과 똑같이 먹고 자고 굶고 싸웠기 때문에 계급장 없는 장군으로도 유명한 홍범도 장군. 그토록 순수했던 산포수를 날으는 백두산 호랑이로 만든 것은 누구일까? 라는 질문에 그는 지금도 여전히 "나는 좌도 우도 모르오. 그냥 일본놈이 꼴 보기 싫어서 원수 갚겠다고 싸웠을 뿐이오." 라고 대답하고 있다.

부록

Korea

일제의 한국강점기
period of Japanese occupation

최 봉 호

한국사 [history of Korea]

한국의 역사는 1)구석기시대 때부터 시작됐다. 2)청동기시대에는 대중을 지배하는 권력자가 나타났고, 최초로 고조선이라는 나라가 생겼다. 삼국시대(고구려. 백제. 신라)에는 왕권중심의 귀족국가로 불교를 받아들여 왕의 권력 강화와 귀족들의 특권강화를 정당화시켰다. 삼국시대 말기에는 남쪽의 신라와 북쪽의 발해가 남북국세력을 이루고, 신라와 수·당으로 연결되는 동서세력의 대립양상을 보였다. 이 시대의 특징은 왕권을 강화하여 국민의 의사를 존중하지 않고 지배자가 주권을 마음대로 행사하는 전제주의체제였다. 고구려 3)유민이 세운 발해는 말갈의 원주민을 지배하는 국가였다. 통일신라 후기에는 왕위쟁탈전이 치열해졌고, 거란에게 멸망한 발해 유민들이 고려에 합류했다.

문인중심의 귀족사회였던 고려는 후기에 이르러 무인들의 불만

---

1)the Old Stone Age.
2)the Bronze Age
3)drifting [wandering] people.

이 폭발해 무인정권을 탄생시켰다. 이 시대에 고려는 몽골의 침입으로 시련을 겪었다. 조선이라는 나라를 세운 이성계는 자신의 권력을 유지하기 위해 여러 가지 사회적 제도를 마련했다. 또한 대외적으로는 4)사대교린(事大交隣)의 5)우호정책을 폈다. 이후 우리나라는 일본의 강권에 의해 을사조약과 한일합방을 맺고 주권을 일본에게 빼앗기고 말았다. 하지만, 1945년 8월 15일 일제의 식민지 지배로부터 해방되었다. 그러나 일제강점기의 여파는 1950년 6 · 25 전쟁을 발생시켜 남북이 분단되는 사태로 번졌다. 이후 한반도는 남북이 팽팽하게 맞서고 있는 긴장상태에 놓이게 됐다.

일본의 한국 침략론 시초 - 풍신수길

우리나라와 일본은 대한해협을 사이에 두고 지리적으로 운명적인 관계에 놓여있다. 이 관계는 천 년 전이나 지금이나 앞으로도 변함이 없을 것이다. 이 같은 지리적 환경 때문에 우리나라는 오랜 옛날부터 일본으로부터 수시로 침략을 받아왔다. 그런데 일본은 왜 우리나라를 그토록 끈질기게 침략하고 있는 것일까?

섬나라인 일본은 먼 옛날부터 지진과 화산 때문에 일본열도가 가라앉을지 모른다는 불안감에 떨고 있다. 그래서 일본본토를 우리나라로 옮기려는 소위 6)'정한론'이라는 야욕을 치밀하게 추진해 왔다. 이는 일본이 우리나라를 무력으로 침략한다는 계획이다. 이같

---

4)사대교린(事大交隣): 사대는 중국, 교린은 왜국 및 여진을 뜻하는 말로 이들에 대한 조선 시대 외교 정책.
5)friendship policy.
6)1870년을 전후하여 일본정계에 거세게 일었던 한국에 대한 침략론.

은 그들의 음모는 15세기 후반부터 시작했다.

1586년 5월 4일, 일본 오사카항구에 포르투갈 배가 닻을 내렸다. 이 배에는 30명의 천주교 예수회 신자들이 타고 있었다. 이들은 오사카성으로 가서 실권자인 7)수길(풍신수길)에게 천주교를 전도할 수 있게 허락해달라고 요청했다. 그러자 수길은 "지금 나는 조선과 중국을 8)정벌할 계획인데 당신들이 타고 온 배와 똑같은 배 두 척을 나에게 판다면 전도는 물론 돈도 달라는 대로 주겠소." 라고 말했다. 그러나 신부들은 그의 요구를 들어주지 못했다. 그러자 수길은 일본에서 천주교의 전도를 금지시키고 일본 내의 나무와 쇠를 강제로 거둬들였다. 그리고 그 나무와 쇠로 배를 만들고 총을 만들어서 우리나라를 침략하려는 준비에 만전을 기했다.

마침내 침략준비를 끝낸 수길은 우리나라에 "명나라를 칠 터이니 길을 빌리자"고 말도 안 되는 주문을 했다. 이에 우리나라가 한마디로 거절하자 그는 속셈을 드러내기 시작했다. 1592년 4월 13일 새벽, 수길은 16만의 병력을 동원해서 우리나라를 침략했다. 그리고 불과 20여 일 만에 서울까지 정복했다. 하지만 우리나라 농민들의 조직적인 항쟁과 명나라 원군의 지원으로 패배할 기미가 짙어지자, 9)화의를 핑계 삼아 4년 만에 일본으로 돌아가기 시작, 전쟁이 끝나는 듯했다. 그러나 화의가 10)결렬되자 1597년 다시 우리나

---

7)'도요토미 히데요시(일본의 무장 · 정치가(1536~1598))'의 잘못
8)conquer
9)negotiations for peace
10)a breakdown.

라를 침략 11)정유재란을 일으켰다. 이때는 이순신 장군의 눈부신 활약으로 일본군은 곳곳에서 호되게 당하다가 수길이의 죽음으로 1598년에 철수했다.

7년에 걸친 두 번의 전쟁으로 우리나라는 전 국토가 폐허the ruins 가 되었고 많은 양민innocent people들이 죽었다. 이때 일본군들은 죽은 사람들의 귀와 코를 베어서 독에다 소금에 절여 수길에게 보고했다. 심지어는 12)전과를 부풀리기 위해 살아 있는 사람들의 귀와 코도 강제로 베어갔다. 그때 잘려간 귀들은 지금도 동경의 동쪽 토요쿠니 진쟈 맞은편의 13)'귀 무덤'에 묻혀있다.

이후 일본은 한동안 잠잠한 듯했다. 그러나 그게 아니었다. 1785년 일본은 우리나라 침략에 대비한 〈삼국통람도설〉이란 책을 통해 침략의 야욕을 그대로 드러냈다. 또한 1786년에는 〈해국병담〉이라는 책을 통해 우리나라를 침략한 임진왜란과 정유재란을 극구 칭찬했다. 나아가서 1870년대를 전후해 일본 정계는 우리나라를 공략해서 점령해야 한다는 주장이 강력하게 일어나기 시작했다. 이때부터 정한론, 즉 일본의 한국 침략론은 실천에 옮겨지기 시작했다.

---

11) 임진왜란 중 화의교섭의 결렬로 1597년(선조 30)에 일어난 재차의 왜란. 정유년에 일어났다고 하여 '정유재란'이라고 한다.
12) war results
13) 일본 교토시 히가시야마구에 있는 무덤으로, 임진왜란과 정유재란 때 왜군이 전리품으로 베어간 한국 군사와 백성의 코와 귀를 묻은 곳이다.

일본의 한국 침략과정

일본은 1860년대의 메이지유신으로 근대화의 길을 걷기 시작했다. 그리고 강화도조약(1876. 병자수호조약)체결로 한일합방으로 가는 길을 열고 우리나라를 침략하는 첫 발을 내딛었다. 당시 우리나라는 대원군이 물러나고 고종이 14)친정을 선포(1873)하자 개화파와 수구파가 격돌하면서 임오군란·갑신정변 등의 급격한 변화를 겪고 있었다. 이러한 변화에 일본은 직접 또는 간접으로 끼어들어서 꾸준하게 자기들의 세력을 키워나갔다. 그러던 중, 15)동학혁명(1894)이 일어나자 이를 기회로 우리나라에서 청나라 세력을 밀어내고, 그 여세를 몰아 다시 러·일전쟁에서 승리했다. 러시아 세력까지 물리친 일본은 이후 한반도에서의 우위를 국제적으로 인정받았다. 그러자 일본은 계획대로 우리나라를 단계적으로 빼앗기 시작했다.

1904년 일본은 한일의정서를 성립시켜 내정간섭의 길을 트고 군기지까지 확보했다. 또한 같은 해 제1차 한일협약으로 16)〈고문정치〉를 시작했다. 이어 1905년에는 17)을사조약을 강행, 우리나라에 18)통감부를 두고 소위 19)보호정치를 실시하고 외교권을 빼앗아

---

14)royal governing in person.
15)조선 고종 31년(1894)에 동학교도 전봉준이 중심이 되어 일으킨 혁명이다. 교조신원운동(教祖伸怨運動)의 묵살, 전라도 고부 군수 조병갑의 불법 착취와 동학교도 탄압에 대한 불만이 도화선이 된 혁명은 조선 봉건사회의 억압적인 구조에 대한 농민운동으로 확대되어 전라도·충청도 일대의 농민이 참가하였으나 청·일 양군의 진주(occupying)와 더불어 실패했다. 이 운동의 결과 청·일전쟁이 일어나고 우리나라에는 일본 세력이 점점 더 깊이 침투하게 되었다.
16) 일본이 한국을 속국(be subject to Japan)으로 삼기 위해 고문(an adviser)을 파견하여 다스리던 일.
17)1905년 일본이 한국의 외교권을 박탈하기 위해 강제로 체결한 조약.

²⁰⁾식민지화 음모의 기반을 닦았다. 또한 1907년 7월에는 ²¹⁾헤이그 밀사사건을 트집 잡아 고종을 임금의 자리에서 물러나게 한 다음, ²²⁾정미7조약을 체결하고, ²³⁾〈차관정치〉를 통해 실제로 우리나라를 통치하기 시작했다. 이어 기유각서를 통해 우리나라 군대를 해산시키고 사법권까지 박탈했다. 1910년 8월 22일 일본은 이완용 내각과 짜고 ²⁴⁾한일합방조약을 강행, 같은 달 29일 이를 공포한 후 우리나라 영토를 자기네 영토인 일본에 끼워 넣었다. 이로써 조선 왕조는 27대 519년만에 망하고 한반도는 일제의 ²⁵⁾조선총독부에 의해 통치되는 이른바 〈일제강점기〉를 맞게 되었다. 일제강점기는 1910 한일합방으로 대한제국(조선왕조)이 망한 이후부터 1945년 8월 15열의 광복Liberation 이르기까지 35년 동안 일본이 한국을 식민지colony로 통치control한 시기를 말한다.

 일제강점기는 일제가 우리나라를 완전한 식민지로 만들기 위해

---

17)1905년 일본이 한국의 외교권을 박탈하기 위해 강제로 체결한 조약.
18)일제가 완전한 한일병탄(annexation)을 준비하기 위해 1906년 서울에 설치했던 통치기구.
19)다른 나라의 보호를 받으며 행하는 정치.
20)a colony
21)고종이 1907년에 네덜란드의 수도 헤이그(Hague)에서 개최된 제2회만국평화회의에 특사를 파견하여 일제에 의하여 강제 체결된 을사조약의 불법성을 폭로하고 한국의 주권회복을 열강에게 호소한 외교활동.
22)1907년 일본이 한국을 강점하기 위한 예비조처로 체결한 7개 항목의 조약.
23)한말에 일제의 조선통감이 임명한 각부 일본인 차관(a loan, credit)이 대한제국의 실권을 장악하고 직접 집행하던 정치.
24) 1910년 8월 29일 일본의 강압 아래 대한제국의 통치권을 일본에 양여함을 규정한 한국과 일본과의 조약.
25)1910년 국권피탈로부터 1945년 8·15광복까지 35년간 한반도에 대한 식민통치 및 수탈기관.

탄압, 영구예속화를 위한 민족고유성의 말살과 철저한 경제적 수탈 등의 정책을 폈다. 이 정책변화에 따라 ①제1기 무단정치시대(1910~1919), ②제2기 문화정치시대(1919~1931), ③제3기 병참기지화 및 전시동원시기(1931~1945) 등 3기로 나눌 수 있다.

제1기 무단정치기(1910~1919) period of military government

　1919년 3·1운동까지의 이 시기는 식민지 지배체제를 굳히는 기초 작업을 한 시기이다. 일본 왕 직속의 조선총독이 강력한 헌병·경찰력을 배경으로 철저한 무단강압정책을 폈다. 정치적 결사·집회를 금지시키고 한글신문을 폐간시켰다. 관리나 교원은 제복을 입고 칼을 차게 했다. 또 재판을 거치지 않고 헌병이 26)즉결처분을 감행했고, 27)애국지사들을 모조리 잡아들여 잔혹한 고문을 가하고 투옥시켰다.

　경제적으로는 우리나라를 자기들의 28)독점시장으로 개편하기 시작했고, 기초적 건설 사업에 29)착수하고, 토지조사 사업을 강행해서 우리 농민들의 토지를 강탈하여 30)동양척식회사의 수중으로 들어가게 했다. 그 결과 많은 농민들이 토지를 잃고 31)유랑하거나 소농으로 전락했다. 이 같은 가혹한 32)수탈은 한국 민중 전체의 항거

---

26)summary punishment.
27)a patriot.
28)a monopolistic market.
29)a start.
30)1908년 일제가 대한제국의 토지와 자원을 수탈할 목적으로 설치한 식민지 착취기관.
31)wandering.
32)exploitation.

를 33)초래, 34)지사들의 35)궐기와 독립운동, 노동자들의 36)파업투쟁이 각지에서 일어나 무단통치 체제를 위협했다. 그러던 차에 1차대전이 끝나고 미국대통령 윌슨의 37)민족자결주의 38)제창을 계기로 일제의 39)압제에 대한 민중의 분노는 3 · 1운동으로 폭발하기에 이르렀다.

제2기 문화정치기(1919~1931) period of cultural policies

3 · 1운동으로 위협을 느낀 일제가 종래의 〈무단정치〉 대신 40)〈문화정치〉를 내세워 민족분열정책을 폈다. 경제적으로는 한국경제를 완전히 일본경제에 41)종속시키려 했다. 1919년 새로 부임한 총독 사이토는 〈일선융화〉 〈일시동인〉이라는 구호 아래 이른바 〈문화정책〉을 내세웠다. 즉 총독부 조직을 개정, 문관 총독의 임명을 허용하고, 헌병경찰제도를 보통경찰제로 개정하고, 그 사무집행권을 도지사에게 넘기고 지방분권적 자치제도를 42)표방했다. 또 한국인관리 임용의 범위를 넓히는 한편 관리 · 교원의 착검 · 제복도 폐지했다. 〈동아일보〉 〈조선일보〉 등 우리말 신문의 간행을 허락하는 등 약간의 언론자유를 허용했다.

---

33)bringing about.
34)a patriot.
35)rise.
36)a strike.
37)the principle of self-determination of peoples.
38)proposal.
39)oppression.
40)3·1운동 이후 일제가 한반도에 실시한 식민지 통치 방식.
41)subordination.
42)profess.

반면, 경제적인 43)수탈체제를 더욱 강화시켰다. 이른바 44)산미증식계획의 실천을 한국 농민들에게 강요했다. 일본사람들의 식량문제를 한국에서 수탈한 식량으로 해결하려 했던 것이다. 이 증식계획으로 한국농민은 굶주림에서 벗어나기 위해 쌀을 팔아 만주에서 들어오는 45)잡곡을 사먹는 비참한 백성이 되고 말았다. 또한 많은 농민들이 46)화전민이나 노동자로 전락하거나, 47)유랑의 길을 떠났다. 남한주민은 주로 일본으로, 북한주민은 주로 중국으로 이주했다. 당시 통계숫자는 1926년부터 1931년까지 5년에 걸쳐 굶던 사람들이 1만~16만 3천 명, 48)춘궁기에 49)초근목피로 사는 50)궁민이 29만 6천~104만 8천 명, 겨우 궁민을 면한 51)극빈영세민이 186만~420만 명에 이르렀다. 이러한 압제 아래서도 소작쟁의·노동쟁의·학생운동·사상운동 등 일련의 항일 사회운동이 전개되었으며, 1927년 민족주의자의 총합체인 52)신간회가 조직됨으로써 운동의 단계를 더욱 높이기에 이르렀다.

이 시기에 국내에서는 3·1운동 이래 최대의 6·10만세운동(1926)과 광주학생운동(1929)이 일어나 일제의 한국 통치에 일격을

---

43) plundering system.
44)rice production increase plan of korea.
45)miscellaneous [minor] cereals.
46)fire-field'r [slash-and-burn] farmers.
47)wandering.
48) the farm hardship period.
49)풀뿌리와 나무껍질. 즉 매우 험한 음식을 가리킴.
50)가난한 백성.
51)a destitute person.
52)1920년대 후반에 좌우익 세력이 합작하여 결성된 대표적인 항일단체

가했다. 또한 해외에서는 대한민국 임시정부가 상해에 수립되어 주권회복에 나섰고, 만주·시베리아 등지에서는 많은 독립운동단체들이 항일무장투쟁을 전개했다. 특히 1920년 10월, 김좌진 장군의 청산리대첩은 망국 10년의 한을 달래주는 일대 장거a daring attempt였다. 이에 총독부는 1930년을 전후하여 사상운동에 대한 탄압을 강화하고, 1931년 만주사변이 발발하자 본격적인 탄압을 가하면서 조선통치의 근본적인 변환을 강구했다.

제3기 병참기지화 및 전시동원기

(1931~1945) Into a logistical base & period of wartime mobilization

1931년 만주사변, 1937년 중·일 전쟁을 일으킨 일본은 한국을 대륙침략을 위한 53)병참기지로 삼았다. 이어 1941년 태평양전쟁의 수렁에 빠지자 한국의 인력과 물자를 강제 동원하여 전력화했다. 1936년 미나미가 총독으로 부임하자 먼저 54)전시경제 확립을 목표로 세우고 우리나라 경제의 재편성을 강행하여 중화학공업을 발전시키는 한편, 군사수송을 위해 육운·해운·공수의 교통시설과 통신시설을 넓혔다. 또한 한국사상범 예비구금령·한국사상범 보호관찰령을 공포, 일체의 사상운동을 탄압했다. 1938년에는 교육령을 개정, 55)내선일체 등의 3대강령을 내세워 한국학생의 황국신민화를 꾀하고, 한국어 과목 폐지, 한국어학회·진단학회 해산, 우리말 신문 폐간, 그밖에도 신사참배·창씨개명을 강요하는 등 우

---

53)a sup-ply [commissary] base.
54)wartime economy.
55)1937년 일제가 전쟁협력 강요를 위해 일본과 한국은 하나라고 내 세운 통치정책.

리민족의 문화말살을 위해 역사상 유례없는 폭력으로 우리민족을
억눌렀다.

일본은 56)전시동원에 정신적 · 57)사상적인 데만 58)국한하지 않
고 인적 · 물적 자원도 강제로 동원시켰다. 1937년 육군지원병제
를 실시하여 한국청년을 침략전쟁의 총알받이로 내보냈고, 59)근로
보국대를 조직, 한국인을 군사시설 · 중공업의 60)노역에 강제로 동
원시켰다. 1943년 5월에는 61)징병제 실시, 이듬해 11월에는 62)학
병제를 시행하여 우리나라 젊은이들을 침략전쟁의 구덩이로 몰아
넣었다. 이 기간에 국내의 독립운동은 미미했다. 하지만 만주 · 시
베리아 등지에서는 활발하게 항일투쟁이 전개되고 있었다. 임시정
부가 일본에 63)선전을 64)포고하고, 광복군이 중국군과 함께 항일
전에 참여하는 등 우리민족의 독립정신을 세계에 보여주었다. 그러
던 중 일본의 히로시마와 나가사키에 원자탄이 투하되고, 이어 65)
얄타협정(Yalta Agreements)에 따라 소련이 참전하게 되었다. 그러자

---

56)wartime mobilization.
57)he tendency [trend] of thought.
58)localization.
59)The Labor Patriotism Unit = 중일전쟁 후 일제가 한국인의 노동력을 수탈하기 위해 강
제로 끌고 가서 만든 노역(hard [exhausting]work)조직.
60)hard[exhausting] work.
61)the conscription [draft] system.
62)a student soldier system.
63)declaration[proclamation] of war.
64)proclamation.
65)1945년 2월 미국의 루스벨트, 영국의 처칠, 소련의 스탈린 등이 크림 반도의 얄타에서 개
최한 회담. 제2차세계대전 후의 문제를 협의하였으며, 소련은 전쟁 참가의 대가로 사할린 등
을 차지하였다. 한반도는 38선을 중심으로 분할하여 미국과 소련이 지배한다고 잠정적으로
약속하여 남북분단의 시발점이 되었다.

1945년 8월 15일 일본은 무조건 항복했다. 드디어 우리나라가 만 35년에 걸친 일제의 66)질곡에서 벗어난 것이다. 그러나 광복의 기쁨도 잠시뿐이었다. 1950년 피비린내 나는 67)동족상쟁의 6.25전쟁과 68)남북분단이 기다리고 있을 줄이야 누가 알았으랴!

[용어풀이]

- 애국지사
  나라를 위하여 자기의 몸과 마음을 다 바쳐 이바지하는 사람, 독립운동가 중, 특히 광복 후까지 생존하셨던 분들게 붙이는 칭호. 대표적인 애국지사는 백범 김구 선생 등
- 선생
  어떤 부문에서 경험이 많거나 잘 아는 사람. 김구 선생 등
- 열사
  나라와 민족을 위하여 저항하다가 의롭게 죽은 사람으로 맨몸으로 싸우다 돌아가신 분. 혹은 직접적인 행동 대신 강력한 항의의 뜻을 자결로 드러낸 분. 이준, 유관순 열사 등
- 의사
  나라와 민족을 위하여 항거하다가 의롭게 죽은 사람으로 성패와 관계없이 무력적인 행동을 통해 적에 대한 거사를 결행한 분. 안중근, 윤봉길, 이봉창, 강우규, 나석주 의사 등

---

66)fetters.
67)A strife with each other their brothers.
68)the division of Korea (into north and south).

애국지사기념사업회(캐나다) 약사 및 사업실적

- 2010년 3월 15일 한국일보 내 도산 홀에서 50여 명의 발기위원들이 모인 가운데 창립되어 초대 회장으로 김대억 목사를 선출하고, 고문으로 이상철 목사, 유재신 목사, 이재락 박사, 윤택순 박사, 구상회 박사 다섯 분을 위촉하다.

- 2010년 8월 15일 토론토 한인회관에서 거행된 제 65회 광복절 기념식에서 김구 선생(신재진 화백), 안창호 선생(김 제시카 화백), 안중근 의사(김길수 화백) 삼인 애국지사의 초상화를 동포사회에 헌정하다.

- 애국지사기념사업의 필요성과 중요성을 동포들에게 인식지킴과 동시에 애국지사들에 관한 책자, 문헌, 사진과 기타 자료들을 수집하다.

- 2011년 2월 25일 기념사업회가 계획한 사업들을 추진할 자금을 확보하기 위한 모금 만찬을 개최하고 $8,000.00을 모금하다.

- 2011년 8월 15일 토론토 한인회관에서 거행된 제 66회 광복절 기념식에서 윤봉길 의사(이재숙 화백), 이봉창 의사(곽석근 화백), 유관순 열사(김기방 화백) 삼 인 애국지사의 초상화를 동포사회에 헌정하다.

- 2011년 11월 캐나다에 거주하는 모든 동포들을 대상으로 애국지사들에 관한 문예작품을 모집하여 5편을 입상작으로 결정하다.
조국이여 기억하라 (시) 장봉진, 자화상 (시) 황금태, 기둥하나 세우다 (시) 정새회, 선택과 변화 (산문) 한기옥, 백범과 모세 그리고 한류문화 (산문) 이준호, 목숨이 하나 밖에 없는 것이 유일한 슬픔 (산문) 백경자

- 2012년 3월에 완성된 여섯 분의 애국지사 초상화와 그간 수집한 애국지사들에 관한 책자와 문헌과 사진과 참고자료들을 모아 보관하고 전시할 애국지사기념실을 마련하기로 결의하고 준비에 들어가다.

- 애국지사들에 관한 지식이 없는 학생들이나 그분들이 조국을 위해 한 일에 별다른 관심이 없는 동포들에게 애국지사들이 국가와 민족을 위해 무엇을 희생했는가를 알리기 위해 제반 노력을 경주하다.

- 2012년 12월 18일에 기념사업회 이사회를 조직하다.

- 2012년 12월에 캐나다에 거주하는 모든 동포들을 대상으로 애국지사들에 관한 문예작품을 모집하여 1편의 우수작과 6편의 입상작을 결정하다.
우수작: 가족사와 국사는 다르지 않다 (산문) 홍순정

입상작: 역사를 잊은 민족에게 미래는 없다 (산문) 정낙인
　　　　애국지사들은 자신의 목숨까지 모든 것을 다 바쳤다 (산문) 황규호
　　　　애국지사의 마음 (시) 이신실　　　　애국지사 (산문) 김미셸
　　　　애국시자 (산문) 우정회　　　　　　애국지사 (산문:영문) 이상혁

- 2013년 1월 25일 이사회를 개최하여 금년도 사업계획과 예산안을 확정하다.

- 2013년 금년도 사업계획을 추진하는데 필요한 자금을 확보하기 위한 모금 만찬을 개최하고 $6,000.00을 모금하다.

- 2013년 8월 15일 토론토 한인회관에서 거행된 제 68회 광복절 기념식에서 이준 열사, 김좌진 장군, 이범석 장군 세 분 애국지사의 초상화를 동포사회에 헌정하다.

- 2013년 10월에 애국지사들을 소재한 문예작품을 모집하여 우수작 1편과 입상작 6편을 선정하다.

- 2013년 11월 23일 토론토 영락문화 학교에서 애국지사기념사업의 중요성과 필요성에 관해 강연하다.

- 2013년 12월 7일 한인회관에서 거행된 "차세대 문화유산의 날" 행사에서 토론토 지역 전 한글학교 학생들을 대상으로 "우리민족을 빛낸 사람들"이란 제목으로 강연하다.

- 2014년 1월 10일 이사회를 개최하며 금년도 사업계획과 예산안을 확정하다.

- 2014년 3월 14일 기념사업회 운영을 위한 모금을 확보하기 위한 모금 만찬을 개최하고 $5,500.00을 모금하다.

- 2014년 8월 15일 토론토 한인회관에서 거행된 제 69회 광복절 행사에서 손병희 선생, 이청천 장군, 강우규 의사 세 분 애국지사의 초상화를 동포사회에 헌정하다.

- 2014년 10월 열여덟 분의 애국지사들의 생애와 업적을 수록한 책자 발간.

- 2014년 11월 현재 캐나다 전 동포들을 대상으로 애국지사들을 소재로 한 문예작품을 공모하고 있음.

- 2015년 4월 1일부터 '애국지사들의 이야기. 1' 독후감을 공모하여 시상할 예정임.

동참 및 후원 안내

후원하시는 방법 / HOW TO SUPPORT US
애국지사기념사업회를 후원하기 원하시는 분은

Payable to Canadian Association For Honouring Korean Patriots로 수표를 쓰셔서서 Canadian Association For Honouring Korean Patriots 1004-80 Antibes Drive Toronto. Ontario M2R 3N5 으로 보내시면 됩니다.

사업회 동참하기 / HOW TO JOIN US

회원은 남녀노소 연령과 관계없이 애국지사기념사업회(캐나다)에 관심 있는 분이면 누구나 가입하실 수 있으며 회비는 일인당 년 20불입니다. (전 가족이 가입하실 수도 있습니다.)

회원 가입을 원하시는 분은 416-661-6229나 416-225-8530 이나 E-mail: dekim19@hotmail.com으로 연락주시기 바랍니다.

「애국지사들의 이야기·1」독후감 공모

「애국지사들의 이야기·1」에는 열여덟 분의 애국지사가 우리나라의 독립을 위해 신명을 바친 이야기가 수록되어 있습니다. 이 분들의 이야기를 읽고 난 독후감을 공모합니다.

● **대상 애국지사**
　본서에 실린 열여덟 분의 이야기 중에서 선택

● **주제**
　1. 모국의 국권회복을 위해 희생, 또는 공헌하신 애국지사들에 대한 숭고한 나라사랑 정신을 기리는 내용
　2. 2세들의 모국사랑 정신을 일깨우고, 생활 속에 애국지사들의 공훈에 보답하는 문화가 뿌리내려 모국발전의 원동력으로 견인하는 내용

● **공모대상**
　캐나다에 살고 있는 전 동포 (초등부, 학생부, 일반부)

● **응모편수 및 분량**
　1인 편수는 제한이 없으나 분량은 산문 A4용지 2~3장 내외. (단, 약간 초과할 수 있음)

　작품제출처 및 작품접수기간
　접수기간 : 2015년 4월 1일부터 10월 31일까지
　제출처 : Canadian Association For Honouring Korean Patriots
　　　　　 1004-80 Antibes Drive. Toronto. Ontario M2R 3N5
　　　　　 E-mail: dekim19@hotmail.com

● **시상내역**
　최우수상 / 우수상 / 장려상 (상금 및 상장)

● **당선작 및 시상** : 추후 신문지상을 통해 발표

조국과 민족을 위해 모든 것을 바친

애국지사들의 이야기·1

초판인쇄　2014년 11월 05일　**초판발행**　2014년 11월 10일

지은이　**애국지사기념사업회(캐나다)**
펴낸이　**이혜숙**　　펴낸곳　**신세림출판사**
등록일　**1991년 12월 24일 제2-1298호**

100-015 서울특별시 중구 충무로5가 19-9 부성B/D 702호
전화 **02-2264-1972**　팩스 **02-2264-1973**
E-mail : shinselim72@hanmail.net

정가 **15,000원**

ISBN　978-89-5800-145-4, 03810